明
室
Lucida

照亮阅读的人

ばんぎく

晚菊

林芙美子

［日］林芙美子 著
刘小俊 译

代译序
林芙美子的终章

早在二十世纪三十年代，出身寒微的林芙美子就凭着一支笔，赢得了著名女作家的声名。日记体自传小说《放浪记》就是这一时期的代表作。战争结束的前一年，林芙美子突然停止写作，与家人避居长野乡间，直到一九四六年一月才回归文坛，创作出《浮云》《河虾虎》《晚菊》等一系列优秀的长篇和短篇小说。

一九四五年九月八日，日本战败后还不到一个月，林芙美子在给川端康成的明信片中写道：

> 很欣慰从此可以写不说假话的好作品了。仅此而已。我想仅以此活下去。

寥寥数句，渗透着作家企盼自由创作的急切心情。

战后林芙美子的创作可以用"井喷"来形容。

据研究者调查统计，自一九四六年一月复出文坛到一九五一年六月末的五年半里,林芙美子在报刊连载和发表长短篇作品共计四百一十四篇(每回连载按一篇计算),出版著作八十八部(广畑研二,《林芙美子全文业录》,论创社,二〇一九年六月)。最忙碌的时候,林芙美子在不同的报刊上同时连载着七部作品。这种对写作的贪欲也招来不少同行的白眼,但林芙美子并不介意他人的眼光,只管埋头笔耕,将自己对战争的反思和反省都融汇于作品之中。

一九五一年六月二十八日凌晨,林芙美子因心脏病发作突然去世,享年四十八岁。有人写闲文嘲笑说,她是因贪吃鳗鱼而引发了心脏病。也有人认为,她在生命的最后几年中写作太过拼命,过度劳累才是她真正的死因。从林芙美子生命中最后几年作品的数量和质量来看,显然后一种看法更具说服力。

概观林芙美子战后的小说创作,多是通过描写生活中小人物的挣扎来刻画现实与人性的纠葛。对人物的刻画细腻精准而又满含着温情,这是出身贫寒的林芙美子与生俱来的视角,也是她自年少时代就随母亲辗转各地,大起大落的人生经历的映现。

短篇小说《河虾虎》创作于一九四七年。主人公千穗子是东京近郊农家的媳妇,在丈夫出征期间,身不由己地与公公陷入乱伦关系,并生下一个女儿。在得知丈夫即将归来时,她的惶惑达到了极限。自始至终,作者没有高高在上的道德批判,而是以冷彻的笔触客观呈现底层小人物的悲哀与困顿。

在桥上蹲得太久了,千穗子的小腿肚开始发麻。她一跃身跳到桥下的草丛里,用鞠躬的姿势解了手。她觉得很惬意。

小说收尾于此，故事的结局如何、人物关系的是非对错，都任由读者去想象去思考。

《晚菊》无疑是林芙美子战后短篇小说的最高杰作之一。年老色衰的艺伎阿欣满怀着期待迎来了旧情人田部的来访。见面后阿欣才发现对方不过是为借钱而来。当年的纯情少年田部已被生活打磨成一个冰冷市侩的男人。整部作品犹如一部紧凑的室内剧，戏剧冲突都发生在男女主人公丝丝相扣的对话和精当的细节描写之中。当阿欣意识到重叙旧情已毫无意义时，便干脆利落地打发了旧情人。在最后的场面中，阿欣趁田部没注意的时候，不动声色地把多年来珍藏的旧照片扔进了火盆。为了掩盖照片烧焦的味道，她顺手把一片奶酪也扔进火里。小说是这样收尾的——

> 白色烟雾里一股黑烟升腾而起，电灯罩一下子变成了云中的月亮。屋里充斥着油脂烧焦后的刺鼻气味，阿欣被烟呛得直咳嗽，她起身用力打开所有的隔扇和拉窗。

无须说明，人物内心的决断已清晰地呈现在读者眼前。

在谈及《晚菊》的创作时，林芙美子写道："突破观念，突破形而上，我只想捕捉人内心深处的东西。"

如果说战后的短篇小说最能体现林芙美子作为小说家的圆熟技巧的话，长篇小说《浮云》则可说是林芙美子的集大成之作，充分体现了其对生活的敏锐洞察和高超的创作手法。

《浮云》的故事不只是大时代背景下的一出恋爱悲剧，情节之外细节之中凸显的是动荡的时代背景下人性的丑陋与悲哀。如果把男女主人公看作是作者的不同侧面的话，也可把《浮云》当成一部"私小说"来阅读。女主人公对人情冷暖的洞察、对生活的绝望，男主人公脑海里时时浮现的自我审视和自我剖析，显然都是林芙美子的切身感悟。在描写男主人公的内心活动时，作品反复提及陀思妥耶夫斯基《群魔》中的情节，由此也可看出俄国文学对作者影响之深。另外，除了主要人物之外，作品中出现的配角们也个个形象鲜明，拥有各自的魅力，仿佛任选其一都可扩展出一部新作品。还有战后数年的历史事件如东京审判、朝鲜战争爆发等都如实地反映在日常描写之中。印度支那和屋久岛的章节也可当作纪行文学来阅读，宏大的景观描写与故事情节融为一体，很难看出前一部分其实参照了前人的纪实作品，而屋久岛的部分则源自作者在连载期间亲自前往当地取材获得的实际经验。

《浮云》于一九四九年十一月开始连载，完成于一九五一年三月，并于同年四月出版了单行本。在单行本的作者后记中，林芙美子对创作过程的回顾仿佛也是对自己人生的总结。

> 这部作品亦是某个时代的我的体现。是好还是坏，应该由读者来评判，但我在写完这部《浮云》之后觉得非常疲惫。周围环境变化万端，速度飞快。在孜孜不倦地做着如此朴素的工作时，历史不断地旋转变化而去。不过，这部作品对我而言，也是最为艰难的工作，所以我一直心无旁骛地沉潜于其中。我想写的是那种流动在被众人忽视的空间中的人的命运，没有条理的世界，无法说明的小说之外的小说，不受任何人影响的、经我思考的道德。这些才是我所意图的。

所以，不需要两位主角生来的履历、家世或故乡之类的描述，这些都被故意舍弃了。对我而言，重要的是两位主角相遇之后的事情。神就在近旁，却不断摸索着神的所在。我在这部作品中想要描绘的是我自身的生的虚无。社会的道德感只在毁灭人世的审判之时起作用。我感觉这二十世纪越来越衰老疲惫了。

　　走到一切幻灭的尽头，从那里再次萌生的东西，就是这部作品的主题，"浮云"这个标题由此而生。

　　在写下这篇作者后记三个月之后，林芙美子因心脏病发作离开了人世。据说在葬礼当天，众多读者和民众自发前来吊唁，甚至堵塞了林家门前的交通。

　　井上厦在林芙美子的评传话剧《吹笛打鼓》初次上演前夕写道："我们不论谁都会犯错。但林芙美子明确地直视着自己的错误，在战后写下了真正的好作品。"

　　依然是凭着一支笔，林芙美子为自己写下了扎实而耐人寻味的终章。

吴菲
二〇二一年初夏于山口市

目 录

001　阁楼上的椅子
034　杜　鹃
066　牡　蛎
096　清贫记
125　河虾虎
140　门前杂记
150　手风琴和渔乡小镇
174　一个女人
189　幸福的彼岸
202　沦　落
211　晚　菊
230　作家手记
297　文学自传（随笔）
309　恋爱的微醺（随笔）

阁楼上的椅子

一

在弯弯曲曲的楼梯上我碰到一个女人,她手里拿着一个很旧、很大的国际象棋棋盘,从阁楼上下来。是我经常碰见的那个女人。楼梯只有一人宽,我紧贴着墙,等她下来。发亮的圆圆的鞋尖蹒跚着一点一点靠近我的眼前。女人从帽檐下露出一只眼睛,说了声"对不起!",并没有露出笑容,带着一脸寂寞继续下楼梯。当时,从一大早我脑子里就挤满了各种各样的想法,头像冰袋一样沉重,所以也只是茫然地看了一眼对方,然后一步步登上高高的木头楼梯。升降机像个鸟笼一样吊在七楼的顶棚上,已经有近两个月动弹不得了。门上贴着的"近日开通"的通知也裂开了口子,在风中呼呼作响。

日复一日,整个旅馆的人都被迫在这座狭窄的楼梯上上下下。细细的木楼梯就像一个向上伸展的弹簧,靠在栏杆上往下看,满眼尽是正在上楼的人们的肩膀和手。我的朋友们把这座令人气喘吁吁的楼梯称作"人生轨迹",屡屡劝我搬出这里。楼梯下面传来"哈啰!哈啰!"的声音,好像是叫我,很可能是刚才那个擦肩而过的女人。她急切地跑上来,手里的国际象棋棋盘撞在墙上咔嗒咔嗒直响。我站在楼梯半中间,靠在栏杆上往下看,只见她的肩和雪白的手背像在水上飞舞的飞虫一样一圈圈飞上来。我正好站在一扇窗户底下,一尺见方的窗户开在黄色的墙上,因为高,从半开的窗户里只能看见天上的云像烟雾一样向北方飘去。

"你是日本人吗?"楼梯上光线很暗,我眼前突然出现了一张宛若海芋花般雪白的、被放大的脸。我从楼梯上俯瞰着只露出一个头的女人,点点头。女人走上楼梯,连头带身体一起靠近我问:"啊,你真是日本人!你认识不认识一个叫 Shinazo 的日本绅士?"她的眼睫毛非常美丽,随着表情的变化,它们有时候像钟表的指针,有时候像秋天的雨,有时候在云彩的遮挡下还像远处的林荫树。

"Matsushita Shinazo,你不认识吗?他是一位非常热心的绅士。"我在脑海里搜索了所有朋友的名字,没有一个叫 Shinazo 的。看到我的表情渐渐变得无力松弛,女人很失望,她笑了一下说:"如果有他的消息请告诉我一声。"然后十分寂寞地抬头看着窗外。

"你到这家旅馆多长时间了?"

"快两个月了……"

"是吗?"

多美的睫毛啊!藏在眼睫毛阴影下的一双大眼睛像树木的果实一样诚实。

女人哼着歌，拿着咔嗒作响的国际象棋棋盘下楼了。我站在楼梯上，一动不动地听着她远去的脚步声。

楼梯还有两圈才能到顶。

从窗口飘过的云开始变得暗淡，楼下的大马路上传来叫卖的声音："《巴黎晚报》！《巴黎晚报》！"报贩子沙哑的声音回响在狭窄的楼梯上。

二

我听到了很多有关她的流言蜚语。

流言这种东西到底是从哪里跑出来的？它就像载满货物的船或者火车源源不断地开来。传到我耳朵里的流言多半是有关隔壁女人的。

我已经听腻了有关她的流言蜚语。

不知不觉中，巴黎这座城市的冬天过去了。我躺在蓝色的床上，日复一日地进行着心灵上的漫游。我的日记本里"想回故乡，心情悲伤"的文字越来越多。我觉得好像无意间走进了死胡同，记忆力锐减，考虑问题也是有头无尾，驴唇不对马嘴。

我的生活就像反卷的卷尺。横躺着往镜子里一看，自己的嘴竟在嘟囔着什么。有时候时针就像被拨回到昨天一样，我反复呼吸着同样的空气，见着同样的人，持续着同样的动作，一个人坐在那里发呆。

在这样无所事事的每一天里，虽然我的身体常常被封闭在房间里，但是就像偶然被风刮进房间里的广告纸一样，时不时地，真正是时不时地，有关她的流言蜚语仍然会飘进我的耳朵里。

"她给日本人当过模特。"

这种流言已经是很久以前的了。最近流传的是"她站在十字路口，见男人就拉人家的胳膊"，要不就是"我看见她跟男人进了饭店"等等。世人的嘴真是闲不住。

我对她的事情并不感兴趣，只不过她还是一个年轻漂亮的女人。当这一事实在我脑海中一闪而过的时候，我也就糊里糊涂地将流言信以为真了。

尽管如此，在楼梯上和我交谈时她的眼睫毛是多么漂亮啊！看着埋在那对眼睫毛下的诚实的双眼，那些不能暴露在近距离之下的、源源不断传来的不光彩的流言蜚语，那些所有的"恶"都即刻消失了。

那时候我整日埋头于植物研究。说是植物研究，也只不过是随心所欲地摘些野草回来。最近，我莫名其妙地对树叶着了迷，其程度远远超过对草、对花的兴趣。我的书里夹满了山毛榉、白桦、冷杉等树叶，就像落在书里的落叶一样。说起落叶，那阵子我很喜欢让·莫雷亚斯的诗，享受着他诗中无为的寂静。

    沉浸在思考中　我寂寞一人
    行进在大路上
    把快乐向空中抛弃
    如今余热已尽
    只要心中充满恋情

走进白杨树荫下
将一片片秋天的落叶
捧在掌心

疲劳，就像诗中写的那样。当在旅行途中发生异常时，嘴里就生出像苔藓一样潮热的语言。这种潮热的语言，在无心间变成一首歌中的一段，变成口头禅。身体和灵魂一定都已化为虚空。这句成为让·莫雷亚斯口头禅的诗句，现在变成了我的眼泪。

那时候，我还沉醉于一场恋爱中。

我连身子都懒得动一下，连话都不想说一句，但是指尖却无意识地给一支接着一支的香烟点上火，送到自己的唇边。我大口吞吐着最新鲜的空气，但是有头无尾的思绪却慌慌忙忙地要把一支烟吸到头。我常常一边惊讶于由火传递的香烟的苦涩，一边用舌尖咀嚼着苦涩，除了颦蹙双眉，别无他法。

三

香烟是萨兰博的，我每天像吃饭一样消灭掉四盒。还有廉价的科涅克白兰地，两天就喝光一大瓶。结果，我的胸部和腹部火烧火燎地难受，各种莫名其妙的杂音就像大炮一样在我被烟熏黑的耳孔边轰鸣。母亲给我寄来一箱草药，说："肚子疼的时候，当药这种草药比西医管用。"我几乎是爬着从草药箱里拿出当药，煎好后服用。当药啊，你一定在嘲笑我吧？从遥远的故乡寄来的草药箱里充满了一股东方的气味，打开箱盖，淫羊藿杆、白当药、红花、玄草等的气味扑鼻而来。

雨天里，这些草药的气味让我感受到一种无法用语言表达的旅愁，催人泪下。

我的一天从香烟到酒，从酒到当药，几乎不吃东西。我就像是空气，但是空气中烟草的苦涩似乎有一种把我从梦境中拉回到现实的力量，一种无形的东西常常变成金星映在我眼中。

大朵大朵的云彩低垂着，飘浮着，正像是夏天的云。

天空没有日本的清澈，富于悲剧色彩。大概是这座城市有很多石头建筑的缘故。

在这座石头建筑的城市一隅，我拥有一个有着二尺见方的倾斜窗户的房间。它看上去是如此孤独寂寞。不到十平方米的四四方方的房间，天花板像被刀砍了一样，形成一个三角形的斜面。如果我想在房间里笔直地行走，就必须把脑袋从那扇倾斜的窗户伸向天空。

在这样一个生硬的房间里，有一个鲜活的、放射着柔和色彩的物件，就是我那张蓝色的床。将升降机搁置近两个月不修理的旅馆女主人，对客人的床铺却一丝不苟。洁白的床单，湛蓝的床罩，到了晚上总给人一种清洁感。除了床以外，房间里的家具就是一个低矮的衣橱和一张桌子，一把套着缀着穗子的旧式椅套的椅子。

那把椅子不仅比床还沉默，而且和我一样是个重度孤独症患者，找不到自己的位置，看上去很苦闷，这也许是因为它的四条腿太长。我曾几次想把它们锯掉一截，可是最终矮小的我还是坐在那把椅子上，双腿悬在半空中。

我躺在床上像住进了宫殿，贪恋着梦中的懒惰；靠在椅子上唾弃着有头无尾的生活。

我、我、我、我、我，到底哪个才是真正的我？我就是在这里把"我"字写千遍万遍，也无法表露深藏在我心底的真正的我。

天空每天都很晴朗，我呼吸着清澄的空气，无法把握自己，就像寻找早已忘却的儿歌一样，朗诵着让·莫雷亚斯诗中的一节度日。我的灵魂一定已经坐上前往东方的飞艇，回到了日本。我想象着，回到日本的我束起衣袖，快乐地在厨房的一角生起炭火。然后切好白葱，做好酱汤，和丈夫一边赞美着院子里青草的长势，一边吃早饭，这曾经是我每天的习惯。但是我已经近一个月没给丈夫写信了。我忘记了。不，不是忘记，是写不出来。

"现在，从那些灰色的建筑背后开出了白色或浅红色的七叶树花，它们开满了巴黎这座城市。夏天终于来了！"这样开了头又被我撕毁的信不止一封。

以我现在的心情给他写信是很痛苦的。我的这种心情也许像电波一样传递到了丈夫心间，他的信没有以前频繁了，信中文字很少，但有很多画得很细致的关于我们家的画。从他的画里我看到，去年种凤仙花的地方现在种上了草莓，合欢树下有两三盆无精打采的康乃馨，厕所旁边是修剪得整整齐齐的清爽的金雀花。这些画几乎占据了他来信的所有纸面。也难为他，看不到我的信，除了画些画他还能写些什么呢？

四

漫长的黄昏。

朦胧的月亮已经远远升上了天空,但是,巴黎的夜空却透着阴雨天时淡灰色的光亮。

我整日靠在椅子上,像个老人,手拿放大镜观察着榆树、橡树、丁香、含羞草等植物的叶子,充满热情地把它们画在纸片上,以此为乐。桌子上有一块昨天剩下的硬邦邦的面包,我不时揪一块放进嘴里,它的口感颇似年糕。我知道这样的日子还要持续一段时间。我的书包里一法郎也没有了。但是,我并不感到特别凄惨,与精神上的空虚相比,对物质上的空虚我多少可以保持沉着冷静,心像孩子般宁静透彻。

没有指望的钱,想它也没用。我对植物少年般的崇敬在这种时候能够挽救我。

当我厌倦了放大镜后面的空想时,又开始埋头读起孟德尔有关杂交植物生殖细胞的著作来。由植物的变种和原种交配而产生的杂交植物子孙的谱系,就像填字游戏一样,让我欢天喜地。

我忘记了自己还在异国的天空下。当我抬起疲惫的眼睛时,窗户上的玻璃总是灰蒙蒙的。为了迎接明天,我"啪"的一声合上书。夹在里面的栗子树叶散发着茶叶般的清香,像一片落叶飘落到地板上。

一切都是为了瘀结的冬天所做的准备。

流言蜚语的主人公——隔壁的女人大概又要上街去了。我听见她一边哼着阿尔勒地区的歌,一边锁上门。

女人从七层上的天堂走进地上的地狱,她的脚步声带着一种快乐,轻轻传入我的耳中。

我从椅子上站起来,被映在白色墙壁上的自己大大的影子吓了一跳,我大声朗诵起"把快乐向空中抛弃／如今余热已尽"的诗句。

我打开玻璃门,用顶门栓支住,让新鲜空气流进房间。这时我第一次感到我现在是在巴黎。

我点着酒精灯,烧开水,泡了一杯只有一点儿渣的咖啡,又把那块干面包塞进嘴里。咖啡、面包都没滋没味,但是身心模模糊糊地感到一种满足。

"女士!"

旅馆值班室的女孩子咚咚敲了两下我的房门。我慌忙找了一张报纸,盖在穷困的餐桌上,朗声说道:"请进!"

身穿浅蓝色衣服的少女手拿白色的特快邮件站在我面前。

是他的来信吗?

我就像一条第一次尝到喜悦的母狗,不由自主地在屋子里转了四五圈。

今天天气很好,晚上出去散散步,对你身体有好处。

只有这短短的几句话。我却像一个被久关在家里、终于见到母亲的孩子一样,抽泣着靠在椅子上,久久捂着眼睑。虽然我用力捂着眼睑,但是滚烫的泪水还是透过衬衫渗到我的胳膊上,流了下来。

十字街头有人卖唱,一个在小提琴伴奏下的女人的歌声传入我的耳膜。一时间,我为那些字迹感到茫然若失,它们就像虚妄的爱情一样凄惨和幼稚。

我满二十八岁了。少女的优雅很久以前就被轧成粉末,血、泥、砂弄得我浑身脏透,我一心急切地盼望成功。但是,最终我长成了一团有头无尾的蔓草。"今天天气很好,晚上出去散散步。"我又展开男人给我的来信,想从短短的文字里找到更深厚的温情。

五

探照灯像一根蓝色的针射向夜晚的天空。

夜空繁星点点。

他所在的公寓的每个窗户里都闪烁着灯光,像一个萤火虫笼子,很壮观。因为有很多草木,我住的附近看上去非常贫贱,就连我的心也经常因此悲观失望。

我的木屐踩在碎石路上,发出清脆的响声。他从大开着的三楼的一扇窗户里"嘘,嘘"地冲我吹口哨。我勉强举起一只手回应他的口哨声。

在两个人的友情只持续了不到一个月的短短的日子里,我从未像那天晚上那样,从他的身影中感受到一种酣畅美丽的神圣的暴力。

他穿着一件绒袍,腰里系着一条像哥萨克骑兵身上的带金属扣的皮带，向我跑来。他的浓发在风中向后飘扬着。

穿过杂草丛生的小路，离他那像萤火虫笼子一样的公寓越来越远，回头看看，那座楼好像在很远的地方，很小。

这里的路也是用碎石头铺成的，颇有古典情调。

路旁有星星点点用木板围起来的农田。也不知是从哪里流出来的水，下水道里传出哗哗的水声。路旁小径偶尔窜出一条狗，使二人惊魂不定。我们保持着一定距离，步调一致地往前走。

"你什么时候回国？"

"还没有定。"

走到路灯下，他停住脚步看着我。这种场合，除了沉默，还能做什么？我们拐过一栋用天竺牡丹墙围起来的白房子，走上小路，一股花香扑鼻而来。两个人站住了，彼此靠近对方。

天上闪烁着无数颗星星。

这条小路上散落着一些小房屋，走近房屋可以听到有人在里面唱歌。房子和房子之间可能种着花，白色的花浮现在黑暗中。

他把我像孩子一样高高地抱起来，大声喊道："回日本以后你也要好好的啊！"我急忙挤出一个笑容，沉默不语。一个醉汉小声唱着歌，走过来。

"晚上好！"

他大概错把我们当邻居了。醉汉消失在一间快要坍塌的小屋里，很快，百叶窗式的门上泄出一丝微光，里面传出他被老婆狠狠训斥的声音。

多少次，我们往返于这条路上。酣睡着的花匠的陈列架上摆满了花瓣厚实的桃红色绣球花、大红的罂粟、洁白的丁香,透过昏暗的玻璃,这些花卉显得格外鲜艳娇美。那扇如同黑暗的水底般的玻璃门就像白天的一面镜子,清晰地映出我瘦小的身影。

这种场合,一般是我们刚为一件无聊的事情吵过架,映在玻璃门上的只有我一个人。

并肩漫步,人总是想这种时候应该一边走一边说点儿什么。但实际上,对我们两个人来说,不说话反倒比说话更需要做出努力。

他什么都对我讲,包括将他家人的情况都坦诚地告诉了我。而我呢,也把自己与女学生的答案相差无几的极其简单的经历讲给他听。两人开口,并不需要说出什么甜言蜜语。如果两人之间有过甜言蜜语的话,那就是相互庆祝这场不可思议的惊人遭遇。

六

我终于回到了七层上的天堂,身穿和服躺倒在蓝色的床上,耳边还回响着他那朗诵汉诗般的声音。关了灯,透过玻璃窗看着夜空,小路上的那种强烈的感情化作细细的眼泪,流进我的耳朵里。

尽管如此,我却想给在故乡的丈夫写一封充满深情的信。打!打!我要痛打自己,让自己遍体鳞伤。

"并非谦恭善良的妻子",这好像是哪出戏里的一句台词,我凄惨地笑了。

但是,我必须从异国给我的丈夫写一封诚恳的信。

我已经精疲力尽,如果我现在死了,先不提你自己的生活,你有精力赡养我的养父和母亲吗?六年来我用拙劣的文章,照看着你和我父母的生活。偶尔,我也想从你的信中得到温暖。也许你会笑话我,但是,对我来说这一点儿都不好笑。这种状况还要持续几年吗?画出好画不等于过好生活。写出好文章,又能给作者的生活带来多大的荣誉?如果你认为去乡下开画展是件好事,今年你就应该努力去做。在国外工作,往国内寄钱是一件很不容易的事情。我请求一个朋友给我母亲寄去了三十圆[1]。这十天来,我没有吃过一顿正经饭。但是,这是我自己选择的路,别无他法。

写到这里,我想起契诃夫信中有关钱的描写,觉得很没出息,就把写好的信揉成一团,从天窗抛向空中。我像孩子一样一屁股坐在床上,嘭嘭地弹跳着,还不停地吐舌头做鬼脸。昏暗的墙上映出那把高椅子的影子,仿佛有个人蹲在那里。

我是一个多么露骨、多不像话的女人啊!我用胳膊擦着眼睛,正要吟诵莫雷亚斯"如今余热已尽"的诗句,突然隔壁房间传来女人痛哭的声音。

她在说什么、哭什么,我一点儿都不明白。

我把耳朵贴到墙上,听见隔壁有家具被推倒的声音,一个男人正在大声训斥女人。

---

[1] 日本旧时货币基本单位。一圆等于一百钱。——本书注释皆为译注

我对着镜子赤裸着双肩，一下一下地往身上洒润肤水，紫丁香的芳香反而使我陷入更深的孤独。我和那个男人只有一个月的历史。我们二人用我从未见过、从未听过的优雅的举止、文雅的谈吐，赞美爱抚，赞美人类，赞美自然，一路走过来。

但是，这些并没有给我带来什么。我也曾隐约想知道这个男人真实的心理，想用更明确、更好懂的话和他交谈。如果我们就此分手，就此回到各自的故乡，那我们终将成为陌路人。

镜子里的我正凝视着墙上一张老派法国军官的照片。隔壁房间的人似乎已经熟睡，女人的哭泣声也消失了。

我真切地感受到夜已很深。马路上清洁车发出瀑布般的水声，从我的窗前经过。

七

放咖啡杯、盘子和蔬菜的木箱底上垫着一块有些肮脏的红布，上面写着一首儿歌。十有八九是请 Shinazo 先生写的。

蒲公英 蒲公英 黄色的小花
被马踩了一脚 踩坏了
可是 花开时的蒲公英
在向阳地开了九天

除了这首儿歌，低矮的衣橱上还有一个鱼缸，里面养着两条瘦小的金鱼。柔和的阳光从天窗射进来，两条金鱼吐着若有若无的水泡和睦地游来游去。

墙上贴着各色男人的照片。

年轻女人一边用咖啡机嘎嘣嘎嘣地搅着咖啡豆，一边给我讲述有关金鱼的故事。

"你有过一整天看着金鱼游泳的时候吗？我的 Shinazo 有一个月一直看着这两条金鱼。"

她把面包揉碎扔进鱼缸里。两条金鱼好像根本不饿，它们只是在阳光下游来游去，不时像生气的孩子似的张开嘴吸口气。

"Shinazo 先生叫你什么……"

"他叫我 Junchian，我的真名叫朱莉。"

这种女人大概一刻也闲不住，她一边在洗脸池洗沙拉菜叶，一边不停地说话。

但是在她无意识的话语里，流淌着一股暖流，甚至还很安详。

她的床比我的小，也没有我的干净，紧靠着墙，上面还留着昨晚睡过的痕迹。

她的房间里有两张用麦秸编的椅子，看上去很凉爽。

"你为什么不早点儿过来玩呢？"

朱莉露出洁白的牙齿笑着说着客套话。

我看着墙上那些像标本一样的一个个男人的照片，不知道他们是这个年轻女人肌肤的历程，还是她灵魂的历程。昨天那个训斥朱莉的男人是哪一个？朱莉微笑着追随着我看照片的目光，嘴里唱着阿尔勒民歌。在那些歌的间隙，她还哼了几句日本歌，脸上露出"很怀念"的表情。

我们彼此都有话想说，但是语言不通，给我们带来一种无法言说的遗憾。我们只有彼此向对方露出笑容，用虚无缥缈的表情交谈。

厚厚的云层在天上飘荡。

这个房间里没有花草，只有朱莉脚上穿的一双枯叶色皮鞋，紧绷绷的，非常美丽。

她把沙拉装在小盘子里，一边剥煮得发红的鸡蛋，一边坦率地说着现在没有收入途径之类的话。

她还说她曾经在假花工厂做过工。

我问她为什么不去做假花了，她皱皱鼻子说，每天一到下午她小腹就疼，无法承受那种工作量。纸箱子里放着她谋生的工具——当模特穿的服装，还有一个热水袋。

"一个月，还不知道能不能有一个星期的工作。"

她说着，无聊地碾碎蛋黄。

阳光照在鱼缸上，两条金鱼不时撞击着玻璃，发出水声，放大它们的身影。

"Shinazo 最后把一条金鱼的尾巴剪掉了……"

说着她把鱼缸拿到我面前，歪着从花边里露出的雪白的脖子看着鱼缸。

就像樱花的花瓣被揪下一片一样，一条金鱼的尾巴被无情地剪断了。我想象着手拿剪刀的 Shinazo 的模样，突然觉得眼前这条当时一定很痛苦的可怜的金鱼很滑稽，不由得笑出了声。朱莉猛地抬起头来，说了句"很可笑吧"，也笑了起来。

八

我已经有很长时间没有尝试散步了。一天,从日本寄来一笔钱,够我生活一星期。这大概是我的一篇小作品的酬金。现在我开始觉得从日本寄钱来是一件非常不可思议的事情。

也许是因为相距遥远,现在我觉得自己出生的国家竟像童话世界一样。

虽然钱的数目不大,但是对极度贫困的我来说毕竟是件高兴的事。我把椅子搬到可以照见阳光的天窗底下,在上面坐了一会儿。然后从刚能伸出脑袋的天窗眺望巴黎街头红色小烟囱的队列。再不然就是用目光追逐麻雀的影子。我变得完全像个孩子。

安静下来想想,明天就想回日本的心情油然而生。距离也好什么也好,只要有钱,任何问题都能解决。"只要心中充满恋情"——这句背得滚瓜烂熟的诗句此刻在心中也减轻了分量。

我走下好久没有下过的七层木楼梯,觉得头都快晕了。不用双手按住眉心,我竟无法行走。

街道两旁的欧洲七叶树的花谢了,咖啡馆的露台呈现出海滨沙滩上的拥挤。空中一架银色的飞机飞过,留下一道尾迹。

法国大革命纪念日快到了,葱郁的林荫树下地摊一个挨着一个,有鸡蛋搅拌器,也有玩具手表,摊贩们扯着嗓子高声叫卖。

这是一派和平的城市景象,没有恐怖。

从我住的地方到银行,坐地铁有八站路。

通往银行的路上有一座名叫马德莱娜的女性味十足的灰色教堂。教堂前面经常有花市。走进由红色帐篷搭起的通道,里面摆满了价格不菲的珍贵品种的花卉。这就是欧洲的花卉市场。

从银行回去的时候我也要买一盆花，怀着这样的野心我穿过鲜花的通道，走进银行的大门。因为金额很小，我背对着柜台看报纸，好奇地看着故乡的文字。

眼睛虽然看着报纸，一种无法排遣的忧愁却深深地侵蚀着我的心。趁有钱的时候走，能离日本多近算多近，这样一种执着的念头占据了我的心。

我已经有一个月没有给家里寄钱了，他们靠什么度日？银行里像冰室一样凉快，就连在桌子上闪闪发光的笔筒，都让现在的我心生嫉妒。

四十天来我不读书不看报，一心沉溺于恋爱中，对任何事情都变得极敏感。我的眼里充斥着"炸弹""暗杀"等字眼，使我不寒而栗。一位被捕入狱的某某派朋友的名字好像正在露出洁白的牙齿嘲笑我，撞击着我的心扉。

一切的一切都在诱发恐怖，诱发嫉妒，焦虑的齿轮发出"咯咯"的响声。

我放弃了买花的念头，将不多的一点儿钱塞进口袋，出了银行。我的胃空空如也，此时正渴求着食物。

但是，路边没有一家我想走进去喝一杯的咖啡馆。

"你是日本人吗？"

一个个子不高、面色苍白的男人站在我面前。那是在一家百货商店门前，他的声音听起来很微弱。眼前这个男人大概是日本人，他有一张战战兢兢的东方人的面孔。看见他就像看见自己站在那里，我急忙行了一个礼。

"昨天到现在我一口东西都没吃，您能不能借点儿钱给我？"

我感到很为难，看着男人发亮的皮鞋尖说："我也是个穷学生，你需要多少……"

男人突然满脸堆笑，像奴隶一样点头哈腰，伸出一只手说："多少都行。"

他突变的态度让我心中大为不快，我看着他的眼睛说："你不工作吗？"

"旅行签证不允许工作。"

我本来想说"那你就打算这么混下去？"，可是又懒得开口，就给了他五法郎。他大概没想到只要到这点儿钱，很不满，一转身就走了。我一边继续郁闷地散步，一天仰望着天空。

"你也是没有尾巴的金鱼吗？"我突然想起朱莉房间里的金鱼，边走边想着刚才那个可怜的同族流浪汉。

九

总的来说，我是一个有很多过失的女人。

我是一个能从牛嘴里看到牛尾巴的女人。不会想到会被牛咬，一心只想从牛嘴里把牛尾巴拽出来，我就是这样一个富于滑稽幻想的女人。我的朋友大都了解我的性情，对我不予理睬。但是，从牛嘴里拽牛尾巴绝不是一件滑稽的事情，也不是一件好玩的事情。

椅子落满灰尘，站在我的枕边不肯离去。

有时候他坐在那把椅子上。也有时候朱莉坐在那把椅子上，减轻一下小腹的疼痛。除了这两位愉快的客人,我已经不需要给我带来快乐的好朋友了。

我头痛难忍,躺在床上,已经一个星期没有在那把椅子上坐过了。

人类的诞生为什么充满苦涩。

我把灵魂驱散到了遥远的故乡,以至于不得不请情人来给我剪指甲。

雨点打在天窗上,声音很大,像冰雹一样。

我悄然坐在床上,关掉灯,用香烟袅袅的烟雾温暖着房间。我害怕肉体和灵魂分离,便开始活动赤裸的身体。阴森森的雷声轰鸣而过。

很久没有听到风声了。

打开玻璃天窗,夜风呼啸着吹进来,神清气爽的"青春"打在我的肩上。啊!我也许就是一片落叶。

在这个雷雨交加的夜晚,朱莉醉醺醺地回来了。

"我很寂寞,今晚可以住在你这儿吗?"

朱莉褐色的头发湿淋淋地贴在脸上,她一口气上了七楼,微微张开双唇,喘息着。她打开镍钢水龙头,咕嘟咕嘟地喝了一通水。

喝完水,她忽闪着长长的眼睫毛,把头伸出天窗,在凉风中惬意地抚摸着自己的头发。

眼睫毛深处的一双眼睛仍旧像孩童一样清澈,因为喝了酒,她身上散发着一股糖醋肉的气味。

朱莉披着的一件男式外套还在啪嗒啪嗒往下滴水。

"我可能要离开这里了。"

朱莉叉着腿坐在椅子上,把一块手帕搭在我赤裸的肩上说。

我连睁开眼的勇气都没有。

朱莉关上天窗,熄灭灯。狭窄的房间顷刻间变得像大海一样宽阔。睡觉前我的确"啊啊"地叫着活动了身体,可是在梦中为何又在故乡的土地上奔走?

院子里的朴树伸展着枝叶,我正在井台边洗菜,好像是菠菜。洗过后的蔬菜色泽鲜艳耀眼。我的一双像孩子一样带着小酒窝的手背上沾满了泥土。

"我回来是对的!"

"是吗?"

"是吗?我这不是好好地回来了吗?"

"嗯,你别老让我担惊受怕的。其实我是想到乡下去,养养鸡养养狗,优哉游哉地过日子。"

"是啊……"

"那样挺好。反正现在这个世道……什么都干不成。"

丈夫站在枫树下的阴凉地,正在筛给西红柿上肥用的鸡粪。

但是,这样的情景,这种长期以来夫妻生活的回忆,都只不过是在我梦中经过发酵的产物。当回到现实,我的梦又无意识地点燃了香烟。

"哎,我的肚子疼得受不了,有没有什么药?"

在我背后滚来滚去的朱莉把手放到我的小腹上,告诉我哪儿疼。

我用脚从床底下钩出草药箱,拧亮灯,打开箱盖。

那些草药在雨夜里散发着清香。我点上酒精炉，往陶壶里倒上水，放到火上。这种陶壶在日本的车站随处都能买到，却是母亲的一番心意，它被裹在一团破棉絮里，千里迢迢地运到巴黎，是难得的珍品。

朱莉说躺着难受，裹着一件斗篷，叉着双腿靠在椅子上。酒醒之后的朱莉，在灰色墙壁的映衬下脸色苍白，在灯光的阴影里显得非常神秘，像一幅画。

十

我们两人以奇妙的姿势浅浅睡到天亮。房间里像佛堂一样弥漫着草药味，这是一股安详温和的气味，能让我们安然入睡。

屋外雨过天晴，飒飒作响的风更加凉爽，浸入肌肤。

这是什么声音？简直就像"早起协会"的乐队，一列吹喇叭敲鼓的队伍经过我们房前。我们两个人都被这个声音吵醒了。

朱莉说既然起了个大早，不如顺便去医院看看。她披上那件男式外套，也不回自己房间，径直顺着长长的楼梯下楼了。

我从小就起得很早。可是，现在不管起得早还是起得晚，小窝里只有我一个人，我就撑着沉重的眼睑看起书来。但是，不论看了些什么，一概进入不了大脑。我的脑海里萦绕着一个问题。

我很明白萦绕在脑海里的是什么，所以我老老实实地把书放在肚子上，安静地让那萦绕在我脑海里的东西发酵，沉湎于其中。

脑子里翻来覆去考虑的只有一件事。没办法，我只好起身，把脚伸进有破洞的袜子里。

把脚尖放到鼻子前闻一闻、皱一皱眉头是我多年的习惯。穿好袜子后，我戴上文胸，穿好内衣。

我这个慢性孤独症患者就这样一身打扮，开始把意大利产的圆滚滚的大米倒进锅里，煮饭。衣橱上有咸菜、酸黄瓜。一双掉了漆的红色漆筷摆出一副很符合角色的面孔，陪伴着我这个阁楼里的孤独者。

这些东西非常紧密地、纯熟地贴在我的肌肤上。正因为纯熟反而很乏味。

饭好了。我面对镜子，确认自己的年龄。这是一张没有正经样子、柔弱天真的脸庞。因为近视，下眼睑上有两三道细细的皱纹，但这并没有让这张脸带上可怜相。

我刷了牙，穿好衣服。煮咖啡的热气在阳光照耀下袅袅蒸腾。我在这股热气中坐下来，茫然地环视着自己的房间。孤独者的房间就像蝉的空壳，通风很好，但是那风刮在心上很痛很痛。虽然天天如此，但是我仍对自己惊讶到了极点，佩服到了极点。因为我能够在这个阁楼安居。

我从来没有从窗户眺望过巴黎这座城市，我总是看着烟囱或天空。

我吃完一个人的早饭，点上醒来后的第十支香烟，又开始虚度新的一天。

"你已经回不来了吧！"自从收到丈夫这张明信片以后，故乡的音信就断了。

既然知道我困难到无法回去的地步，为什么不表现出一点儿热情来，帮我筹些款，让我回去？看了丈夫的明信片，我兀自生了两三天气，但是最终还是归结到自己不好这个结论上。想象着变得冷漠的丈夫脸上"活该！"的表情，我的感情无依无靠地流动着。

已经两个多月没有工作了，对我来说这是最大的惩罚。一想到无法回去，归心就更加强烈。一分钱都不想伸手向人借的我，变成了一个荒唐的空想家，时常动着走回日本去的念头。

现在，还是一大早，我就去街上走走吧！什么都不要想。丈夫会责怪我这次旅行是一大过失……？

我吟诵着莫雷亚斯的诗句，沿着楼梯下了楼，阳光从窗户射进来照在台阶上。不知道哪层楼上有人在家教音乐，这么早就传来了乐器声。我把钥匙放在门口，和传达室穿浅蓝色衣服的少女说了几句闲话，然后出了旅馆。

蒙帕纳斯墓地就在旅馆附近。虽然是墓地，但是并不荒凉，有点儿像谷中[1]附近的墓地，不过在墓地周围围起了一道白墙。从墓地边上饭店的房间里一定能把墓地里面一览无余，但是沿着那道围墙一路走过，你可以把它想象成一所小学，或是一个富豪的宅第。

从阁楼上的椅子上解放出来，走在城市的人行道上，有一瞬间，我心中充满了快乐。我特别喜欢蒙帕纳斯墓地里的林荫树，所以一走上大街，就选择了这条路。

林荫树像一条隧道，在绿色树荫下，过往行人的面孔显得异常美丽。我终日只看着天空，现在满目绿叶滋润着我干渴的心，抚慰着我千疮百孔的心。

---

[1] 东京台东区谷中，以寺院多著称。而日本的墓地均在寺院领地里。

十一

早晨清醒的头脑到了晚上,就像迎来衰竭到极点的临终,开始为城市的灵魂急促喘息。对此,那个三角形的房间固然有责任,但是那把永远孤独沉默的、套着蓝色椅套的椅子也有不可逃脱的罪过。

我的情人一定认真思考过充满这个房间的寂寥到底来自何方,他曾对我说过:"你最好让旅馆把装饰在你床头的那张照片拿掉。"

我床头的墙上挂着一张很久以前的士兵的照片,从他身上的军装无从判断是哪个时代的。

我的情人曾带来一个搞美学的朋友,指着照片说:"你看,这张照片是不是很瘆人?"

"嗯,就像爱伦·坡笔下的世界。"

我发现男人只注视空间,却从来不把目光投到地板上。他们似乎一点儿都没注意到,这间屋子里,最能代表这里气氛的就是那把带着蓝穗子的椅子。

三天一换的洁白床单可以让人感觉到床的存在,只有那把椅子,一天天陈旧下去,默默地咀嚼着苦涩。

当时,搞美学的青年坐在那把椅子上,突然对我说:"你和我说不定在工作上还是敌人呢。"

我那位像孩子一样坐在床沿的情人露出吃惊的眼神,笑着说:"你怎么这么说?"

当时我大概心情不太好,强硬地回应道:"敌人?好啊!"

所幸的是,那位美学青年没有看过一篇我的文章,他知道的都是流传在坊间的有关我的流言蜚语。

流言蜚语中的我，简直就是一个擦鞋匠的老婆，整日酩酊大醉，在男人间放浪，行为古怪，还很有可能卖过淫。我被塑造成了一个颇为热闹、极具商业性的人物。

这种流言蜚语的源头，大抵来自我自以为是好友的一个女友之口。因为我有从牛嘴里揪住牛尾巴拽出来的野心，所以她就如此塑造了一个有趣的、别样的我，并且拍手喝彩。

这个流言蜚语中的我，在我看来，就像在顶着两个脑袋走路，有时候伴随着痛苦，有时候又很碍眼。

"哎，明天你一定得让他们把那张照片拿掉！"

我的这位情人很幸福，他既没有读过我的作品，也没有听到有关我的流言蜚语，所以只想像照顾孩子一样照顾我。

很少受人照顾的我总是闲着无事，变得像病人一样脆弱。看到我这脆弱的样子，我的情人又说："你呀，就像个小女孩！"

夜深了，我的情人和美学青年开始了无休止的争论。那都是些高级的争论，我只有默默听着，脑子里不时产生混乱，有时候血还直往上涌。

美学青年大概是因为坐在一把颇有历史的椅子上，他的话很有文学色彩，充满了超俗的理想主义。

而我的情人则靠墙站着，一条腿搭在床上，大谈奋进的革命论。

位置能如此影响到人的心情。我躺在床上，顶着一颗混乱的脑袋瓜，试图和远在故乡的丈夫悄然对话。

"我给你按摩按摩吧，你的脖子好像很疼。"

六年夫妻间的爱情,像小河的流水一样沉静温暖。我感受着充满整个心房的丈夫的双手,很不应该地,在不知不觉中进入了梦乡。

十二

我的情人还有一个无产阶级文学家好朋友。据说他是九州人,却是个穿灯笼裤非常好看的小个子男人。在三个男人里,他的灵魂最空洞,却最正直、最纯洁。

纯洁正直,稍不留神往往会被世人误以为"坏"。

我像爱自己的兄弟一样爱他。

他经常贫嘴滑舌地说:"我们这四个人,完全是巴黎的无为党。"然后露出洁白的虎牙大笑。

这四人的无为党疏远了自然、忘却了季节,经常待在屋子里争论不休。

最终,我受够了有关无产阶级的争论,不得不做出十分讨厌这个灯笼裤青年的样子给他看。

"你怎么老把自己关在家里?你去塞纳河看看,那儿的树木特别绿,河上还可以跑蒸汽船呢!"

他明明知道我在想什么,却佯作不知,把话题转移到风景上,好让自己的高谈阔论有个不至于尴尬的收场。这一举动很高明。

我知道塞纳河畔树木繁茂,也知道有去上游的白色蒸汽船。但是,我连去洗澡的钱都拿不出来……

"噢?钱还没有到?出去也没有意思,所以你就老在家待着?"

"你真的没钱？女人一分钱也没有，那可太不像话了。首先让人觉得不干净……"

他还能毫不客气地说出这种话来。

正因为他如此，我也就可以毫不客气地对待他。但是那种毫不客气也只是表面上的，我无法将心中的痛苦向这三个青年述说。

我的情人也有很长时间没有收到钱了。

如此这般，四人的无为党常常凑在一起，吃着我用意大利大米做的饭，感受着乡愁。

隔壁的朱莉不知什么时候也成了我们当中的一员。她在那个名叫谷的灯笼裤青年面前撒娇，跟他玩着感情游戏。

"Shinazo 先生呢……？"

每当谷这样戏弄朱莉的时候，朱莉就用指头轻轻敲着国际象棋棋盘，说："No，No，No……我也很喜欢 Shinazo 先生。可是，因为喜欢第二个，就让我讨厌第一个，那不可能。"这个有着美丽的眼睫毛的女人，环视着每一个人，露出高傲的笑容。

从来不喜欢输赢的我离开在床上下国际象棋的几个人，坐在沉默的椅子上，构思一篇短文。

回乡心切，请寄旅费。

——真知子

这时，我的情人看着与这把椅子最般配的我，温柔地对我说："再过几天钱就寄来了，我们一起去柏林吧。"

"我现在正在写这样的电文呢。我特别想回去……"

"想起你丈夫了?"

"想起很多事。就算用你的钱去了柏林,一切不还是都要破灭吗?"

香烟熏得我头疼。情人打开窗户,夺过我手中的香烟,说:"你不是答应我戒烟的吗?当然还有酒。你这个人真不懂文明,你想用当药消除尼古丁,你真觉得这个办法有效?"

我戴着一个很硬的衬领,情人的声音像铁一样敲打在我的耳朵上。

我的财政状况窘迫到了极点,但是在故乡我有一家可以求救的大出版社。明天我就把这份电报发过去。这样想着,我觉得日本一下子离我近了,心里感到一丝快乐。

十三

拍了"回乡心切"的电报以后,一周来我的身体变得像玻璃一样透明,冰凉僵硬。

每天,呈"弓"形的日本都要放大、缩小好几个回合,使我倍感心寒。

隔壁的朱莉经常跟一个大块头男人外出,一去两三天不回来。回来后就趁着酒劲大骂,像孩子一样哇哇大哭:"我挣不正当的钱?我碍着谁的事了?保护人?保护人怎么了?问住宿的人要住宿费,有什么可说的……?"

她醉成这个样子的时候,我并不去安慰她。有一次人们以为住在七楼阁楼上的朋友那里出了人命,排着队来看。

朱莉见什么就往墙上扔什么,令旅馆老板大为光火,有一次还当场倒地。

哭够了,她就端起鱼缸,大口大口地喝里面发绿的水,发疯似的撕墙上的照片。强烈的风暴正经过她心灵的上空。

不管朱莉那边闹成什么样子,我都默不作声地躺在自己床上。

第二天早晨,朱莉便一反昨天的状态,像少女一样害羞地走进我的房间。

"昨天晚上我闹得很厉害吧?我把鱼缸也打碎了,还死了一条鱼。"

十分悲惨残酷的日子持续着。我的阁楼不再是天堂,而是像地狱中的洗衣室一样,一天天急剧地荒凉下去。

也不知道是拍了电报的几天以后,在我早已经把电报的事忘得一干二净的那么一天,天上下着雨,我靠在椅子上静静地唱着歌。

那是一首什么歌?我想不起歌的内容,只是放声像风一样唱着。

"您好,女士!"

我被一个男人敲门的声音吓了一跳,回头一看,见邮递员手里拿着一封挂号信站在门口。大概是他把门打开了一条缝。

我的胸膛像卷起一阵季风般凄凉。

我连给邮递员的五生丁[1]都没有!我摘下胸前的一枚胸针递

---

[1] 生丁,法国货币单位,一百生丁为一法郎。

给邮递员。好心的邮递员急忙把手缩回去，说了声："下次我一起收吧。"就噔噔噔地下了楼梯。

我为自己的幸运苍白了脸。椅子啊！床啊！桌子啊！墙啊！

来吧，阁楼上的演员们，一个都不能少的演员们，排成一列，向着天空吹响庆祝的号角吧！

当回到故乡后，这个阁楼上的房间一定会像伐木歌一样令我感到心酸。这把沉默的椅子，我不会再把手搭在它的背上了。

信封里的钱超出了旅费所需的金额。我把那个信封放到胸口上，手触摸到自己的肌肤，上面起了一层欢喜的小颗粒，我的心脏兴奋得咚咚直跳。

"哎，朱莉，我要回日本了！"

朱莉房间的天窗上挂着厚厚的窗帘。

朱莉正在和一个声音高鼻子大的男人吃通心粉，那个男人看样子是交通巡警。

洗脸池上放着一个杯子，那条没有尾巴的金鱼泛着白肚皮，死了。

"真的？太好了！那你也能见到 Shinazo 先生了。我是最近才听说的，他在神户……"

我做出一定践约的样子，把写着 Shinazo 的小纸条拿给朱莉看。

声音很高的男人一直抱着朱莉的肩，当着我的面毫不含糊地抱着朱莉，吻她。朱莉皱着眉头做出笑脸。

十四

房间里收拾得干干净净。

所有的行李都寄走了,只剩下歪斜的酒精炉、碗筷和盘子之类的东西。

> 沉浸在思考中 我寂寞一人
> 行进在大路上
> 把快乐向空中抛弃
> 如今余热已尽
> 只要心中充满恋情
> 走进白杨树荫下
> 将一片片秋天的落叶
> 捧在掌心

我吟诵着这首诗,心情十分舒畅。但是这种舒畅对我的情人来说却格外地冷酷。如果不强迫自己感到心情舒畅,那我将无法踏上归程。情人靠在椅子上,用手遮住额头。

"我没想到,今天这个快乐的日子会变成和你诀别的日子。今天早晨钱寄来了,我来找你,是想带你去看你早就想看的电影,买了花,买了水果点心,我还想让你吃从来没吃过的好吃的东西……怎么会这样?"

我停止了歌唱,从没寄走的一个旅行箱里抽出植物标本册,想揪下他为我买来的玫瑰花的花瓣,制成充满美好回忆的压花。

熟透了的花蕊撒下黄色的花粉,像金粉一样沾在我的指头上。玫瑰的水分被吸纸渐渐吸收,储存着美好回忆的花香变成压花,使我心头发热。

"原来你在收集这些标本?"

我那些像片假名的植物标本似乎打动了他的心,他说:"船上热,路上你要多加小心。我把你送走以后,就用这笔钱去柏林。"

我极不善于掩饰自己的眼泪。

我警告自己不要在这甜蜜面前倒下。可是,丈夫、故乡、父母此刻像火星一样消失了,我大把大把的眼泪只洒在这个男人身上。他靠在孤独的椅子上,用双手遮住额头。

"可以进来吗?"

是美学青年和灯笼裤谷。

"唉,巴黎的无为党终于到了分裂的时候了!"

可是,我无法像往日一样若无其事。

我把大米倒进红色的锅里,开始煮饭。

三个男人入迷地下着从朱莉那儿借来的国际象棋。

我背对着三个青年,一边哗啦啦地淘米,一边用袖口擦着脸上的泪水。

不知什么时候,国际象棋的声音消失了。

三个男人像小鸟一样并排坐在床上,茫然地看着孤零零的寂寞的椅子。

杜　鹃

一个西风呼啸的日子。到了傍晚,麻纪终于觉得有点儿累了。动物园后门前边有个菜店,店前摆着很多小花盆。麻纪看见房檐下挂着一张"出租房间"的牌子,就问店里的一个年轻人,能不能让她看看出租的房间。年轻人告诉麻纪,不是他们这儿出租,是再往东照宫[1]那边走四五家的一栋不大的普通民房出租二楼。年轻人给麻纪带路,把她领到了那家。一个表情忧郁阴沉、腿脚不灵活的女孩子出来,对菜店的年轻人说了声"谢谢",然后也不看麻纪,只说出租的是二楼的一个房间,让她自己随便去看看。麻纪一个人上了昏暗的二楼。这房子看起来很旧,隔扇门和榻榻米都有些发黑。二楼有两个房间,尽管门是隔扇,但是因为楼梯在中间,两个房间不连着,所以麻纪很满意。房间好像已经很久没人住了,里面充斥着一股霉味。麻纪下了楼,问房钱是多少。回答说连电费十圆,可以用厨房做饭。虽然麻纪对破旧的榻榻米

---

[1] 东照宫是祭祀德川家康的神社。

和隔扇门不太满意，但是这里离大学附属医院不太远，去起来方便，再加上今天风大，天气不好，从早晨就四处奔波找房子的麻纪已经疲惫不堪，所以她想算了，就先租下这儿吧。麻纪押了五十圆的定金，然后返回菜店，向那个给自己带路的年轻人道谢。年轻人正在往店门前的马路上洒水，听麻纪说"我已经决定租下那儿了"，只说了声"是吗"，就提着空桶到后面打水去了。

麻纪往动物园方向走了几步，突然心中一动，转身登上东照宫门前的石头台阶，慢慢往上爬。樱花树上的花儿已经凋谢，长出了叶子。麻纪一边眺望着树梢，一边一步步登上绿色隧道下的台阶。狭窄的参拜道两旁立着两排高高的、长了苔藓的石灯笼。麻纪穿过石灯笼夹道的小路，走进了东照宫朱红色的、狭窄的大门。可能是因为风大的缘故，东照宫里只有零星几个参拜者。待了没一会儿，麻纪就出了东照宫，向公园方向漫步过去。天色越来越阴，似乎一场大雨即将来临。麻纪觉得累了，就进了一家凳子上铺着红毛毡的茶馆。麻纪看了看店牌，见上面还写着凉粉、乌冬面之类的吃食，就要了一碗面。麻纪走了一天了，一坐下，积压在小腿肚上的血好像一下子涌到了腰间，很舒服。茶馆外面墨绿色的灌木丛对面有一家亮着灯的料理店，一个学生牵着狗，正吹着口哨从饭店前面的石子路上走过。

麻纪花了两天时间，把家从沼袋搬到了上野动物园后面。隔壁房间里住着一个美术学校的学生，长得小巧玲珑，梳着短发。麻纪指挥搬运行的工人搬东西的时候，有两三个男人从她的房间里探出头来，时不时地朝麻纪瞟两眼。麻纪稍微收拾了一下房间，就把算盘放在吃饭用的小圆桌上，开始算这两三天的账，查看存折上还有多少存款。麻纪喜欢算账，算钱的时候是她最快乐的时候。麻纪的存折上已经有两百圆左右的存款，她想再干三年就该有五百圆了。她陶醉地看着存折，漫无边际地遐想着。算完账，麻纪把存折和算盘放进抽屉里，锁好。计算有多少积蓄，对麻纪来说是一种肉体上的快乐。一张桌子、一个箱子，还有一块做生意用的很大的包袱皮，再加上一些简单的炊具，这就是麻纪的全部家当了。麻纪一般一次煮好够两天吃的米饭，从鲜鱼店买块鱼回来，或者烧点儿小菜，吃得很简单。有时候懒得做饭，也去附近的十钱饭馆随便吃点儿。对麻纪来说，没有比金钱更让她感到高兴的东西了。每次算钱的时候，麻纪都要松开腰带，先深深地吸口气。她把亮闪闪的银币用纸包好，把纸币和铜币分别放进不同的钱包里。做这些事的时候，那心情简直是一种充满愉快的刺激。

麻纪是卖和服料子的行脚商。在老家宇都宫她曾和一个小学教师有过两年的婚姻生活。后来因为丈夫有了女人，她在家待不下去了，就糊里糊涂地跑来了东京。麻纪的左眼下面有一块铜币大小的黑痣，这让她对自己的容貌缺乏自信。她觉得生意能做多少就做多少，钱能攒多少就攒多少，这都是为了自己的将来。麻纪二十六岁的时候来到东京，到现在正好四年。一到东京，麻纪就经熟人介绍在沼袋的一个三等邮局[1]当了办事员。月工资二十四圆，中午有免费午餐。麻纪在邮局干了两年左右，觉得日

---

1 也称"特定邮局"。明治时代在经费匮乏的情况下，日本政府为了尽快推进邮政事业，制定了由各地区名士或大地主无偿向国家提供土地和建筑，国家将当地的邮政事业委托给他们的制度。这个制度一直延续到二〇〇七年十月一日，随着日本邮政民营化，特定邮局才被撤销。

子过得没有一点儿盼头，也没跟熟人商量，就自作主张离开了邮局。辞了邮局的工作以后，麻纪辗转于几家家政服务人员派遣所，到派遣所指定的人家当保姆。不久，一户有孩子的人家到派遣所抱怨，说那个脸上有痣的保姆不通人情。所以，只一年左右，她就离开了派遣所。麻纪曾在她当保姆的人家学到些做和服生意的知识，她突发奇想，萌生了想试试这个行当的念头。

那还是在万世桥派遣所的时候，她被指派到浅草马道附近的一个女演员家当保姆。说是演员，其实就是在电影剧场需要加演节目的时候被请去凑个热闹，以此养家糊口，也是个漂浮不定的女人。女演员带着一个婴儿，和她母亲一起生活。女演员的母亲因患胃癌卧床不起，所以，女演员不在家的时候，就是麻纪一个人照料家务。她在那家干了十天左右，就在这短短的十天里，麻纪遇到过几次背着和服上门卖货的年轻女人。这个女人走街串巷，送货上门，把十圆左右的和服料子以按揭形式卖给顾客，货款分三四个月付清。她才二十六七岁的样子，很讨人喜欢。顾客定好要买她的料子以后，她会把下摆里子、衬里料子都配好，在指定的日期把做好的整套和服送上门来。对于那些不会打扮或者懒得费心思的女人来说，这真是求之不得的好事。一天，麻纪问这个女人，做这种生意需要多少资金，还把自己婚姻失败、一个人跑到东京来的经过告诉了对方。没想到，对方很爽快地说："我父亲在日本桥的一家批发店工作，你要想做这种生意，只要交点儿押金，剩下的我去给你办。"麻纪又问需要交多少押金，女人说："只要能交五十圆，批发店就能赊一批货给你，足够你背着到处卖的。"她还教麻纪生意经，比如一身十五圆的锦缎料子，第一次先收五圆，剩下的分三四个月收回来。她还说，因为顾客大多是像浮萍一样的陪酒女郎,所以必须计算好,第一次就得先把本儿大致收回来,以后几次才是赚头,不然的话,有时候要倒大霉的。"不过,再怎么说对方也是女人,没有太坏的。不管走到哪儿,只要你不厌其烦地去要,最后还是都会把钱付清的。做买卖,不能性急。"听说只要五十圆的押金,麻纪高兴得心都嗵嗵直跳。麻纪离开宇都宫时,她丈夫给了她七十圆,算是饯别费。现在这笔钱还剩四十五圆。

麻纪离开了派遣所,在年轻女人的帮助下,很快从日本桥的批发店赊了一笔将近一百圆的货。此时,麻纪感到心情豁然开朗,十分愉快。批发店只有一个要求,开始一段时间,麻纪每晚必须在八点以前把当天的销售额交到店里。万事开头难,麻纪先从在派遣所认识的那些朋友做起,同时也背着料子到繁华街道深处的咖啡馆或料理店拉生意。第一个月等于是白跑了一个月。但是,做生意不用按点上班,不用听人使唤,麻纪觉得比在邮局上班强多了。她坚持不懈地努力,慢慢开始有顾客了,又有顾客为她介绍了其他顾客。麻纪身体结实,背着包裹走一天也不觉得累。开始的一个月,肩膀还有点儿疼,后来慢慢就好了。两三个月以后,麻纪渐渐熟悉了生意,有了一些积蓄,对将来也看到了一线希望。这时她才下定决心,搬到上野来住。

麻纪租的房间里没有壁龛,天花板很低,到处黑乎乎的,却有一个壁橱,这让麻纪感到很满意。临街的北边墙上有个齐腰高的窗户,东照宫里的树枝垂在屋檐下,形成一个树荫,麻纪可以从窗户看到近在眼前的清爽的树梢。这天,天气晴朗,正是搬家的好天气。麻纪系着围裙,一边哼着上女校的时候唱过的歌,一边擦着榻榻米。她盘算着,等再稍微安定一点儿,她就可以回趟宇都宫,把从女校毕业、无事可做的妹妹也接来。

楼下房东一家三口,母亲在坂本町的一家澡堂收费,儿子是市役所的户籍员,他妹妹就是那个腿脚不灵活的姑娘。麻纪见那个姑娘一直坐在廊子上做针线活,不禁暗喜自己搬到了一个绝好的地方。她凑过去问道:"你给人家做衣服?""是啊,零零星星地做点儿。现在没什么活儿……"姑娘从火上拿过熨斗,放到脸前试温度,呆呆地说。

姑娘显老,其实才二十四岁,说起话来声音很小,很动听。她长得白白净净,头发稀疏。虽然显老,但是眉眼间透着清秀。据说,她的腿是小时候让自行车撞坏的。傍晚六点左右,房东的儿子回来了。他端了一盆水,在廊子上哗哗洗脸,大声漱口。他个子高高的,有点儿驼背,有一张很吸引女人的、野性十足的脸庞。不过,他待人简慢,麻纪过去和他打招呼,他也只是一声不吭地看着麻纪。房东晚上十二点才回来。她跟这兄妹俩长得一点儿都不像,好像不是他们的亲生母亲似的。她脸上的肉嘟噜下来,浓眉窄额,一笑就露出嘴里闪闪发光的金牙。麻纪对这个房东没有什么好感,她看上去待人热情,实则很冷漠。

只有四坪[1]大的小院子里有个架子,上面满满地摆着二十几个花盆。架子下面潮乎乎的地上爬着灰菜和天胡荽。厕所旁边摆着一个破旧的小石灯笼。房东住的楼下,包括门口的那间,一共有三个房间,每个房间都很昏暗。六叠[2]的正房里放着一个镶金

---

[1] 一坪约三点三平方米。
[2] 一叠指一张榻榻米大小的面积,大约一点六二平方米。

属边的旧衣橱，显示着这家曾经的富足。至于那个美术学校的女学生，到现在还没有露面。

搬过来两三天以后，麻纪吃腻了自己做的饭菜或小饭馆的饭，就在傍晚散步的途中走进一家炸豆腐店。她还是第一次一个人到这种地方吃饭。一想到有二百圆的存款，麻纪就喜不自禁。饭店里没有想象的那么灯火通明，有一对夫妻，身边放着一个大旅行箱，显然刚从上野车站下车。还有两三个近郊的艺伎模样的女人，侧身坐在榻榻米上，正在可以折叠的小圆桌上用餐。她们见服务员把麻纪请了进来，就用尖刻的眼神看着她。麻纪心里很不舒服，知道她们是在嘲笑自己脸上的痣。长期以来，麻纪已经养成了一个习惯，承受那么多人的目光变成了她的一项义务，无论走到哪里，她都要承担这项义务。十七八岁的时候，每当遇到人们异样的目光时她都很受刺激。可是，现在她已经不像以前那么难过了，她有了一种近似宗教般的豁达。她不忘时刻暗暗发誓，要攒到足够的钱，然后到一个安静的、没有人打扰的地方，过修女一样的生活。

麻纪和丈夫的婚姻可以说是一种"同情婚"。单靠同情维系的夫妻关系是极不牢固的，所以麻纪早有精神准备。麻纪受过女校教育，生活也并不窘迫。虽然父母死得早，但是姐姐、姐夫继承了家业，照料生意，所以在家当姑娘的时候麻纪过得还算悠闲。她家一直经营农具生意，在兵营附近的户祭町有个店面，虽然不大，但是生意很稳定。

上女校时，麻纪打算毕业以后当幼儿园老师，每天晚上都去上高等农林专科学校的表哥家补习功课，并且在那儿认识了正雄。正雄是表哥的朋友，在以大谷石闻名的城山村小学任教，是一个基督徒。麻纪还听说，正雄的父亲在鹿沼的一家制麻公司工作，职务还比较高。一月十五日春渡祭[1]晚上，麻纪和表哥、正雄三人去二荒山神社看田乐舞。马场町挤满了用橡木柱子搭起来的当舞台用的高台。那天晚上月亮很好，人们的耳边不断响着庙会上特有的、用笛子等乐器演奏的音乐。在熙熙攘攘的人群中，正雄和麻纪不知什么时候和表哥走散了。天气很冷，两人被人群推搡着来到神社门前。这时，正雄邀请麻纪，问她要不要去大谷看看。"现在几点了？""才八点，还早呢……"说着，正雄就扶着麻纪的肩膀，带着她穿过人群，飞快地向汽车站走去。因为是春渡祭，所以那天连军道两旁的樱花树下都挤满了人。

麻纪眺望着车窗外的月亮，高高的月亮从裸露在寒风中的树梢上一晃而过。她坐在正雄的左边，怀着一种孩子般恬静的心情看着窗外。公共汽车上还坐着四五个回大谷的女孩子，麻纪能感觉到她们不时把视线投向自己。她们冷冷的目光不同于正雄，让麻纪脸上发烫，她觉得那个痣变得更明显了。姐姐常说："如果你脸上没有这块痣，你简直可以去当演员了。"麻纪讨厌别人谈论她的容貌，一听到别人议论，她的心里就像翻江倒海，非常气愤。

正雄和麻纪在大谷下了车，经过大谷寺时他们也没有合掌拜过，径直朝采石厂深处的一个个石洞走去。那天晚上没有风，夜空很平静，却寒冷彻骨。一户户房檐低矮的采石工人家里漏出昏暗的灯光，传出醉汉的叫声。正雄问麻纪是不是很冷，把一条

---

[1] 宇都宫二荒山神社每年一月十五日举行的祭祀活动。

黑毛线围巾围到了她的脖子上。一股男人的气味扑鼻而来，麻纪突然感到一阵激动。正雄来到一个很深的石洞跟前，突然像吟诗一样口中念念有词，像做体操一样有力地活动着身体。石洞里有一汪积水，像个小水池，小小的月亮倒映在水面上。正雄在坡道上踱来踱去，过了一会儿，他用断断续续的声音小声问麻纪想不想和他结婚。还是个学生的麻纪双腿发抖，说不出话来。"你要跟我这样的人结婚？你疯了吗？"麻纪忘了回答正雄的话，弯腰蹲了下去。这里是大谷石的产地，几丈深的采石窟集中在坑洼不平的山路一侧，就像龋齿一样露出黑黢黢的洞口。

麻纪说她是第一次来这里，抓住正雄的胳膊探头往里看，只见深深的洞底有一丝亮光，就像山谷中的一盏灯。石洞那么深，足以让麻纪双脚颤抖。这时，正雄突然抱住身材高大的麻纪，给了她一个吻。麻纪一时惊慌，又有另一种意义上的惊讶，便紧紧地闭上了眼睛。好一会儿，她才小心翼翼地睁开眼睛，正碰上正雄鹰一样的目光盯着她的脸颊。麻纪突然感到脸上像着了火，悲从中来。她说了声"不"，推开正雄撒腿就跑。正雄在后面，对着在山路上奔跑的麻纪不停地呼喊，但是麻纪根本不理会他。她跑到山后面的隧道入口处，弯下身子，迅速拿出小镜子照着自己的脸。月光下，左眼下面的痣显出一块圆形的阴影，颜色虽然没有白天那么鲜明，但是它就像一个悲伤的图案给麻纪的脸上留下一片阴影。麻纪突然想起，在学校同学们常常戏弄地叫她"邮戳"，令她很伤心。每次麻纪都心生怒火，恨不得想去找父母算账。正雄用那么可怕的眼神看着自己，麻纪感到他的表情里深深藏匿着大人的某种心理。麻纪躲在一片枯草丛里，一堆枯草围在她的腰间，像鱼刺一样扎人。麻纪眺望着月亮，心想再没有比这更残酷的惩罚了。她心里充满了无法用喜欢或是讨厌表达的悲哀。麻纪还想，人们一定会笑话她，说有缺陷的人都傻，容易让人得手。麻纪越想越自卑，今后再也不想见正雄了。

她对着镜子里的那片阴影，用力按下去。这块痣长期以来经受了种种磨难，最终变得像一块溃烂的伤疤，大面积地、阴沉沉地趴在麻纪脸上。

远处山顶上，一个骑自行车的男人大声唱着歌，风驰电掣般向山下的大谷寺方向驶去。正雄找到躲在枯草堆里的麻纪，又一次伸出双臂，想抱住麻纪的肩膀。麻纪摇了摇头说"不要"，她的头发触摸着正雄的下颌。正雄把脸埋在麻纪的头发里，过了一会儿说："你为什么那么害怕？我和其他男人是不一样的，我是跟女人的灵魂结合。只要你愿意，我就去和你姐姐提亲……"正雄就像站在舞台上的演员一样，一字一顿地说。麻纪深深感到自己就像好几天没吃东西的野狗一样孤独无助，虽然想咬住猎物，但以其弱小的力量连站都站不稳。

麻纪把胳膊肘放在小圆桌上，想起这段往事，发了一会儿呆。她故意背对着那几个尖酸的女人，透过细格子窗，眺望着云母般闪闪发亮的不忍池。窗外的花草送来一阵清爽的微风。艺伎们要了很多菜，大声说笑，吵吵闹闹。麻纪要了一碗酱汤和一份炸豆腐，就着白米饭吃了。本来是很好吃的饭菜，可是麻纪突然觉得饭菜在嘴里如同嚼蜡，无滋无味。自己过得这么节俭，又能换来什么幸福呢……？背后的几个女人叽叽咕咕笑闹着，和那几个下贱女人比起来，自己显得更加寒酸。麻纪觉得自己很可怜，就像在马路边上饮水的那匹马，有谁知道它的孤独呢？麻纪现在的生活就像那匹马，她的眼睛有些湿润了。吃完饭，交了钱，麻纪沿着不忍池边信步而行。公园里的树和不忍池的水都很恬静。

　　星期天一大早就下起了大雨。麻纪很不情愿在这种天气出去做生意,但她还是在包袱皮外面裹上油布,打点行装,准备出发。这时,隔扇门外传来一个女人的声音:"酒井桑,在家吗?"隔扇门"哗"的一声被拉开了,美术学校的女学生站在门口往里张望。麻纪正在用条带捆包袱,她回过头来问:"你有什么事吗?"女学生说:"啊,也没什么事。今天下这么大雨,我想请你到我那儿喝杯茶……"女学生还说,楼下的兼盛先生也上来了,很热情地邀请麻纪去喝茶。"下这么大的雨,今天你就别去了。"听了女学生的话,看着窗外阴暗的天空,麻纪泄了气。经不住女学生再三邀请,麻纪到了她的房间,只见除了楼下的兼盛以外,还有一个年轻男人,两个人都靠着墙,伸着腿坐在那里。女学生说她买了葛粉膏,把黄色的葛粉和白糖放在盘子里调和。女学生的朋友说:"怎么样?咱们别争论了,谈点儿轻松的话题吧!"楼下的兼盛把烟卷叼在嘴角,讽刺道:"轻松的话题,好啊!要是你想讲讲你约会的经历,那我就洗耳恭听了。"麻纪拘谨地端坐在门口。"你再往里坐坐,对他们用不着客气。他们喜欢争论,经常是这样的。"女学生一边招呼麻纪,一边拿出一块脏手帕,啪啪地拍打着撒在榻榻米上的葛粉。远处传来了钢琴声。女学生的房间很脏,油腻发亮的坐垫和榻榻米上到处沾着颜料。褐色的墙上有一张毕加索的《斗牛士》,一望便知是从哪本杂志上随便剪下来,用图钉钉上去的。风一吹,毕加索的彩印画就呼呼地从墙上鼓起来。女学生给麻纪倒了一杯温吞的红茶。楼下的那个男人原来叫兼盛,麻纪心想。突然,兼盛用郑重其事的口吻说:"又四郎桑,芭蕉有这样的俳句,'路旁木槿花,马儿口中食'。这种技巧,和你刚才说的'俳句就像绘画里的简单素描',这个'简单'到底是什么意思?让我听听你的高见吧!"兼盛边说还边耸着肩膀。"兼盛桑,你又来了!又四郎桑的话也没有恶意哟。谁不知道芭蕉是个了不起的人……""你别插话。女人一插进来,我们的谈话就乱套了……"

兼盛拽了拽深蓝色碎白点和服的下摆,搭在盘着的腿上。又四郎不抽烟,只顾埋头吃葛粉膏,他说:"释迦牟尼也好,孔子也好,皆为人也。你没有必要说芭蕉了不起,素描没什么了不起吧?你硬要夸张地把芭蕉跟我说的'不过是小作品'这句话扯到一起,那我也没办法。兼盛桑,'蛙跃古池内,静潴传清响',这首俳句很有名,可是我特别不喜欢。这张毕加索的画比它强多了,在我心里可以排第二吧……反正,俳句这种像咸脆饼一样的东西,我是搞不懂的……"麻纪看着又四郎,觉得他长得有点儿像表哥。据说他前一段时间被招入伍,但是马上又被退回来了,现在还留着光头。他身穿深蓝色的西服,让人觉得有点儿沉闷。不过,因为长相清瘦,这身打扮也显得很利落。女学生姓濑尾,方脸大眼睛。她时不时从男人们的谈话中退出来,跟麻纪聊这聊那。"你这么年轻就出来做生意,真不容易啊……"麻纪好像回到了学生时代,心情很愉快。这里没有人窥视她的脸庞,大家都把目光投到各不相干的方向,谈天说地。又四郎坐在一个脏得发亮的红坐垫上,靠着墙,眯缝着眼看着麻纪问:"听说你是行脚商?"麻纪回答了他的话,然后又告诉他,这种买卖不是真正的生意人做的,很难做,经常遇到麻烦。又四郎饶有兴趣地听着麻纪的话。过了一会儿,兼盛深深叹了口气,看着天说:"无聊透了,这雨下得真讨厌。"一时，麻纪他们也静静地听着充斥着整个房间的雨声，雨珠拍打在输水管上啪啪作响。又四郎从濑尾的书架上拿出一本画册，认真看着，说："看来兼盛桑和我都不能说是幸福的知识分子啊！""什么意思？""什么意思？反正现在这种情况，我们要不就是做点儿力所能及的学问，要不就是干脆到殖民地去，好好混个新兴公司的职员干干，那可能才是我们的幸福。实际上，现在的生活不是很不安定吗？……这样下去，我会慢慢对自己失去信心。虽然说是只要画出好画就行，可是身边的事情越来越令人捉摸不定……我倒想干脆上前线去算了。可就连这也做不到，真是一筹莫展啊！"濑尾刚才就一直对着镜子剪刘海，听了又四郎的话突然咻咻地笑了起来："干脆我们一起去华北吧！反正兼盛桑将来靠市役所一天一圆的失业救济金也没办法生活……"

到了中旬，天气开始闷热起来。这天，麻纪下了好大的决心，走进了大学附属医院。候诊室里挤满了脸色难看的妇女和孩子，人声嘈杂，窗外传来工地上铁锤敲打的声音。麻纪领到挂号牌，坐在窗边等护士叫她。候诊室里有得了秃头病、皮肤像老人一样皱皱巴巴的孩子，也有被烫伤、半张脸红肿痉挛的女人。麻纪还是第一次看到这样的光景，就像到了戏院的后台。轮到麻纪了。今天是免费诊疗，所以她被带到了一间教室里。一进门，身穿白色上衣的学生们一齐把目光投向麻纪，宛如气味刺鼻的煤焦油流淌过来。麻纪觉得学生们的表情就像进入敌人阵地一样冷漠无情，让她感到很不舒服。身穿白大褂的皮肤科教师让麻纪坐到椅子上，开始用德语说着什么。麻纪必须面朝学生们坐着，这让她感到一种绝望，即使求神拜佛也救不了她。麻纪低着头，僵硬地坐在椅子上。教师好像写了一些什么，然后让麻纪把脸转向自己这边，用冰凉的手摁了摁那个痣。他的手冰凉彻骨。年轻的学生们目不转睛地看着麻纪。麻纪受到这种对待，很伤心，厌恶让她感到一阵恶心，浑身都被汗水浸湿了。简短的检查结束后，护士把麻纪带到了一个明亮、舒适的房间，房间的墙、玻璃橱、桌子都是白色的，玻璃橱的圆孔里还插着很多烧瓶。护士用一根橡皮绳紧紧捆住麻纪的上臂，抽了一管血，推进一个烧瓶里。在光线的作用下，麻纪的血像葡萄酒一样鲜红透亮。麻纪感觉受到了嘲弄，一种令人躁动的情绪在她脑子里打着旋涡，转来转去。出了医院的大门，气愤涌上麻纪心头。"我决不再走进这扇大门一步！"麻纪甩了甩左臂，一种发麻的隐隐约约的疼痛传递到她的大脑。

吃过午饭，麻纪仍然心情郁闷，就背起包裹，打算去浅草，到剧场的演员休息室转转。她在田原町下了电车，背着沉重的包裹，向六区方向走去。天气很闷热，麻纪的后背上满是汗水和灰尘。不管是什么事情，只有金钱才是救世主。不管多苦多累，自己只要攒足了钱，就不再追求任何幸福。麻纪边走边这样激励自己。不知为什么，这时她的脑海里突然浮现出在市役所工作的兼盛的身影，不由得脸上发烫。

演员休息室里，那些女演员们几乎是赤身裸体，有的在睡午觉，有的在看杂志，都显得懒洋洋的。"你又来了？这个夏天我都打算光着身子过了。现在是非常时期，谁还要和服……"一个年轻的女演员一边说着风凉话，一边动手帮麻纪把已经被汗水浸湿的包裹拿下来。这个剧场一半演电影，一半表演节目，只有七个女演员。麻纪在休息室的一角摊开自己的货物,那些睡觉的、看杂志的就像被鲜花吸引的蜜蜂一个个围上来。刚才那个说风凉话的年轻演员拿起一块印有粉红色竹叶的绉绸,搭在赤裸的肩膀上,站在镜子前面说:"阿纪,你看这块料子做一件长内衣是不是很合适啊?"其他人有的要薄棉和服,有的要长内衣,麻纪一下子做成了三笔买卖,心里松了口气。一个叫樱桃的老演员紧盯着麻纪的脸说:"你可真是拼命赚钱啊!唉,这张脸,怕是嫁不出去吧。"麻纪早已经不在乎人们怎么看她,故意用手绢擦了一下脸。

傍晚,麻纪来到合羽桥,顺着松叶町的路慢慢往家走。在电车道上,她意外地碰到了兼盛。麻纪上前打招呼:"你刚下班啊?"兼盛穿着一套灰色的春秋装,听见声音吃惊地回过头来,看着麻纪说:"原来是你呀?"他的表情并不友好,却随着麻纪的速度放慢了脚步。他就是这个脾气吧,麻纪心想。那是一个刮着南风、阴沉沉的黄昏。兼盛手里提着一个包,里面好像装着书。麻纪关切地问:"每天工作,是不是很累?"兼盛回答:"工作倒还比较轻松。"两人从善养寺町向开山堂方向信步而行。这条路虽然绕远,但是很安静。他们二人无意中选择了这条路。兼盛说:"你很有精神啊!"这句话让麻纪突然觉得肩膀上的包裹变得很重。她心里充满好奇,很想知道这个男人到底是怎样看自己的。"是啊,是很有精神!没有精神我吃什么?不干活,我就没有饭吃……""那倒是,谁都一样。可是,你是女人,你就没想过结婚?""结婚?"麻纪反问了一句,没有回答。麻纪刚搬过来的时候,半夜常常听到动物园里传来的乌鸦或者猴子的叫声。这叫声让她联想到自己凄惨的人生,曾经情不自禁地像孩子一样放声啼哭过。现在兼盛直截了当地问她对结婚有什么打算,听到猴子叫声的那些个夜晚的孤独又回到了麻纪的心头。

一天早晨,又四郎来了,坐在廊子上。兼盛没去市役所上班,也坐在薄光斜照的廊子上,头戴一顶适于在海滨戴的草帽。"我现在也开始慢慢读懂俳句的情趣了。你听,'万物皆荒芜,柿树枝叶繁',据说是一个叫蓼太的人写的,可以排到第二十名吧。""我不知道你那套理论,反正啊俳句就是块咸脆饼。"兼盛从衣橱上拿下来一个白色水盘,用一个铁瓶往摆在里面的一块拳头大小、坑坑洼洼的黑石头上浇水。麻纪和兼盛的妹妹贵佐子聊着天。又四郎问往石头上浇水的兼盛:"那是什么?""这个?是石头啊!""石头?是有理论的石头?啊?"兼盛把水盘里的水换好,然后像孩子一样露出调皮的微笑,说:"这叫水石,也叫京都鞍马石,耐寒气,是好石头。哎,这也是和俳句差不多的东西。"又四郎愕然地看着兼盛手里的石头,麻纪也呆呆地看着水盘。这块石头形似一头卧牛,表面上长着点点青苔。兼盛一边用湿纱布啪啪地拍打着石头,一边吸着烟,一副其乐融融的样子。"石头的美学,佩服!佩服!水石这种东西,有等级吗?"廊子上有些热了,又四郎坐进搭在房子外面的竹帘里,问。"听说这种天然形成的水石等级相当高。我是因为我父亲喜欢,受他的影响,我也玩玩。像我这种人,摆弄摆弄石头,倒也有点儿乐趣。我不像你,不会画画,也不是写俳句的料。"麻纪默默地看着突然变得明亮起来的小院子。又四郎突然问道:"二楼的濑尾还没回来呢?她上哪儿旅行去了?"兼盛似乎不太高兴,默不作答。

麻纪问："今天市役所休息吗？"他也不理会，只是从阴郁的眼底放射出一束粲然的光芒，一心一意地往石头上淋水。贵佐子端来沏好的粗茶，又四郎一边喝着茶，一边冷不丁地说："我想去台湾，你们说怎么样？"兼盛嘴里含着搪瓷杯，把脸转向又四郎说："噢……那把我也带去吧！""开什么玩笑！我自己还顾不过来自己呢，再带上你，绝对不行……""你去那儿干什么？""干什么？去碰运气，抓住命运呗！运气好的话，我还想组织一个画社……"兼盛把水盘放到地板上，从外间拿出两三张地图来，对又四郎说："哎，台湾很远的，你还是别去的好。""不去？不去留在这儿又能怎么样？也没有心思学习……前两天我买了一束花，画了两三天，突然觉得自己很可笑……"又四郎说到这儿，突然哈哈大笑起来，露出健康洁白的牙齿。

快到中午的时候，二楼的濑尾回来了。她告诉大家，她去了一趟镰仓的朋友家，在那儿玩了两天。她把带回来的片濑豆沙点心连包点心的竹叶一起摆在大家面前。又四郎一边大嚼着点心，一边问濑尾镰仓的海滨怎么样。"我也是好久没去了，七里滨海滩还是很漂亮的。已经有人开始海水浴了……又四郎桑，我画了两张八号的画，你帮我看看？"濑尾穿着一身白麻套装，往房门口走的背影透着一种不纯洁的性感。她把两块画板放在大家都能看见的地方，一块放在隔扇门那儿，一块放在衣橱旁边，然后问兼盛要了一根烟叼在嘴里。两张画画的都是海。也不知道她效仿了哪个流派，天空的颜色就像是直接从颜料管里挤上去的一样，堆着一团团活生生的湛蓝。兼盛认真地说："这天的颜色和海一样。"麻纪也呆呆地看得入了迷。又四郎走到了画前，一脸羡慕地说："你用这么好的颜料啊！你是不是还攒着勒弗朗的颜料呢？"

麻纪回到二楼，清点物品。她拨着算盘，非常仔细地把每天的收入记到账本上。麻纪感到那个曾经有理想、想当幼儿园老师的自己，现在像梦一样离她远去。清好账后，麻纪坐在窗台上，眺望着东照宫里深深的绿荫树梢，不知道为什么，她想起了和兼盛一起走过合羽桥时炙热的阳光。自从上次去过以后，麻纪就再也没有去过大学附属医院。她觉得自己的血很可怜，不知道它在哪个研究室被怎样用于试验。麻纪拿出一面镜子，放在桌子上，端详着镜子里自己的容貌。她像往常一样，用一只手遮住黑痣。由于睡眠充足，她的皮肤很有光泽，小巧的鼻子上浮着凝脂，眼睛清澈有神，方方的额头也很明朗。可是，当她把手从那张洁白的脸上拿下来时，本来以为很小的斑点，成了一个比想象中要大得多的污点，一下子改变了她的容貌。痣呈现出极不健康的蓝黑色，麻纪冷冷地想象着用水果刀切开腐烂的梨核时的快感。

一天晚上，麻纪很晚才回来，正好碰上兼盛母子在争吵。麻纪悄悄上了二楼，看见濑尾正站在楼梯口偷听楼下二人的争吵。"你回来了。刚才贵佐子可……"濑尾进了麻纪的房间，小声说："贵佐子有男朋友了，你猜是谁？就是又四郎！又四郎要去台湾，贵佐子说她也要一起去，就开始准备行李。这些年来她自己攒了点儿钱……兼盛很赞成她去，她母亲嫌她事先没有告诉自己，大发雷霆……又四郎也是，找么个有缺陷的人……"麻纪把身上的包裹放到门口，觉得心跳得很厉害。她觉得腿脚不方便的贵佐子要跟着又四郎去台湾，一定是深思熟虑过的。麻纪还听说，兼盛不顾母亲的反对，刚才已经把贵佐子送上汽车，让她去东京车站了。楼下传来兼盛母亲尖厉的叫声:"你们以为你爸爸不在了,就两个人合伙欺负我。我这就去养老院,不要这个家了!"过了一会儿,楼下传来"啪"的一声,格子门被粗暴地打开,好像是兼盛出去了。麻纪很饿,也很累,她关上隔扇门,倒头躺在榻榻米上。她拉开桌子的抽屉,把电灯拉下来,开始趴在那里算钱。麻纪把零钱放到坐垫上,尽量悄无声息地数着。肮脏的钱,发亮的钱,散发着铜臭的钱,麻纪像孩子一样把它们一个个排成队,心想:"兼盛往石头上洒水,我这可要比他快乐好几倍。"明天这儿有进项,后天那儿又有进项,麻纪拨拉着算盘,陶醉在自己的思绪中。每次数钱的时候,麻纪总是从这儿联想到那儿,想象力变得极为丰富。此刻,她又在盘算,先攒够五百圆,然后到郊区租个门脸,开个化妆品店或者杂货店?或者买块地种田?麻纪就这么不着边际地画着宏伟蓝图。

夜深了,四周静悄悄的。隔壁的女学生好像也已经入睡,悄无声息。麻纪把账本放进抽屉里,开始整理今天从批发店拿回来的鲜艳的花布料。屋檐下刚才就传来了醉汉东倒西歪的脚步声,这时麻纪听见兼盛小声叫她的声音:"酒井桑!酒井桑!"麻纪急忙打开窗户往下看,只见兼盛仰着头,身体摇摇晃晃的。"能不能给我开一下门?"麻纪马上跑下楼,给他打开门。个子高高的兼盛伸手抓住挂在门上的铃铛,不让它发出声响。"对不起!我被扫地出门了⋯⋯亏你的房间还亮着灯,多谢了!这么晚了,你还在学习啊?""没有,只不过还没睡⋯⋯""只不过吗?我也只不过是想喝杯酒。要是方便的话,我能不能到你房间里坐坐?"麻纪小声说了一句"请吧"。兼盛上了二楼,满嘴酒气,坐在窗台上。麻纪拿过蚊香,放到兼盛脚边。"贵佐子真的去台湾了？""嗯，是真的。对她来说，这可真算是壮举了。又四郎人不错，他不会让贵佐子受罪的。腿脚不灵便的贵佐子自己说要去，说明她肯定认真考虑过。贵佐子不喜欢出门，一年三百六十五天，除了去浴池，她从来不出去。我们搬到这儿也有十二三年了，贵佐子连一次动物园都没去过……"大概是酒后话多，平时沉默寡言的兼盛一个人喋喋不休地说个不停。他好像对濑尾极为不满："她在我和又四郎之间周旋，戏弄我们。这下被贵佐子占了上风，那个闺秀画家也该重新认识一下男人了。"兼盛还说，他很想为追随又四郎而去的妹妹放声高歌，为她祝福，但现在夜深人静，不能唱，感到很遗憾。兼盛下了一趟楼，把那个摆着水石的水盘端上来说，他想先把这块石头寄放在麻纪这里。他不客气地喝着麻纪水瓶里的水，说："我就像霍屯督人一样，困了就睡，饿了就吃。我现在活得和一只貘没什么两样……我虽然不是又四郎，但是最近也很想上前线去。喜爱这种石头的人说出这样的话来，你是不是觉得不可思议？现在就是一个不可思议的时代！不是达观的高人，在这个时代里不可能不感到苦闷。又四郎说他是去台湾抓住命运的，依我说，他是背负着命运到台湾的。他说要在那儿干出一番好事业来，可是我真不知道现在什么样的事业才算好事业。"

第二天，麻纪九点才起来，濑尾和兼盛的母亲都已经出门，不在家。兼盛在挨着房门的那间屋子里睡得沉沉的。大概因为昨晚没睡好，麻纪有点儿头疼。她到楼下厨房，用凉水洗了洗脸。这时她感到自己对兼盛的感情就像站在一个山巅上，达到了一个极限。平时贵佐子住的房间现在收拾得干干净净，显得很空旷，早晨的阳光掠过竹帘照在榻榻米上。动物园里传来野鸟的叫声，听起来很遥远。一想到贵佐子去了台湾，麻纪的脑海里就浮现出流淌着新鲜血液的女人身体，它是那么美丽。又四郎是一个有几分少年气的人，贵佐子的肌肤也散发着一股水果般浓烈的芳香。

麻纪收拾好行装，出了门。"贵佐子是贵佐子，我是我，我得拼命攒钱……"今天，麻纪要给永称寺旁边的一家送货，就先到御行松附近，到以前去过两三次的一家小饭馆吃午饭。附近一家有人出征，国防妇女会的五六个太太们肩上斜挂着写有口号的宽布条，打着阳伞站在小饭馆前面的风铃店前。麻纪突然想起兼盛说过想去打仗的话，看着桌子上的杜鹃花发呆。正雄应该是要服兵役的，也不知道他去了没有……事隔很久，眼前的情景让麻纪想起了离别的丈夫。麻纪要的干烧鳝鱼和豆腐汤上来了，从锅里跟过来的四五只绿头苍蝇嗡嗡地在饭桌上飞来飞去。"啪"的一声，一只苍蝇被麻纪打翻在饭桌上。麻纪先做了一个双手合十的动作，然后才把被打死的苍蝇扔进桌子上的金鱼缸里。没一会儿，逃到远处的苍蝇又飞回来了。麻纪没滋没味地嚼着鳝鱼架子。"万岁！万岁！万岁！"饭馆前突然变得嘈杂起来，麻纪交了钱，出了饭馆，看到给出征的人送行的队伍正穿过大街。

晚上，麻纪大汗淋漓地回到家，看见兼盛穿着浴衣，正坐在灯下的书桌前看书。"我回来了！真热啊！"麻纪走进厨房，打水擦汗。兼盛理也不理麻纪，抽着烟。麻纪以为他生气了，偷偷朝他看了一眼，见他并没有生气，正埋头在书里查找什么。麻纪洗了脸，浑身清爽地坐在兼盛身边问："你在干什么？"兼盛说，光靠市役所那份收入无法生活下去，他接了一个校对温泉旅行指南手册的活儿。兼盛面前的桌子上摆满了红墨水瓶、稿纸、字典、地图。兼盛突然问道:"你觉得濑尾这个人怎么样?""什么怎么样?""她那种性格的人只会给男人找麻烦。像她那种会玩权术的人还真少见。前几天她又在动物园和别的男人幽会……又四郎开始也很喜欢她,没少往楼上跑……""他来得那么勤吗?"麻纪暗自期盼贵佐子和又四郎的热情能保持它的美丽动人。这是一个安静的夜晚。和兼盛单独在一起,麻纪既害怕又高兴。十一点的钟声响了,可是还没有人回来。兼盛说有点儿困了,到厨房去喝水。麻纪说了声"那我给你铺被褥吧",就开始在靠门口的房间里给兼盛铺起了被褥。渗透进枕头里的男人头发的气味让麻纪有种久违的感觉,心一下子抽紧了。兼盛默默地站在那里,过了一会儿,"咔"的一声拉灭了灯。

第二天晚上,兼盛静静地来到麻纪的房间。濑尾从昨天晚上到现在一直没有回来。麻纪关了灯,用尺子顶住隔扇门。麻纪在被子里轻声说道:"我以为你不会到我这儿来的……"兼盛把麻纪的手放到自己脸上,麻纪能感到男人心脏剧烈的跳动。"你母亲知道了怎么办?"

"好办!我们结婚。""她肯定会反对的。""她不会的……"就在两三天以前,麻纪还在盘算攒够了钱,到一个没有人的地方生活。现在,她觉得那个想法很可笑。"我有二百圆左右的积蓄,我们把它都给你母亲吧……"兼盛沉默着,也不回答。向兼盛吐露了二百圆积蓄的秘密后,麻纪眼里突然噙满了泪水,就像做了好事被人赞扬时一样,她的眼泪滚滚而下。兼盛一边给麻纪擦着眼泪,一边说什么时候两个人一起去旅行吧。麻纪没有说话,但是心里很高兴,兼盛对她的感情不是那么浅薄的。

不知不觉天亮了。一缕淡淡的光透过细白布窗帘照进屋里来，麻纪把一块手帕叠成四折，盖住那块痣。兼盛睁开了眼睛，一时吃惊地环视着周围。当他看到麻纪时，一把揪下她脸上的手帕，扔到被子上，说："你用不着这样！"他拿起麻纪的手，放到自己头底下。

麻纪出去做生意，背着大包裹到处跑。但是，每次一想到兼盛，她就马上给在市役所上班的兼盛打电话。到了傍晚两人就到约好的地点碰头，然后找个地方吃晚饭。有一次，两人经过谷中的墓地，兼盛穿着西服，帮麻纪背着那个大包裹。麻纪说："人家看见了会笑话你的。""谁想笑就让他笑去！"兼盛在川上音二郎的铜像前停下脚步，让麻纪在那儿等他一下，然后背着大包裹进了公共厕所。麻纪看着他的背影，拍着手大笑。可是，不知道什么时候，笑变成了哭。几个在墓地宽敞的道路上散步的学生听到"呜呜"的哭声，回过头奇怪地看着她。见有人看她，麻纪急忙躲到了铜像背后。墓地上空呼呼地刮起了风，麻纪感到心情舒畅。她很想变成风中的一只鸟，展翅飞翔。

濑尾好像觉察到了兼盛和麻纪的关系，经常对兼盛说些刻薄的话。兼盛的母亲大概也心知肚明，表面上却装不知道。她最近也不去澡堂干活了，整天在家瞎忙活。

今天，麻纪和兼盛在车坂的小吃店见面后，来到上野公园。他们走到一家音乐学校旁边，见围墙里的教室灯火通明，从窗户传出孩子们的歌声。麻纪停住脚步看着那所学校，沉默了一阵以后，突然对兼盛说："我以前曾经想当幼儿园老师。""那为什么没当呢？""也不为什么……""生活问题总有办法解决的。你至少可以利用晚上的时间学习学习吧。""嗯。不过，就算学了，我这个样子也当不了老师……"麻纪想起当保姆的时候,孩子们总是用毫不掩饰的目光盯着她的脸,所以她觉得放弃当幼儿园老师的理想是对的。

又四郎到台湾以后给兼盛来过一两封信,兼盛告诉麻纪:"又四郎说他在一家制糖公司工作,根本画不成画……"麻纪心想,台湾到底是个什么地方?"台中是个什么样的地方呢?是不是很热?""那当然热了!贵佐子叫我也去,我怎么会去呢。再说,我母亲又是个那么固执的人……"麻纪却在幻想着阳光明媚的台湾风光。"要是能做出从京城落荒而逃的事来,我还会像现在这样屈就当个户籍员吗?"兼盛毕业于庆应大学三田校区的经济系,今年三十岁。他出生在新潟,有股东北人争强好胜的劲头。他不是又四郎,命运似乎曾经向他微笑过,他却没有把握住机会,至今也得不到重用。"要不你也去台湾,怎么样?"最近,麻纪对生意越来越没有热情,在家休息的时候多了,积蓄也所剩无几。麻纪搞不清楚她到底把钱都花到哪里去了。"五月二十九日,取了十五圆,那天干了什么……?对了,和兼盛去千叶了。"六月三日取了三十圆,这笔钱麻纪用兼盛的名义寄给了台湾的贵佐子。

走着走着麻纪觉得有点累了。她并没有随意指使兼盛的意思,只是看看天已经黑了,就停下脚步对兼盛说:"你帮我拿一下包裹吧。"也不知道为什么,兼盛突然发火了,用粗暴的口气说:"今天我不想拿!"兼盛的话和态度让麻纪有种橡皮筋一下子被绷断的感觉,脊背发凉。对麻纪来说,兼盛的这句话比直接说"我讨厌你"更有杀伤力。长期以来的习惯性迷茫又回到了麻纪的脑海里。之前兼盛曾说现在的这种状况让他觉得很累,当时麻纪没弄懂他是什么意思。现在麻纪烦躁地说了句"行,不用你拿!",

就撇下兼盛，一个人往家里走去。进了房间，放下包裹，打开灯，麻纪突然感到周围的一切都很陌生，她用力踢了一脚包裹。她的脚被软绵绵的包裹弹了回来。麻纪索性蹲下，把包裹弄得骨碌碌乱转，嘴里还说着："什么呀！那种人……""今天我不想拿！"兼盛的这句话让麻纪觉得他的心深不可测，是个很可怕的人。

濑尾带着朋友吵吵嚷嚷地回来了。她打开麻纪的隔扇门，颇感意外地说："哎？就你一个人？"见麻纪靠在包裹上发呆，说了句"待会儿你过来吧！"就关上门，回自己房间去了。隔壁突然变得热闹起来，传出濑尾响亮、幸福的笑声。濑尾以前从来没有这样笑过，她仿佛在用笑声炫耀自己安稳、幸福的生活。

出发前，麻纪给兼盛写了一封很伤感的信，这也是她写给兼盛的第一封信。自从发生那件事以后，已经一个星期了，麻纪和兼盛还没有碰过面。内心深处麻纪不想出远门，即使跑得再远又能怎么样？她还从来没有单独住过旅店，光"旅行"这两个字就足以让麻纪感到人生的空虚。"你为什么不肯见我？晚上那么晚回来，早晨又不知什么时候就走了。我往市役所给你打电话，你连接都不肯接，到底是为了什么？我很寂寞，什么都不想干。请你见我一次吧！再过不久，我真的要走了！"麻纪把这封信寄到了市役所。

把信寄出去的第二天早晨，麻纪无意中看见濑尾和兼盛一起往外走，她不由得从二楼大声叫道："兼盛……！"濑尾回过身来挥了挥戴着白手套的手，兼盛连头都没回，大步朝清水町方向走去。麻纪的双腿不住地颤抖，她下了楼，瘫坐在门口。兼盛的母亲正在房间里往竹花筒里插紫色的菖蒲花。麻纪问道："兼盛桑去哪儿了？""濑尾桑给他介绍了一个教英语的工作。今天是星期天，所以他让濑尾桑带他去。""是吗？"麻纪进了屋子，走到正在插花的兼盛母亲身边。"最近你的生意怎么样……？现在物价这么高，真是不好过啊！前几天我在澡堂子还听见男人们议论，说欧洲大战的时候，德国的物价一星期一星期地猛涨，持续了好几年，他们也挺过来了。可是，我们这里怕是坚持不下去。也是，现在物价涨得这么厉害……"麻纪嘴上"是啊，是啊"地答应着，心思却在连头都不肯回的兼盛身上。

傍晚兼盛一个人回来了。麻纪很想下楼去问问他，英语教师的工作怎么样。兼盛嫌母亲在水盘里种了鸭茅草，正在嘟嘟囔囔地发脾气。一层薄薄的鸭茅草在白色的水盘里长出了绿芽。兼盛在贵佐子常坐的地方躺下，说："实在不行了，我也去台湾，白糖公司也好，什么公司也好，都行。我也是三十岁的人了……""你真该考虑考虑。现在世道越来越难，你念过大学，到现在都不想一点儿办法，是不是有点儿太看重自己了。"兼盛翻过身来，趴在榻榻米上，从烟灰缸里找到一个烟头，放进嘴里，点上。"你看人家酒井桑，女校毕业，现在不也在做生意嘛……"麻纪突然觉得脸上发烫。

兼盛显然对当英语教师没有兴趣，每天从市役所回来以后，仍像以前那样伏在桌子上写东西，一直到深夜。天气热起来了，麻纪对行脚商这个职业越来越不满意。她收拾了一下剩余的货物，拿到批发店全部处理掉了。没过多久，麻纪没有跟兼盛打招呼，也没有告诉宇都宫的姐姐，只身一人去了台湾。她隐隐觉得只要到了贵佐子身边，就可以安详地死去。麻纪知道，看见自己去台湾找他们，又四郎和贵佐子肯定会很惊讶。但是她觉得现在只有这两个人才能理解自己的心情。人们可能会笑话她，说她的恋爱很可笑。那就让他们笑话去好了！麻纪要用所剩无几的几个钱来装点自己孤寂的人生。

麻纪在神户坐上了前往台湾的客船。无论走到哪里，人们都把惊讶的目光投到麻纪的脸上。麻纪就像一片落叶，在波涛中慢慢地漂向远方。船上有很多士兵，乘客们说他们是到台湾伐木的工兵。船上很热，麻纪的脑子乱成一锅粥，她自己也不知道为什么会走到这一步。但是，有一点麻纪很清楚，那就是她不需要任何命运。这给麻纪增添了一份勇气。

第五天早晨，船终于抵达基隆港。海港的上空晴朗无云，天上却下着雨。麻纪乘坐的客船周围挤满了红色或蓝色的小舢板。小山丘上的房屋在强烈的阳光照射下，个个屋顶都像一面镜子，闪闪发光。雨下下停停，直到麻纪下船。麻纪在船上拍了电报，此刻又四郎已经在码头上等候她了。又四郎穿着灰色的立领西服，在栈桥上向麻纪挥舞着手中的帽子。又四郎黑了，显得很有精神。他接过麻纪的新旅行箱，说："刚接到电报的时候，我们还不知道是谁呢……"麻纪脸上露出了幸福的表情，她努力做出一副刚结束一场漫长无聊的旅行的样子。"累了吧？兼盛还好吗？""嗯，很好……""从他的来信看，他好像不太好啊！他还在市役所工作吗？""是啊。工作还很热心呢……"又四郎从口袋里掏出两三天前收到的兼盛寄来的明信片给麻纪看，上面写着："我也对现状感到很疲惫。不管是什么，如果有适合我干的工作，写信告诉我。我已经下了决心，熊肉也好狼肉也好，我都吃！"麻纪看着明信片，眼泪眼看着就要落下来了。东京那么远，一想到自己可能再也见不到兼盛了,刚才那种幸福的表情瞬间就消失了。

为什么不跟兼盛好好谈一谈以后再来呢?看完明信片,麻纪就像被扔出鸟笼的小鸟,一时恍惚不安。"今天我不想拿!"她应该相信兼盛,把这句话单纯理解为"今天不想拿"就好了。麻纪想起他们二人去千叶寒川时的情景,兼盛专门带她去那些可以避开人们残酷视线的地方玩。兼盛这种温暖的爱情让麻纪终生难忘,就连基督徒正雄都没有这样仁慈的心。又四郎把麻纪带进一家靠海的咖啡馆,坐在她对面,用很认真的口吻问道:"你是以一种什么心境到台湾来的?"麻纪笑而不答。"谢谢你寄钱给我们……我是看了兼盛的信才知道的。我们当时别提多高兴了。现在成了拿月工资的人,总觉得一天很漫长,特别怀念在东京时候的生活。"在麻纪眼里,花盆里的橡胶树和海枣等热带植物散发着殖民地的情调。天花板上白色的电扇上系着一条长长的绸布条,在又四郎的头上飞舞飘动。又四郎要了一杯苏打水,站起来去看墙上的画。麻纪悄悄掏出小镜子,照了照。也许是天气热的缘故,那里成了一块令人作呕的黑斑。这个样子,除了死还有什么办法?麻纪把吸管送进嘴里,猛地吸了一口。

当天晚上八点左右,麻纪到了贵佐子去避暑的北投温泉。又四郎说别墅是公司一个朋友的,他们借住一下。麻纪他们乘坐的汽车沿着榕树繁茂的山路向上爬,探照灯不时划过夜空。麻纪看着明亮的探照灯光问:"敌机不会来吗?"又四郎苦笑着说:"不会的。这里防守很严,敌机飞不过来……"蓝色的光柱掠过山丘上一座座别墅。贵佐子听到汽车的声音,已经站在门口迎接麻纪了。迎来远道而来的客人使贵佐子很高兴,她用依然可爱动听的声音问:"累了吧？饿了吧？"又四郎很自然地抱住贵佐子的肩膀,往屋里走去。麻纪突然非常羡慕贵佐子。四周异常寂静,麻纪脱口而出:"会不会有土著人啊？"贵佐子一边给麻纪倒冰柠檬水,一边说:"我刚来的时候也这么说。我也和你一样,是晚上到的。阿又还笑话我呢！"麻纪充满好奇地环视着这个铺着榻榻米的西洋式房间,木台上放着又四郎的画具和四五本书。"我哥哥还好吗？""嗯,挺好的……""我妈是不是还在生气？""倒也没有。现在她每天在家待着。你母亲还很博学呢！"听麻纪这么说,贵佐子也附和着说,她母亲一直就是这样。夜深了,贵佐子带麻纪去附近的旅馆泡温泉。温泉灯光昏暗,乳白色的水温呼呼的。旅馆的构造和内地[1]一模一样。贵佐子害羞似的拐着腿走进浴室。麻纪故意打开窗户,把目光投向深深的黑夜。麻纪最清楚被人同情自己的缺陷有多难受,不被人注意又有多高兴。麻纪大声对贵佐子说:"明天又四郎就回台中了吧？""是啊,坐明天一早的火车走……"

贵佐子比在东京的时候显得轻松愉快得多。又四郎虽然觉得公司职员的生活并不很幸福,但也起码是"一只脚站稳"了,也算是一种安身立命。贵佐子就在这种安身立命中像植物一样焕发着旺盛的生命力。又四郎还说,他拿出上战场的决心离开了绘画,但是面对美丽的景色,他还会像孩子一样无法抑制想作画的冲动。

"你一定在为我担心,在想我到底去哪儿了。我终于来到台

---

[1] 指日本国内。

湾了！台湾是个好地方，清晨的台湾更加美丽，美丽得令人难以置信。这里的山上长满了红、黄、紫色的繁茂枝叶，让我着迷。我是来找贵佐子的。其实我是想见到贵佐子以后，给你写一封充满怨恨的信，然后去死。在我的一生当中，这可算一次声势浩大的旅行。现在，我已经没有多少钱了，但是我一点儿都不觉得自己不幸。虽然钱不多，但是我要用它来装点我人生美丽的最后一瞬间。这个世界上，有些人虽然很有钱，虽然很美丽，但没有一丝美好的回忆。我真心为自己在如此遥远的地方，在不被人注意的地方死去而感到高兴。当你看到我的时候，我也许已经成了一副白骨。请你至少在心里说一声，她曾是个漂亮的女人。现在是晚上，很热，是干爽的热。这里一天下两次雨，雨后又是晴天。夜很深，但我一点儿都不感到寂寞。明天早晨，当我再看这封信时，一定会觉得它无聊透顶，所以今天晚上我就坐人力车去把信寄了。这个旅馆附近的路两边有很多叫相思树的美丽树木。相思树，多好听的名字啊！昨天我们三人坐汽车从北投温泉到一个叫士林的村落，从车窗望出去，能看到很多榕树、猩猩木，它们的美丽让我感动不已。我出生在宇都宫那样一个寒冷的地方，现在来到了如此遥远的地方，仿佛在梦境中一般。这里是台北南边的一个叫屏东的城镇，离台北很远。我们是跨过下淡水溪铁桥来到这里的。又四郎桑昨天刚调到这里的制糖公司工作。旅馆的院子里种着槟榔树，从我的房间望出去，庭院的景色很美。一过下淡水溪铁桥，满眼都是香蕉园和甘蔗地。路竹、楠梓、弥陀这些站名，对于将要去弥陀净土的人来说，是勾起某种向往的幸福的站名。我说这些站名很有意思，又四郎桑就告诉我还有更有意思的，比如莺歌、红毛什么的。这里的天空湛蓝湛蓝的，晴朗的天空经常下雨。请把我房间里的东西都送给你母亲，无论又四郎告诉你什么消息，你都不需要担心我家那边。因为写这封信的同时，我也给家里写了一封简单的信。我姐姐一定会很伤心，可是一切都已无法挽回了。请多保重！"

写完这封信后，麻纪让旅馆的人帮她叫了一辆人力车，去找邮筒寄信。她要亲眼看着这封信被投到邮筒里。一个小理发店竟然卖邮票，玻璃店门上贴着一张招收内地人学徒的广告。这张广告让麻纪尝到了一丝望乡的忧伤。陌生的台湾话、二胡的声音都勾起麻纪的乡愁。街上很黑，有些台湾人开的店还亮着灯。探照灯刺眼的光柱不时划过夜空。麻纪坐在人力车上，仰望着探照灯蓝色的光芒。贵佐子很生麻纪的气，嫌她到了这里还要住旅馆。可是，麻纪盼望孤独，她想一个人静下心来，给兼盛写封长信。麻纪被逼到如此绝境，反而感到自己身上涌起一种凝聚上千人力量的充沛活力。麻纪不由得想起春渡祭的那个晚上发生在大谷寺的一幕，觉得不可思议。对于正雄，无论在肉体上还是精神上她都没有感觉过任何痛苦。但是，一想到兼盛，她的感情就像被电流击中，传遍全身。

回到旅馆，麻纪钻进白色蚊帐，察看钱包里的钱。里面有两张皱巴巴的十圆纸币和一些零钱。麻纪把纸币抚平，紧紧盯着上面的数字。她几次试图记住上面的数字，那数字就是不肯往她脑子里钻。她的脑子里空空如也。数字像烙印一样印在她的眼里，但是在她的脑海里，却是那些破碎的回忆放射着火花。麻纪怀着一种悲伤的心情，审视着这两张最后追随在自己身边的二十圆纸币的价值。远处传来天气预报的声音，一阵寂寞袭上心来，麻纪给又四郎家打了一个电话："你们已经休息了吗？"电话那头传来又四郎愉快的声音:"最近我失眠,正发愁呢。明天你早点儿来吧,贵佐子说她要给你准备很多最好吃的木瓜。今天难得收到了濑尾女士的信,信上说她和朋友去了赤仓。她还说,兼盛非常担心酒井。这段话挺有意思的,我给你念念:'兼盛养成了一个新习惯,每天一从市役所回来就把自己关进酒井的房间里,躺在里面不出来。真是滑稽。酒井小姐到现在还没有音信,兼盛的母亲说她很可能是回宇都宫了,可是兼盛不知道她在宇都宫的地址。请代问贵佐子好!今年我也要好好干一场。给你寄去一本郁特里罗的画集和画室的《铁斋号》。又四郎桑,铁斋从八十岁开始出的很多作品堪称神品。所谓大器晚成,你就拿铁斋安慰自己吧……'"麻纪手拿话筒,为整天躺在自己房间里的兼盛的爱情大为震惊。又四郎念了那么多,麻纪只听懂一句话:兼盛整天躺在她的房间里。

牡　蛎

　　周吉和阿玉住在西片町一个爬满常春藤的搬运行二楼。阿玉在一座叫北秀馆的学生公寓当女佣，一个月只能拿到七圆的工钱。周吉给日本桥横山町的手袋批发商美浓田三吉商店加工货物，专门缝制女人用的廉价烟袋和放零碎物品的小皮袋子，也算是个手艺人。加工这种东西，如果手快，一个月可以挣到四五十圆。可是，周吉说自己笨，一个星期只能缝十几个。而且他还害怕坐电车，送货的时候，总是从西片町一直走到日本桥。

　　美浓田批发店的人也摸准了守田周吉每周走来送货的习惯。周吉该来的那天，一到傍晚时分，小伙计们就开始叨咕："今天守田桑该来了。"这一叨咕，周吉准到，雷打不动。一到时间，个头矮小的周吉就会小心翼翼地拉开玻璃门，溜进店内。像往常一样，今天周吉来的时候也正是傍晚时分，店里最忙的时候。周吉自顾自地说声"晚上好"，然后悄声坐在高高堆起的货箱旁边。他也不抽烟，就那么呆呆地坐着，满腹心事的样子。他在等管事的人闲下来。如果没人叫他，他就一直这么等下去。周吉穿着一件肩部已经褪色的斜纹卡其上衣,因粘着糨糊而发亮的围裙系得规规整整,脚上是一双套着防水套的厚朴木木屐。

"让你久等了。守田桑,请到账房来吧。"

一个眼睛又大又圆的小伙计来叫周吉。周吉眯着眼睛抬起头,"噢"地答应了一声。他脱下木屐摆好,然后进账房坐下。头发稀少、戴着眼镜的经理说:"听说你娶媳妇了,恭喜你啊!"

"啊,谢谢!"

"刚才小伙计还说,到你家去的时候看见你媳妇了。这可真是件喜事啊。"

"啊。"

周吉红着脸解开带来的草黄色包袱皮,打开便当盒大小的盒子盖,里面像生鱼片一样码着印花布做的烟袋。经理挨个拿起那些烟袋,抓住烟袋口的两边捏捏,看是不是结实,然后放到井字架上。

"一共十八个。"

"对。"

"这次你带回去点儿别的活儿试试?"

"噢。"

"我们进了一批不错的新小牛皮,适合做烟袋,你拿回去试试看?"

"噢,谢谢!"

"我们多少想有点儿利润,你把它加工成双面的,弄得雅气些。"

经理在周吉脏兮兮的账簿上写上"阿兹玛[1]烟袋十八个,付

---

1 音译。一种长方形圆口的袋子,口上有系带,可以把口扎起来。

工钱三圆六十钱",然后交给小伙计。小伙计拿着账本到后面去了。经理从保险柜上的玻璃橱柜里拿出一个画着人物、用金唐革[1]做的、十分华贵的烟袋给周吉看。

"这是三升商号老板要的样品,让富川桑做的。不错吧?"

周吉被它的完美惊呆了,好一会儿才回过神来,急忙用围裙擦擦手,接过金唐革问:

"这样的东西,时下一寸见方多少钱啊?"

"嗯,这是在蔓草花纹上又加上了人物,大概十五六圆吧。这是我们老板最得意的商品。"

"这东西可真贵重。做一个就是一百二三十圆呢。真不得了。"

经理把那个旧金唐革重新放进玻璃橱柜里,又拿出整张的鳄鱼皮、蜥蜴皮、羊皮、鹿皮、整面绣满花纹的面料等新原料给周吉看。周吉觉得经理这一举动好像是在暗中对他说:"你一辈子倒是也缝上这么一件东西看看?"他心里很难受,不自觉地怀疑起经理的诚意来。这些都要由那个做高级手袋的胖子富川加工缝制。一想到这儿,不知为什么,周吉竟觉得自己专做廉价货有些凄惨,心想就算是廉价货,哪怕能多做几件也好啊。可是,周吉从一开始就觉得这工作无聊透顶,每天的活计让他感到万分焦虑,宛如噩梦缠身。

小伙计从里面拿来了工钱。经理接过,把钱一枚一枚地摆在脏兮兮的账簿上,然后往周吉眼前一推,说:"三圆六十钱,你数数看。"周吉把加工二十件皮货用的原料——臭烘烘的新小

---

[1] 在熟皮上贴上金箔或银箔,然后用模型按压,压出花纹并施以色彩。据说是十七世纪中期由欧洲传入日本的一种皮革加工法。

牛皮和磨光的象皮里子放进空出来的盒子，再用草黄色的包袱皮包好，连口茶也没喝，又步行回到了西片町。他打开有点儿变形的后门，上了二楼。进屋后，他先把缝纫台上的煤油灯点着，然后把已经被晒得很陈旧的意大利草帽[1]挂在墙上。这顶意大利草帽是周吉在小石川的一家旧货店买的，褐色带子早已褪色、发白，但草帽仍然很柔软，戴起来很舒服。三年了，一到夏天，周吉就戴着这顶滑稽的帽子招摇过市，直到深秋才肯脱下来。因为他是手艺人，所以对物品爱惜有加。四年前美浓田商店的老主人送给他的那把钢盔色的雨伞，到现在都没淋过雨，被装在伞套里，精心保管着。

傍晚，壁橱前的食案上摆上了白萝卜和炖沙丁鱼，一定是阿玉跑着送回家来的。周吉把食案挪到煤油灯下，吃饭时神经质地不停嗅着沙丁鱼。吃完饭，他把食案放进壁橱里，打开今天带回来的包袱。柔软光滑的褐色皮子软软地垂在掌上，手感很好。把皮子凑到鼻子前，能闻到一股刚冲过澡的马匹的味道。周吉把脸颊贴在柔软的新小牛皮上，又想起了美浓田经理展示给他的金唐革。那金唐革仿佛在嘲笑他专做廉价商品，那上面的金粉像烙印一样印在他眼里，挥之不去。周吉从小抽斗里拿出一把裁剪刀，在脸颊上试了试刀刃，然后把展开的新小牛皮裁成小块儿。已经坑坑洼洼、脏兮兮的裁剪台上又添了几道新伤疤。周吉把裁开的牛皮再往小里裁的时候，身体突然抖了一下，皮子在剪刀下发出"刺啦"的声音。周吉把鼻子凑到皮子上，闻到一股呛人的、像是阿玉被汗水浸湿的头发的味道。他把裁剪刀用围裙仔细擦干

---

[1] 用意大利托斯卡纳地区的麦秸做的一种高级草帽。

净，放回小抽斗里。

周吉是去年夏天认识阿玉的。那年楼下搬运行的老板突然迷上了兰寿金鱼，他在二楼晾衣服的晒台上弄了一个五尺见方的木箱，用捞一次十钱的价钱买回黑色的鱼苗，开始饲养。他今天扔一条，明天扔一条，到了夏天，那些鱼苗就被淘汰得只剩下四条了。周吉每天早晨到晒台上冲凉，发现它们有的渐渐变得红白相间，有的渐渐变成银白色，在宽敞的浅水里游来游去，周吉觉得它们还是挺漂亮的。他蹲下来仔细观察，发现兰寿的头一天天鼓起来，变成了狮子头。肚子往下垂，看上去很重，尾巴张开呈三角形，宛若盛放的焰火。日头最毒的时候，老板会在木箱上半搭上旧竹帘，兰寿们就躲进阴凉处，像女人戏水一样发出"啪嚓啪嚓"的声音，追逐鱼虫。阿玉做工的北秀馆的老板和搬运行的老板一样，也是个兰寿迷，而且对自己识别兰寿的眼光十分自信。他养着四五条兰寿，一条就值四十圆，是他炫耀的资本，他还在澡堂子里跟兰寿发烧友们贬低搬运行老板的兰寿，说它们"也就是裹着衬裙的干松鱼，没有一条鱼尾是说得过去的"。北秀馆老板专爱养素赤，一种纯红的兰寿金鱼，而搬运行老板因为资金的关系，只能养银白的和红白相间的。在四条兰寿中，搬运行老板尤其喜欢那条嘴上有一圈红的银白色兰寿，还常把"我又不贩兰寿，养才是我的乐趣"这句话挂在嘴边。他早晨早早起来，爬上晒台，很耐心地照看那些金鱼。兰寿发烧友们之间似乎很快就能不计前嫌。北秀馆老板对哪个沟哪条河里有鱼虫了如指掌，他常把鱼虫倒进孩子玩耍用的红桶里，让女佣送到搬运行。搬运行老板一般白天都在外面忙着帮人家搬家，不在家，所以开始都是老板娘从阿玉手里接过鱼虫,自己拿到二楼,然后倒进自家桶里。后来,因为阿玉每天来,两个人渐渐熟悉了,老板娘就对阿玉说:"劳你多费点儿事,拿到二楼,倒进金鱼缸里吧。"阿玉第一次踩着浅浅的楼梯上到二楼的那天,天气很热,大白天蚊子就在昏暗的台阶上肆意飞舞。上到楼梯顶上的一间一叠大小的木板房时,阿玉迎面看见了周吉。周吉正大开着走廊一侧的隔扇门,穿着一件薄衬衫,一针一线地缝制阿兹玛,用的是蛋青色的厚丝织面料和印着鲜艳花朵的纺绸。

周吉觉察到走廊上有人,迷迷糊糊地抬起头,看见一个提着红桶的小胖女人,不由得"哇"的一声叫了出来。因为他刚抬起头的时候,朦胧中看见一个没有眉毛也没有眼睛的女人像影子一样站在那儿。当他终于看清对方脸部的时候,额头上已经渗出了一层冷汗。

"啊呀,真漂亮,让我看看吧!"

周吉没有说话,只用眼睛示意"看吧"。女人走到缝纫台前坐下。大概因为房间里潮湿昏暗,女人皮肤显得很白,胖胖的,还有一头浓密的头发。在很少跟女人打交道的周吉眼里,眼前这个女人有人们常说的象牙般的肤色。女人用柔软的胖乎乎的手久久地揉搓着碎布头,爱不释手。

"真好啊。这是钱包吗?"

"这叫阿兹玛,是女人们装烟丝用的。"

"噢,是女人们装烟丝用的啊。真漂亮。是那些艺伎们用的吧。"

"也不一定。你拿一个去吧。"

"哎呀,我可不配。不过,我喜欢这种浅绿色的有梅花的。"

"噢，那种。那个图案叫里梅花[1]。"

"是吗？叫里梅花。很贵吧？"

"这都是便宜货，顶多也就两圆。"

"啊？要两圆哪！你会做手提包吧？你是不是也做手提包？"

"没做过。"

"是吗？我想买一个，不知道批发店里有没有便宜的？"

"有个叫针辰的批发店，那儿卖次品。要不我给你问问？你要布的还是要皮的？"

"皮的。我喜欢黑白道的，亮亮的那种。"

"是猪皮的。"

"猪皮？哎呀，像我这……"

"穿和服的人还是拿布的好看。"

"是吗？"

阿玉看着周吉苍白的额头，因为他正在努力工作，上面满是油汗。阿玉发现他的耳朵很小。"你在这儿住了多长时间了？"阿玉问道。

"差不多一年。"

"噢。"

周吉觉察到这个斜坐在那里、单衣领口敞开的女人正不停地用细细的眼睛瞟他的额头，一阵猛烈的心跳让他羞红了脸。

从那天起，阿玉就总是提着鱼虫来，在周吉屋里磨蹭一会儿再回去。周吉喜欢阿玉这样平平常常的女孩子。一天，他用丝织面料的碎布头给阿玉做了一个蛤蟆嘴的小钱包。阿玉在那个小

---

[1] 按照梅花的背面设计的图案。

钱包上用毛笔写上"樋口玉"三个字,放进和服腰带里,一刻也不离身。周吉笑话她:"在钱包上写自己的名字,真奇怪。"

九月的一个晚上,下着大雨,阿玉来到二楼,说她刚洗完澡回来。她脸上涂着白白的脂粉。周吉刚吃过饭,懒得刷洗碗筷,躺在潮湿的榻榻米上。

"你干吗呢?"

"听收音机。"

"下这么大的雨还能听见?"

阿玉侧耳听了听,里面有断断续续的三味线鼓曲。木板窗紧闭着,房间里又潮又闷。一只金甲虫在煤油灯前飞来飞去,发出"嗡嗡"的声音。

"你点上电灯多好……"

"没钱啊。"

"就几个电费,我给你出吧?"

"……"

"煤油灯不是很暗嘛。"

骤雨噼噼啪啪地打在木板窗上。阿玉也躺下,在榻榻米上伸展开白嫩的胳膊。周吉轻轻握住她白白的手,发现她的手没有想象的那么柔软。阿玉被周吉紧紧握住手腕,神情有点儿恍惚,双腿紧缩。周吉往阿玉身边靠过来,脂粉味扑鼻而来,是那种新蚊帐的气味。他靠近女人,却不知道下一步该怎么办,只好不时用力握一下女人的手。一时间,一个握着,一个被握着,两个人都有点儿在昏暗的房间里摸索的感觉。突然,阿玉"哎呀"一声推开周吉的手,接着又像孩子一样把头枕在慌忙坐好的周吉腿上。

那天晚上，阿玉回去的时候已经快十二点了。楼下搬运行的一家人早已入睡，街道像山谷一样黑暗。虽然雨已经停了，但是天空中还不时划过道道闪电，阿玉沿着路边的房檐跑回了住所。

阿玉走后，周吉仍然很兴奋，甚至有些烦躁，怎么也睡不着。折腾到凌晨时分，他才大汗淋漓地进入了梦乡。

一个星期以后，楼下的人开始觉察到周吉和阿玉的关系有点儿意思。一天傍晚，刚洗完澡回来，浑身清爽的搬运行老板说了声"既然那么喜欢，不如早点儿把事定下来"，然后就把嘴上有一圈红的银白色兰寿倒进水桶里，提着上北秀馆去了。

"晚上好！"

"哈哈，老板养的成色如何呀？"

"我只花了十钱，就有了这样的成色。"

"啥样的……"

北秀馆老板用火柴棍剔着牙，蹲在厨房的木板间，把电灯拉到水桶边，横过水桶，捞起一条兰寿。兰寿在他的掌心里鼓动两鳃，扑哧扑哧地喘息着。

"嗯，这尾巴也好，是很雅观的梳子形状。外行人是欣赏不了的，不错。要是再下点儿功夫……"

"依我说就得值四十两了吧。"

"你可真是狮子大开口啊！"

他们的对话让正在洗碗的阿玉也笑出了声。从厨房能看见里面有一个很大的用洋灰砌成的兰寿鱼池。搬运行老板挠了挠头，望着那个鱼池说："还是你这儿像样子啊！"北秀馆老板眉开眼笑地拿过茶壶来。

趁阿玉往二楼送食案的当口，搬运行老板一边喝茶，一边一五一十地讲了周吉和阿玉的事，说如果没其他问题，就想替他俩把事情定下来。北秀馆老板也觉得这主意不错，于是事情就这样定下来了。从此，阿玉就每天晚上回到周吉的住处，一大早起来去北秀馆做工。周吉本来一个星期只能缝十来个袋子，现在可以缝到十七八个了。不过，如果再多缝一两个，他就会嘴唇发抖，浑身冒冷汗，感到疲劳不堪，身上像长出许多肿块一样疼痛。

但是，周吉还是感到有一线光明照进了自己黯淡的人生。干活儿干累了，他就躺倒在榻榻米上，闻闻阿玉用的化妆品。他品味着化妆品的香味，闭上眼睛想，阿玉今年二十五岁，不知道以前品行如何。每次想到这些他心中便生出妒火。

周吉在二十四五岁的时候是经历过女人的，虽然只有一次。周吉有个大他四岁的姐姐，那个女人就是他姐姐的朋友，叫松尾。松尾离婚后回了娘家，是个狂热的天理教教徒。她皮肤有点儿黑，生得高高大大，和周吉有过两三次越轨行为之后，不久就嫁给了一个电信技师。她结婚以后，在街上碰到周吉就像不认识一样，闪身而过。也许是因为正处在那个年龄段上，当时周吉干什么都不顺利，做什么都半途而废。于是，在二十五岁那年，他离开四国的高松，来到东京，从此与家乡断绝了音信。

初到东京的两三年里，周吉在横滨的木船厂当过木匠；想当花匠，在花匠家里当过学徒；想做裁缝，在裁缝店里搅过用面粉做成的糨糊。他就是在露月町那家裁缝铺里知道美浓田手袋批发店的，当时他听人说那儿正在找加工货物的人。周吉当木匠的时候，从早干到晚，没有一刻喘息的机会。快到元旦的一天晚上，周吉从工厂的脚手架上身子向后一仰，脑袋重重地摔在了木材上。从此,他便一直昏昏沉沉的,进花匠家当了学徒以后也没有好转。他总是厌倦工作,无法控制自己。更糟糕的是他得了恐惧症,害怕坐电车和公共汽车。周吉离开对他很好的花匠,也是因为不愿意爬到树上干活儿。那个花匠的店号叫芝新,有很多大方的老主顾。到了秋天修剪花草树木的旺季时,低矮的庭院花木由花匠负责,周吉则被指派去给高大的法国梧桐或白杨树剪枝。周吉脚蹬足蹬,紧抱树干用锯子锯树枝的时候,不管天气多冷,额头上都会渗出一层油汗。所以,他只干了三个月就离开了芝新。离开芝新没多久他就住进原田家,当起了裁缝学徒工。可是,在这儿他干活也不上劲,手里整天捏着针,搞得他晚上连做梦都梦见成束的针刺进他的嘴唇。有一天他竟发现尺子的刻度忽长忽短,被惊得目瞪口呆,反复用毛巾擦拭那把一尺长的尺子。天生侏儒的老板隔着裁缝板对周吉说:"阿周啊,你是不是不舒服啊?"周吉的耳朵里灌满了裁绸子的"呲呲"声,他红了脸,没有说话。缝棉布的针还让周吉感觉好一点儿,缝红绢时用的那种细小的绢针,有种缥缈的感觉,让周吉觉得好像受到某种威胁。他不喜欢那种感觉。周吉在这个原田裁缝铺住了有一年半,后来经原田老板介绍,他开始从美浓田那儿接活儿自己干。再后来,他决定独自疗养,并离开原田家另起炉灶。但是,离开原田家后的五六年里,他不断地搬家,从这家二楼搬到那家平房,在一个地方住不到两个月以上。

开始,裁缝店老板好心,在本所请地[1]的背静处给他找了一

---

1 "请地"指日本八世纪到十六世纪庄园制度下庄园领主的领地。"本所"原指一种庄园领主,自明治时代开始指本所地区,即现东京都墨田区南部。此处应指本所地区的土地。

栋原来好像是放炭用的房子，月租三圆。可是，周吉说周围没有农田，却能听见青蛙叫，住着不踏实。周吉搬进去以前，那儿住着一家做淡水鱼生意的人，卖烤泥鳅、烤鳗鱼什么的。一到阴雨天，烤河鱼时抹的酱油味就泛上来，刺激着周吉的鼻子。周吉有着像狗一样灵敏的嗅觉，有时连他自己都受不了。那栋房子的设计也很古怪，玻璃门里是一个六叠的榻榻米房间，貌似厨房的那块地方是两叠大小的土间[1]。顶棚上开了一个天窗，厨房门则被一块木板钉得死死的。破旧的厕所在外面，和邻居合用。厕所前面有个杂草丛生的臭水塘，一大早这个臭水塘里就会传出类似青蛙的叫声。遇上雨天，周吉就得在家里撑着雨伞干活。

　　从租住请地的那栋古怪的房子算起，周吉搬到西片町的这个二楼上正好有五年了。此刻，周吉心里正在想做一辈子廉价货物是撑不起大梁的。他摸摸缝纫台上的新小牛皮，计算着阿玉回来的时间，像孩子一样焦急地等待着妻子的归来。他把隔扇门打开关上，关上又打开，简直坐立不安。最后，他干脆吹灭煤油灯，出了门。他走在大街上，信步往北秀馆方向走去。他沿着土墙，从后门走进北秀馆，一眼看见阿玉正和两三个学生大声说笑着，在走廊的乒乓球台上打乒乓球。阿玉发卡散落，踮着脚抽打着白色的小球。周吉对她的举动产生了说不清道不明的不快。"这个女人，不光在我身边快乐，到哪儿她都能快乐。"对此，周吉很不满意。他们同居有一个月了，周吉还是第一次看到如此欢快戏耍的阿玉。阿玉的对手是个头发浓密的高个子大学生，穿着新呢绒制服。球像白色的蝴蝶一样飞来飞去，紧靠乒乓球台的那面墙上挂着一面

---

[1] 没有铺榻榻米的房间。

写着"麒麟啤酒"字样的大镜子，走廊的电灯映在镜子里，显得出奇地大。有时，镜子里也能看到白色的乒乓球弹起的样子。周吉转身出了北秀馆，他好像听见有人在后面叫他，但他没有回头。

二十个新小牛皮烟袋，周吉五天就做完了。其中一个被烙铁烫了个疤，不过他觉得双面烟袋嘛，对方不会计较这点儿瑕疵。他把烟袋装进盒子里，虽然天气已经转凉，可他还是戴上那顶意大利草帽，像往常一样向横山町走去。在美浓田，周吉正好碰上了专做高级手袋的富川。富川家住上野的茅町，回家的时候两人同路，富川生拉硬拽地让周吉坐上了电车。车一开，周吉就感到心惊肉跳，连眼睛都不敢睁。冷风嗖嗖地往脖子里灌，他讨厌这股风，不断地拉紧领口。电车票是富川从自己的长方形帆布钱包里掏钱给周吉买的。"我今天是来取金唐革的。这玩意儿虽然有干头，可是太费工夫，顶不了几个工钱。"

富川对美浓田让他做金唐革感到很得意，对着周吉喋喋不休。"三升商号老板是很挑剔的。"周吉用呆滞的目光看着眼前两个表情生动的人物，一个穿西服的男人和女招待模样的女人。他觉得胸口难受得发慌，很想"哇"地大叫一声站起来。

"当什么手艺人啊，真想当当拿金唐革的人。"

"金唐革是好东西。"

"你也看见了？"

"啊。"

"是稀罕物。"

"我这辈子也想当一回能缝金唐革的手艺人。"

"这就看你怎么想了。我倒觉得干你那种活儿挺轻松的。"

"轻松是轻松，可就是提不起精神……"

"一般做便宜货的裁缝匠一天都缝十来个烟袋。你太用心了，不值啊。"

听到富川说自己是专做便宜货的工匠，周吉心里腾地冒出一股火。但他想起美浓田的人说的话，说富川也是耐得住清贫的人，一针一线地缝制高级手袋，就只好点点头说："咳，我倒挺羡慕你的。"两人在上野的广小路下了车。一下车，周吉就说："哎呀，总算捡了一条命，这下踏实了。"逗得富川直乐。

富川邀请畏畏缩缩的周吉"去麦糊喝一杯"，把他带到了位于黑门町的麦糊。周吉是滴酒不沾的，富川一个人小口咂着酒。喝到双眼微红的时候，富川舒展开胖脸上的皱纹，像是突然想起来什么似的对周吉说："我说，守田桑。"他摘下起了毛的礼帽，从肥大的胸襟里掏出手巾擦了擦脸上的汗。

"你大概还不知道，听说美浓田也要盖工厂，批量生产便宜货了。你想想，要是他们从大阪进便宜货，我们就赚不到工钱了。要是人造革或者缝纫机做的东西充斥了市场，那我们可就惨了。再说，美浓田老板一扩大工厂，那里面就会制造出大量的手提包、千代田袋[1]之类的东西。嗯，我得好好考虑考虑，是不是得赶快想办法。先不说是好事还是坏事，你看，眼下像天银那样一流的专门做天妇罗的饭店也开始卖炖菜和生鱼片了。所以，像我们这样的，也不能再因为自己是做烟袋或者阿兹玛的手艺人，就觉得自己了不起了。"

周吉听出富川的话里透着一股"我还不要紧"的从容，他

---

[1] 明治时代末期开始流行的一种手提包。

十分清楚从大阪源源不断流入东京的便宜货的威力。以往,看在人情的分上,美浓田还让自己今天缝几个烟袋,明天缝几个阿兹玛,偶尔也缝几个钱包。可是,现在连富川都对将来感到不安。他家父子两代可都是做手袋的手艺人,更何况手艺并不精湛的自己呢。周吉嘴上答应着"是得好好考虑考虑",心里却在想,如果真的丢了这个饭碗,那就只有当和服裁缝一条路了。

"虽然不会马上就怎么样,可也不能不防备着点儿,得做好充分的准备。哎,喝了不少了……"

富川大发着议论,喝光了三大壶酒。

周吉回到西片町的时候,阿玉已经到家了。她把灯芯挑得直冒油烟,正在笨手笨脚地给周吉缝补工作时用的坐垫。

"回来了。"

"嗯。"

"是不是上哪儿去了?"

"啊。"

阿玉拿起周吉甩下的包袱,放到膝盖上打开,翻开流水账簿,看周吉今天带回来的活儿。"十月二日,一:阿兹玛 盐濑[1] 里 十个。二:长方形包 钉钉 小羚羊皮 七对。"阿玉正看着,忽觉眼前暗下来,原来是周吉神经质地扭小了煤油灯芯。

"都十月份了,别戴那顶帽子了。"

阿玉顺手把账本一扔,拨拉开身边的东西,开始铺被褥。周吉调暗煤油灯,说今天头晕,把五六粒健脑丸扔进嘴里,在头上捆了一条毛巾。阿玉看到他的那副模样,也不顾夜深人静,发

---

[1] 一种布料的名称。

出了热烈的笑声。

"咳，弄不好。"

"看你，像个卖鱼的。是在后面，这样打结，来……"

周吉见阿玉那架势是要把手伸到自己头上，就黑着脸一把扯下毛巾，搭在缝纫台上。煤油灯被扇得忽闪不停。

秋天接近尾声的时候，周吉开始不停地叨叨着想回老家。阿玉说那里人生地不熟的，她不愿意去。可是周吉很固执，他硬是让阿玉辞了北秀馆的活儿，卖掉家具，带着她踏上了返归四国的旅途。在火车上，阿玉闷闷不乐，也不和周吉多说话。他们二人中途在大津下了车。八九年前周吉上东京的时候，坐多长时间火车都不觉得累。可是，现在一坐火车就感到疲惫不堪，更糟糕的是，他无法控制自己的恐惧情绪，就好像有人在胁迫他一样。火车开到米原的时候，他已经精疲力尽。这时他猛地想起阿玉说过想看琵琶湖，虽然天色已晚，但他还是决定在大津下车。出生在千叶县苏我町的阿玉早已看惯了大海，可是，面对像海一样宽广的琵琶湖，她还是觉得很神奇，兴奋不已。周吉和阿玉把行李寄存在车站，坐公共汽车到了滨大津，在那儿住了下来。一队老年上京参观旅游团的老人们，拖着疲惫的脚步走过旅馆门前。所有的商店都卖一种石子那么大的小点心。周吉他们在滨大津找了个小商贩们经常住宿的旅馆，里面住着卖绸缎、卖药的生意人，房间的顶棚和木头柱子都有些发黄。阿玉洗完澡，往脸上涂上厚厚的脂粉，一个人上昏暗的街上转了一圈。他们在滨大津住了一晚，第二天一大早赶到火车站，一人喝了一瓶牛奶就上了慢车。两人又在宇野换乘客船，终于到达高松的时候，已经是深夜了。

站在码头上,周吉心中有些凄凉,后悔不该回来。也许是夜深的缘故,港口上只有星星点点的灯光,扑面而来的带着肥料气味的潮风竟使周吉生出一丝旅愁,尽管他回到的是自己的家乡。周吉叫了一辆在候船室前挨着冻拉活儿的人力车,让阿玉坐上去,又把行李箱放到阿玉腿边,自己跟着车走。阿玉的小短腿从和服下摆露出一截,受到行李的挤压,看上去很委屈。走在车旁边的周吉看在眼里,疼在心里,叫车停下来,调整好行李的位置。他们就这样一路回到了周吉家。周吉的家人早已入睡,车夫去敲门,没人答应。周吉望着四周,见他不在的这几年,树木自由生长,遮挡得房屋显得又暗又小。晴朗的天空上闪烁着无数星星,仿佛会掉下来。周吉让阿玉下了车,借着车夫的灯笼查看了一下钱包。交了车钱以后,里面就剩下一枚五十钱的大子儿了。打发走车夫,周吉绕到房子后面,那儿有口水井。周吉把嘴贴近木板窗叫道:"姐!姐姐!"

"啊?谁啊?"

是姐姐的声音,周吉一阵感动。不一会儿电灯亮了,姐姐好像拉开门到了走廊里,只听她说:"是哪一位?"

"是周吉啊!我从东京回来了。"

"什么?"

"是我!"

"啊呀!是周吉啊!"

姐姐惊叫一声,打开了后门。她背对着灯光,干瘪瘦小,都快成了一个干巴巴的老太太。宽敞的土间墙角堆放着卖剩下的瓦片样本,一块一块闪着暗光。姐姐和周吉穿过土间,走到正门口,打开沉重的格子门,看见阿玉袖手站在那里,一副马上就要哭出来的样子。阿玉走到厨房，坐在铺在地上的垫子上，恭恭敬敬地问候周吉的姐姐，姐姐却没有给她好脸色看。姐姐从和壁橱差不多的黑亮的橱柜里拿出饭盆和碗筷，对周吉说："先吃点儿东西吧。"她不时瞟一眼潦倒的弟弟，对阿玉则是一副爱搭不理的样子。

第二天，周吉和阿玉醒得都比较晚，姐姐的几个孩子已经好奇地跑来看从东京回来的舅舅、舅妈了。阿玉碰到孩子们的目光，但没有露出笑容。姐姐有三男四女七个孩子。阿玉觉得院子里、房间里到处是孩子们的身影，心神不宁，就在被窝里悄悄握住周吉的手，小声撒娇道："咱们早点儿回东京吧？东京也有很多清静的地方啊。要是钱不够，我可以去料理店当服务员，咱们回东京吧！"十年前，姐姐曾和自己一起谴责那个嫁给电信技师的女人，大骂她虚伪，可是现在……那时周吉以为姐姐不知道，其实姐姐觉察出了他和松尾的关系，总说松尾的不好。一晃十年过去了，周吉想，也难怪，姐姐生了七个孩子，倒插门过来的姐夫又经常不在家，不管是青春还是什么，早就耗尽了。吃早饭的时候，周吉提起这次回来什么都没给孩子们买，没有当舅舅的样子，姐姐就跑到附近的点心店买了点儿糖果，往每只伸出的小手里放一点儿，说："这是东京的舅舅给你们的。"看到这些，阿玉心里不舒服，就关紧房门，躲在屋里不出来。除了自家人以外，姐姐家还有个做饭的女佣，每天净煮些羊栖菜给大家吃。一晃，回到高松已经一个星期了，周吉和阿玉两个人单独在一起的时候开始商量回东京的事。周吉强烈地感觉到，故乡已经没有他的安身之地。姐姐家每天来两个雇工，在院子里的瓦窑烧瓦。一到傍晚，闲得无聊的阿玉就凑到窑边，和裸着上身进进出出、往窑里搬运瓦坯的雇工聊天。家里和荒地差不多的院子里砌着三座瓦窑,紧挨着夹竹桃的篱笆院墙,冒着缕缕青烟。很多孩子赤着脚,在空窑后面玩耍。

一个阳春三月的早晨,周吉带着阿玉到屋岛上游玩。盐田像霜一样闪着银光,一望无际,四周散落着浮着点点黄色的农田。顺着小路往山上爬,脚下碧蓝的海水便渐渐浮现在眼前,景色很美。

"我觉得这儿一点儿意思都没有。乡下人怎么那么冷淡?你也一样。我倒是想为他们做些什么,可是,他们压根儿就对我没有好感,这让我多难受啊!你要是不带我回去,我就一个人回去!我每天让你到我那儿报到的事,你姐姐也责怪我。那时候我们不是还没一起过嘛……"

阿玉把手放在袖筒里,焦躁地往前走着,眼里根本没有这初冬的大好景色。周吉和阿玉一样,眼前的海啦,盐田啦,农田啦,缆车啦,一点儿都引不起他的兴趣,对阿玉的每一句话,他都深有同感。他觉得,东京那块地方汇集了来自五湖四海的人,干什么都能活下去,好讨生活。两人爬到途中,出了不少汗,周吉就用仅剩的一枚五十钱的铜板在茶店买了两瓶汽水。山上还有大片大片的红叶,仍残留着秋天的景色。一个拜访八十八座寺庙的朝拜者,顺着周吉他们走过的小径爬了上来。

和服夹衣的下摆有些重,周吉撩起下摆继续往前走。屋岛寺[1]门前立着一块旧石碑,上面刻着"今日夏花草 昔日勇士魂 烟

---

[1] 屋岛位于濑户内海,以曾是日本历史上著名的源平决战(一一八五年)的古战场闻名。屋岛寺建于屋岛山上,寺内有洗血池,传说源氏大胜平氏后,将士们曾用这个池里的水洗战刀,鲜血染红了池水,故得其名。

消留梦迹"[1]的俳句。站在寺庙门前，借着灵气，周吉觉得头脑清晰。那个朝拜者在路边放下行李，对周吉他们行了一个礼，然后走进寺院。看着那个朝拜者，周吉突然想起一个人来。两三年前，横山町美浓田附近有个从美国回来的医生，他的诊所患者总是络绎不绝，诊所牌子上写着"正六位[2]医学博士繁田存心院"。周吉觉得这个朝拜者很像那个医生。周吉在那儿看过半年病，医药费花了不少，却没见疗效。以前周吉没少想方设法凑钱去医院看病，医生们告诉他不要干劳神的活儿，然后大笔一挥开出昂贵的医药费。后来，他干脆不去医院了，自己买些止痛片、健脑丸之类的药，需要时吃上两颗。医药费一便宜，药量便在不知不觉中增加。现在，周吉已经接近药物中毒的状态了。

"刚才的那个朝拜者，很像日本桥一位叫存心院的医生。"

"是吗？"

周吉觉得脊梁骨凉飕飕的，一想到那个眼窝深陷的朝拜者还要回到自己面前，他就毛骨悚然。他拉着阿玉绕过洗血池，走进茶馆。茶馆下面就是坛浦碧蓝的海水。他们要了一盘源平糕饼，两杯茶，吃糕饼时两人都忐忑不安。对岸八栗社的山崖上，红土在蓝色海水的辉映下像融化的油脂，四周一片森然。太阳透过白木棉薄帐子洒下来，在石凳上留下一片斑斓。阿玉呆呆地望着大海，大概又在想回东京的事情。茶馆老板又送来一壶茶，喋喋不休地讲起了源平之战的故事，让周吉和阿玉觉得很无聊。等他们交了茶钱，下了屋岛的时候，周吉怀里就剩下两钱了。

---

[1] 日本著名俳句诗人松尾芭蕉为源平决战所作的俳句。
[2] 旧时官位等级中的一个。等级分正一位至正八位，从一位至从八位，共十六个等级。

从屋岛回来的当天晚上,吃晚饭的时候,周吉和姐姐发生了冲突。起因是姐姐说好好的一个年轻人,整天游手好闲,不是个办法,让周吉找条出路。听了姐姐的话,周吉狂躁地大声吼道:"我回了自己家,还不能静养一两个月啊?"

"自己家?亏你说得出口!爸妈过世得早,你也老早就离开了家,从来没有帮过我一把,现在说这是你的家?你去问问你姐夫,看他怎么说?"

"回!我回东京去!可是你不给我路费,我想回也回不去!"

"去了东京,你怎么变成个混账男人了……"

阿玉在一旁听着,心里很难受,盘算着明天就给千叶写信,让家里寄路费来。阿玉有弟兄五个,父母也都健在。她家人个个都是酒鬼,阿玉特别讨厌这一点。但是,尽管如此,跟周吉的亲人比起来,他们还是有爱心的。

在高松度过两个月苦闷的日子后,周吉从姐夫那儿拿到刚够回东京的路费,带着越发沉重的脑袋,在一个早晨来到码头,坐上来时乘坐的客船,踏上了漫长的归京旅途。周吉和阿玉在冈山坐上去东京的火车以后,阿玉一反来时的状态,一路上兴奋地喋喋不休。在火车到达姬路以前,周吉也觉得很高兴,因为他又能回东京了。可是,一想到住的地方没了,赖以生存的工作也丢了,他又对今后在东京的生活产生了忧虑。而且,火车的震动让他觉得自己像被倒挂起来一样,备受折磨。

"哎,咱们在神户下车吧。"

"为什么?别乱花钱了,还是早点儿回东京吧!"

"我不舒服。"

阿玉急着回东京,在神户车站下车后,并没有表现出看到琵琶湖时的那股高兴劲。他们穿过车站前繁华的马路,走过一家高级餐厅时,看见玻璃窗里装饰着漂亮的鲜花。由于周吉坚持不想再坐火车,两人背着简单丑陋的行李,在凑川找到一家很小的旅店住下。周吉把行李扔到四叠半大的房间破旧的榻榻米上,脸色苍白,很快就昏睡了过去。阿玉靠在看不到外面的窗户上,心想回到东京后无论如何得找个活儿干。一想起周吉龇牙咧嘴和姐姐吵架的样子,阿玉就觉得他很可怜,也觉得今后很难再和他一起生活下去。那天深夜,警察来旅馆突击检查,正在睡梦中的周吉和阿玉受到了严厉的审问。周吉浑身发抖,一句话也说不出来,倒是阿玉干脆利索地回答了警察的问话。警察还说了很多不堪入耳的话。周吉因为剧烈的心跳,觉得耳膜都快胀破了。警察命令他们打开行李,阿玉倔强地用牙咬开紧紧捆绑着行李的细绳,从快散架的小木箱里拿出烤鳗鱼、裁剪刀,甚至连裁缝用的画粉也拿了出来,一一摆放在警察面前,好像在对他们说,你们就从这些行李里看看这对破落夫妻的生活吧。"我男人是个缝手袋的手艺人,有头疼的毛病,不能长途旅行,所以我们才在这儿住一晚上,明天一早就走。"大概是过于寒酸的行李让警察也动了恻隐之心,他们没有再为难周吉和阿玉。周吉和阿玉不知道,他们住的是一家专门为船员和可疑的女人们提供住宿的旅店。大概是受到惊吓的缘故,周吉坐在榻榻米上两三个小时没挪窝,目光游离,神情恍惚。

一回到东京,阿玉就去找一起当女佣的朋友,在她的帮助下,周吉和阿玉住进了泷野川西原的一个大杂院。周吉拜访了美浓田,接了点儿活儿,又预支了十圆工钱,总算把房租交上了。

交了房租，又买了一个砂锅、一个陶炉、两升米，就没钱买炭了。房子算是两间，门口一间两叠的，里面一间六叠的，月租八圆。十一月初的东京，每天早晨都下霜，已经很冷了。如果有燃料，就可以做饭，还可以烤个鳗鱼什么的。可是他们没钱买炭，周吉只好去附近一个近乎废墟的荒废大宅院捡柴火。他抱回一堆干树枝，阿玉在六叠的房间中央点起陶炉，一边噼噼啪啪地往里放柴火，一边说："真像个火盆，跟到了乡下一样。"这话让她自己联想起了高松瓦窑冒出的青烟。周吉带回来的活儿是做长方形的钱包，质地比以前做的活儿还差，工钱也便宜了很多，做十个才能挣一圆五十钱。周吉干活没有以前那么用心了，他私下里庆幸，至少现在还没发展到用缝纫机做新款钱包的地步。他想起经理的话，"你要是用工钱买个缝纫机，我们能多给你点儿活儿"。他担心真要那样，就没有活路了。

在西原住下来以后，阿玉借口出去找工作，经常外出不在家。他们还是买不起炭，因为买粮食更要紧。稍微有点儿进项，阿玉就先去买米，不买炭。所以，周吉还是每天一大早起来去捡树枝。一个刮着大风的清晨，周吉心想昨晚的大风一定刮断了很多树枝，就又进了那个围墙早已坍塌的大宅子。他踩着厚厚的落叶，捡了一大堆树枝。白云从抖落了树叶的树梢飘过，院子中央的洼地上有个被落叶覆盖的水池。池上的落叶被昨晚的风刮到了南边，露出的水面上映出灰蓝色的冰冷的天空。周吉把捆好的枯枝放到一边，把脚伸进了枯朽的落叶里。风很凉，吹在身上却很舒服。周吉把脚埋在枯叶里，在他身上既看不到在他头顶上飘浮不定的白云那样的意志，也毫无三十岁上下男人应有的活力。他坐在那里发呆，不知道在想什么，还不时嚓起嘴唇做出吹口哨的样子。每当冷风吹过这个荒废的院子，树木枯草就会发出哗哗的响声，落叶沙沙地呼叫着飘过腐朽的地基，飞出围墙。

那天借了风大的光，周吉捡了很多柴火回来。没想到，到了傍晚，岗楼的警察找上门来了。他们警告周吉不能在家烧柴火，也不能擅闯私宅。警察走后，周吉哭丧着脸坐在缝纫台前，肩膀痛苦地弯曲着靠在台子上。

"人家说家门朝北不好。邻居们也真多事，是不是有谁看见咱们家烧柴火了？"

阿玉掀起一张榻榻米，把五寸长的锈铜丝团成团放到榻榻米下面，说她在澡堂听一个看风水的老太太说，这样可以避邪。周吉满腹心事，想那个警察肯定知道自己捡枯树枝，也知道自己顺手牵羊从木炭商店的房檐下抽出一根又一根木炭的事情。阿玉出门后，周吉打开壁橱，万一有人找来时可以迅速藏到里面去。他收拾了一些行李，把阿玉从朋友那里借来的被褥铺到壁橱里。周吉的恐惧症越来越严重了，到了晚上，他好像看见有成群的蝴蝶围着煤油灯翩翩起舞。白天他本来是在外间活动的，因为那儿有个朝东的窗户，他可以把小抽斗放在窗前干活儿。这些天，一听到外面的脚步声，他就放下手里的活计往壁橱前跑。晚上又成夜成夜地睡不着。干活儿的速度慢了，有时阿玉也帮把手，但是她上不好糨糊。周吉不是因为剪刀不快发脾气，就是毫无来由地逼问阿玉，说："那天在神户的旅馆你是不是没和我睡在一起，是不是跑到别的男人的房间里才被警察追赶过来的？"

"你怎么胖得像头肥猪。就因为你胖，才被警察盯上的。"

他还经常说这种话惹阿玉生气。终于，一天深夜，阿玉忍无可忍,留下一句"我胖得像头肥猪,我走"。她真的走了,再也没有回来。阿玉走后,每当周吉从梦中惊醒,总是对自己孤单单一人感到不可思议。他觉得阿玉还在,不停地冲厨房"哎!哎!"地喊,等阿玉答应他。睡烦了,他就从小抽斗里拿出健脑丸,往嘴里扔进十五六颗,咔咔地嚼。房间里满是落叶和蜘蛛网,眼睛和嘴都难以张开。他的错觉散放着错觉的火花,一群群蝴蝶、大雁从遥远黑暗的天空飞来,房间就好像是一个被铁丝罩住的鸟笼。

美浓田的人见周吉领了工钱,却没有来送货,都开玩笑说"也不知道这个守田是死是活",就打发一个小伙计去看看。小伙计摇着自行车铃来到周吉家的小巷,周吉吓得一头钻进壁橱,浑身发抖。

"守田桑,我是美浓田的。"

周吉听见是美浓田的,才从壁橱里爬出来,隔着格子门往外张望。看到周吉,小伙计想给他一个微笑,却没有笑出来。他看见周吉双目塌陷,人也干瘦,站在那儿活像一个小法界和尚[1]。两叠大的工作间里,散乱着锥子、剪子、做钱包的皮子,它们都蒙上了一层灰尘。小伙计锁好自行车,坐在门口问周吉:"守田桑,你病了?"在美浓田的人里,周吉最喜欢这个叫久顿的小伙计。他从后门出去,买回烤地瓜来,把小伙计请进屋,感觉心情很不错。"我老是头晕,干不快活儿。你回去替我问候经理,告诉他这个月底我就买一台缝纫机,今后也批量加工。"

"买缝纫机?"

---

[1] 歌舞伎中的角色名,意思为乞丐和尚。

"富川桑大概早就买了吧。"

小伙计一边啃着烤地瓜，一边紧盯着周吉的眼睛，心想"这个守田桑是不是脑子出了问题"。周吉被小伙计盯着，害怕似的避开了对方的目光。小伙子用放肆的目光观察着周吉，似乎不肯放过他脸上的任何一个表情。地瓜是两三钱买来的，小伙计吃了一个，还剩下一个中心有些发青的。

阿玉离家出走四五天后，给周吉寄来一封挂号信。因为没钱买米，周吉一天没吃饭，脑子却格外清醒。看了阿玉的信，周吉很想落泪，是那种男人的眼泪。阿玉在信里说，她在千叶的一宫当饭店的服务员。

守田先生：

很久没有联系了，你一定很生气。这一切都是顺其自然的，请原谅。我因一时生气回老家后，有人上门提亲，我不愿意。我明确回绝了对方，觉得女人也应该自立，就从家里跑出来，现在在一宫这家饭店当服务员。这些钱是干净的，请你放心地用吧。去泡泡温泉，让脑子休息休息。注意不要吃那么多劣质药。我常常想你。朋友给我看她恋人的照片，我觉得很讨厌，所以我从不跟别人说起你的事情。

阿玉敬上

阿玉随信寄来一张四十圆的支票。周吉久久地看着盖有一宫邮戳的信封，一遍又一遍地读着"我常常想你"这几个字，流下了眼泪。周吉把那张支票换成现金，当天晚上就从两国车站坐上了开往一宫的火车。一上火车，周吉就难受得想吐。但是想到很快能见到阿玉，周吉就咬紧牙关，忍受着痛苦。傍晚，火车到达一宫。周吉找到阿玉当服务员的千石饭店，看见阿玉梳着风骚的发式，脸上厚厚的脂粉令人触目惊心。阿玉把周吉领到二楼一个狭小的房间，马上要了啤酒和猪排，自己喝光了啤酒。周吉吃着猪排，对阿玉说："反正这段时间我干什么都不会开心，你在这种地方待着也不是个办法，不如你还是回东京来吧。"阿玉笑了笑，没有诚心回答的意思。周吉没有挨骂，阿玉也没有责怪他不工作，他却说出了让阿玉难堪的话："你在这儿，说是服务员，其实不是一般的服务员吧。"

阿玉说在这地方花钱不值得，起身自己掏腰包去结了账，假装送客人，带着周吉来到海边。

九十九里海滩黑暗寒冷，涛声宛如大地轰鸣，时远时近。沙滩很大，走到岸边有八九百米。周吉和阿玉在仿佛能剪断衣襟的海风中大声说着话，并肩走在沙滩上。阿玉依偎在周吉身边，像孩子一样抽着鼻子，边走边说："都说担心也是一种乐趣，可是，老是吃了上顿没下顿的，就不是什么乐趣了。"因为风很大，周吉没有听清阿玉的话。不过，他有理由认为阿玉是在怪他没有工作。满天的星星仿佛举手可得，两人都想起了在高松的时光。

"今晚你就住在那儿的旅馆吧。"

沙丘上闪烁着三四点灯火。周吉突然抓住阿玉的胳膊说："要是你跟我一起住，我就住。"阿玉抱住周吉的腰，说："我很忙，不能住。不过，可以去待会儿。"周吉还在不停地唠叨："你真的是一般的服务员？"每次听到这句话，阿玉就使劲搂一下周吉的腰，这样一来周吉的话就像打嗝一样断断续续，两人都天真地笑了起来。

在一宫住了两个晚上，周吉一个人回到了两国。他一下火车就去车站附近的小饰品店买了一条和服短褂的腰带，然后穿行在明朗早晨的过往行人中，心情愉快地系上了腰带。裹着细沙的风很凉，但是太阳已经升起来了，照得大地暖洋洋的。大概是因为和阿玉做爱时太用力，周吉觉得浑身每一块骨头都在咔咔作响。西原的家里没有人，回去也没意思。他突然想起好久没去西片町的搬运行了，不如去那儿看看，就朝浅草桥的方向走去。周吉大概走了一个半小时，当他走到搬运行门前时，正好响起十二点的报时声。搬运行门前的荞麦面馆飘出面汤的香味。周吉走到挂着白色招牌的行李车前，抬头看了看墙上干枯的藤蔓。房顶上的广告牌挡住了二楼的窗户，使周吉无从判断自己搬走以后里面住进了什么人。这时搬运行老板抄着一双漆黑的手从里面出来。

"哎呀，稀客啊。这不是守田桑吗？什么时候回来的？"

"好久没联系了。上个月初……"

"听人说你最近不太好。身体已经好了？"

"好了。"

"那就好。"

正在后门外的阳光下和蔬菜店的人打趣的老板娘也过来了。老板邀请周吉到二楼看他养的兰寿，周吉面带怀旧的表情上了楼。楼下的老板娘对站在楼梯上的周吉大声说："你原来住的房子租给了一对在市政府工作的兄弟。"从打开的隔扇门可以看见屋里的桌子上放着一个小地球仪。看着房间，周吉奇怪地想，那把钢盔色的雨伞，自己到底是卖了还是丢了。晒台上四条三寸长短、长得滚圆的红白兰寿，在被太阳照得暖融融的水里慵懒地游着。老板洗干净手以后也上来了。蹲在地上正欣赏兰寿的周吉说："我带回去一条吧。给我用纸包一下。"老板半张着嘴，露出发黄的牙龈，惊讶地看着周吉。周吉从围在鱼缸上用于防霜的草袋子上揪下一根稻草，一下一下地捅兰寿的头。金鱼以为又有人来喂它们，就像水池里一拍手就游过来的鲤鱼那样，一条接一条地聚集到周吉粗短的指尖下。

"守田桑，那可不行。我都养这么大了，对不住了！"

"真漂亮。要是看着它们干活儿，脑子一定很清醒。"

周吉说着抓住一条红白相间的兰寿的尾巴。兰寿受到突然袭击，扑通扑通地挣扎开，摇着被撕裂的尾巴，钻进了浅浅的水底。搬运行老板心中大惊，扔下还在追赶金鱼尾巴的周吉，跑去找北秀馆老板。北秀馆老板一边迈着匆忙的脚步和搬运行老板一起往回赶，一边说："这个守田是变得古怪了。阿玉回了千叶，他是不是因为这事疯了？"

"他以前就有点儿怪，可是让他跟人要东西，他是绝对张不开口的。我真的吓了一跳。这么说，他跟阿玉分手了？"

"我也是后来听我老婆说的。阿玉她爸是个酒鬼，身体一直不好。阿玉跑回千叶，当了陪酒女。"

"是吗？守田桑也是个老好人，老是悄没声的。我老婆说见过那么多房客，再没有像守田这么孤独的人了。"

"兰寿肯定吓坏了。尾巴都给撕裂了，这么多年下的工夫，算是毁于一旦喽。"

"反正是十钱买来的，能养成现在这个样子，也够本了。"

北秀馆老板上了晾台，有一半是出于好奇。他像演戏一样拍拍周吉的肩膀说："哎呀，你可是少见呀！"周吉面无表情，一双眼睛紧盯着惊恐乱窜的兰寿。鱼缸里的四条兰寿只剩下了三条,而且每一条的尾巴都被撕裂了。这情景叫北秀馆老板也大为震惊,他说:"守田桑,到楼下喝杯茶吧!"

周吉老老实实地跟着下了楼。茶具旁摆着一小盘酱油味的脆点心。他在茶具前坐下,一声不吭地拿起一块点心,嘎嘣嘎嘣地嚼了起来。

"你还在给美浓田加工活儿?"

老板娘脱下油渍斑斑的围裙,给周吉倒上茶说。

"要说做手袋,美浓田是数第一的。你给那么大的批发店加工活儿,就没什么好担心的了。"

"是啊。我也在考虑是不是努把力,买一台缝纫机。不买缝纫机,像我现在这样一点儿一点儿地缝,干不出什么名堂。"

"是吗?"

"我这就去买缝纫机。"

"那太好了!"

周吉身上系着露出里子的破腰带,扎着沾满灰尘的围裙,外罩上的条纹也已经褪了色。老板娘看着他,眼里露出了同情的目光。搬运行老板和北秀馆老板一左一右夹着周吉出了搬运行,来到本乡的有轨电车街。他们在风中走到帝国大学正门的时候,周吉好像想起什么来似的,说:"我在这儿有点事,就不奉陪了。"说完他转身向三町目方向走去,脚下的木屐发出清脆的声音。"危险不危险呀?会不会出事啊?"搬运行老板在后面紧追了两三步,眼看着周吉若无其事地一头扎进十一月底的风沙里,向远处匆匆走去。

清贫记

一

我一直都想独自生活。我忘记了故乡，忘记了故乡的亲人们。我的户籍上至今洁白无瑕[1]，而在远亲们的记忆里我也渐渐变得模糊不清。

只有一个人，那就是母亲还经常给我写信，叱呵我这个不断遭受挫折的女儿。

你在妈妈眼里也是个没有男人运、吃尽苦头、不争气的人。你把手放到胸口上好好想想。妈妈相信你能照顾好自己，可是这回你男人的名字又换了，妈妈心里能好受吗？你来信说让我无论如何给你寄五圆钱。你也知道，奶奶死了，都没钱给她送葬。家里这么困难，连你爸爸都得省吃

---

1 指户籍上没有正式结婚和离婚的记录。

俭用。最近，他每天带着酱油拌饭去海军团运煤。妈妈给不了你五圆，只能给你两圆，你省着用吧。我给你写封信得花一天时间，搞得我头都疼了。你要想回来，就两个人一起回来吧。

母亲

每每拿出母亲这封带有乡村气息的来信，我都会泪水涟涟，暗暗发誓："我不回去！回了老家连饭都吃不饱……你们就等着瞧吧！"母亲信中最打动我的地方是，继父每天带着只浇了一点酱油的米饭去海军团干活儿这件事。我来东京已经四年，但过去的事情还不算遥远。

四年里我当过三个男人的老婆。从性情上讲，现在这个第三任丈夫和我完全相反，是个平平凡凡、不会夸张的人。比如，有人问我们："你们又要搬家了？听说这次去的地方很冷清啊。"而我一如既往地做出很兴奋的样子说："是啊，是个有这么多……"我还张开双臂，煞费苦心地描述上千株杜鹃花有多么美丽，"对，种着上千株杜鹃花的大宅院。"可是，我的第三任丈夫却以令人难以置信的若无其事的表情说："也就两百株左右吧，而且是极一般的、品种不太好的杜鹃。其实那儿是一块大宅院的宅基地，和荒地差不多。"我经常就这样被他弄得下不了台，很难堪。为此我总等人家走了以后对他大发一通雷霆。不过，想到我们刚走到一起没多久，心里多少还有点儿顾忌。也许这种顾忌让我的举止变得谦恭谨慎了一些。我默认了他种种令人扫兴冷场的言论，也没有刻意报复他。

在过去的几年里，我曾有过两个男人。那两个男人的秉性至今像熏制的标本，被我牢牢封存在记忆的另一块领地。也因为如此，现在我十分厌恶你是我非的争吵。

二

我的第二个男人是这样把我和第三个男人小松与一结合在一起的。

> 我对你拳打脚踢
> 你的骨头发出淘米一样的声音
> 空空的钱包里有一枚中国铜币 正好当打你的鞭子
> 你要把我打得支离破碎吗
> 他把我推到墙上咒骂
> "臭女人 蒲公英能吃吗？！"
> 蒲公英流出白色的汁液
> 男人一边嚼着一边骂
> 都是你的错
> 他用铜币当鞭子不断向我抽来

我的第二个男人叫鱼谷一太郎，他说过："我的祖先可能是四处流浪的人，他们捕住鱼咔嚓咔嚓地吃下去，然后再继续往前走。"可是，他自己却因为没钱，好几天吃不上饭，对我拳脚相加。他埋怨我"你不给我米饭吃，让我吃水煮的蒲公英"，便动手打我。他骂我"你怎么就改不了下贱女人的毛病，把领子拉到脊背上,想干什么?",又打我。我的骨头每天都被打得咯咯直响,仿佛要散架。我简直就是一个为了挨打而存在的木偶。

我和鱼谷在一起生活了两年多,最终因为被他一脚踢在肋骨上,我才下决心逃到了很远的地方。在新的天地里,骨头不再咯咯作响以后,我还时常在信里夹一圆钱寄给已经分手的男人,告诉他:"如果你不打我,我可以回去看你一次。"男人回信说:"你不是因为想卖淫,因为想在脖子上涂白粉,因为想饱食美餐才离开我的吗?我已经三天没吃饭了,你收到这封信的时候,就是第四天了!你好好想想吧!"

在如此繁华的大都市的一隅,有一个四天吃不上饭的男人,一个唾弃和咒骂这个社会无法给想工作的人们提供机会的男人……我不知道该怎样给他回信,只好独自哼着"为你一个人/我抛弃了自己/抛弃了世界"的歌,糊糊涂涂地混日子。

鱼谷好像没过多久就又结婚了,我曾看见他兴高采烈地和一个瘦瘦的女人走在马路上。当时我系着白围裙,所以没有和他打招呼。我自己也打算早点儿洗手不干,不再当女招待。为了这个目标,我把挣来的钱一枚枚扔进存钱罐里,乐此不疲。

没过几个月,我在那个偏离繁华地段的咖啡屋里迎来了元旦,后来又第三次做了新娘,和与一走到了一起。我痛切地感到,"我那么向往一个人的生活,结果还是走上了老路。看来我真的是一个没有韧性、害怕孤独的女人"。

三

"你以前的男人是怎么教训你的？"

与一放下正吃着的鲭鱼干问我。他吃的是没有刺的部分。

"我没挨过谁的教训啊！"

"不会没有的。你肯定吃了不少苦头。"

我嘬着带刺的鲭鱼，看着外面澡堂的烟囱。"怎么教训你的？"这问法也太粗暴了。热血顺着脊梁骨往上涌，我忍着气，抬头看了一眼与一，他正低着头舔筷子。我的胃里就像打翻了醋瓶子，眼睛也开始发胀。

"你怎么到现在还问这些事？你想欺负我，是不是？哎，不管我们多穷，你都不要欺负我，不要打我。谁都不能保证我们今后的生活会富裕起来，可是比现在还穷的可能性倒挺大的。求你不要因为穷打我，如果你实在要打，那我……就还得离开你。再说啦，我要是再挨一脚，已经松松垮垮的右肋骨就得断一根，那可就连活儿都干不成了。"

"噢……他打你打得那么厉害？"

"对，嘴里还骂着你这个烂女人。"

"怪不得你老说梦话，在梦里又哭又喊，说我的骨头都要飞了！不要打了！"

"可是，我哭我喊绝不是因为想那个男人呀！被欺负得太狠了，不是连狗都要在梦里呜呜地哭嘛。"

"我没有责怪你的意思，就是觉得你以前大概受了很多罪。"

"这条鲭鱼，你不吃了？"

"嗯。"

大概是因为饭桌太小的缘故，鱼显得特别大。我们已经很久没有用整条鱼下饭了，所以，我连与一没吃干净的那条都啃得干干净净。与一惊讶地看着盘中白森森的鲭鱼骨刺，笑着说："女人这种动物是不是很喜欢吃鱼啊？"

"你们男人是不是不喜欢鱼鳞呀？"

"说起鱼鳞，对了，我们把你那个鲤鱼存钱罐摔碎，看看有多少钱吧。说不定够搬家用的。"

"是啊，搬家费差不多够了……不过，我们现在的租金是八圆，要搬到十七圆的房子里，这个差额可不小啊。再说，昨天我去看过了，我怎么觉得那儿像个狐狸出没的地方啊。"

"十七圆有什么关系？我出去找个好工作，你用不着那么担心。"

"那是因为除了我，以前你没和女人成过家。我倒觉得我们很快就会遇到麻烦的。"

"噢？你倒是挺有经验。不过，这种话是说不得的。"

如果我身上还残存着一些青春气息，那么在和与一的生活中，我可能会成为一个天真可爱的女人。可惜，我却像一条野狗一样，时刻为吃饭问题感到焦虑。而且，我们现在租的只是人家二楼的房子，今后要发展到租独门独院，这让我觉得我们就像朝着一望无际的沙漠出发一样，极度不安。

四

我曾拿出包在包袱皮里的存钱罐得意地在与一耳朵边上摇

晃过，这一举措现在反倒让我下不了台。想到远在天边的继父和母亲每天只能吃酱油拌饭，我就用一张旧明信片把存钱罐里的银币都拨拉出来，换成纸币，寄给了母亲。现在他让我"把存钱罐摔碎"，我知道里面只剩下一些铜币，可是又没有退路，只好坦白交代："摔碎也行啊。不过……其实里面只剩下铜币了。"

"铜币也是钱嘛。我看它有点儿分量，该有二三十圆吧。"

这个男人大概有精神麻木症，听了我的话他连一个眼神都没变，还不紧不慢地喝着茶。"钱这东西是存不住的。啊呀，下起雨来了，真讨厌哪！"

我铆足劲将存钱罐摔到柱子上。

今天是六月五日，月份牌上写着：结婚、旅行的吉日。

下午，雷声大作，下起了冰雹一样的大雨。

大概因为与一来自山岳地带，他腿上的汗毛像森林一样茂密。他光着两条腿，开始紧张地捆绑行李。我感到非常快乐。看着男人有力的收拾捆绑行李的动作，我想起自己一个人搬家时的悲惨。这样一来，我心里莫名其妙地生出一丝甜蜜，"无论发生什么事，我都要和他在一起"。

我往潮湿的毛织腰带结里塞了切菜刀、铁火筷、擦萝卜的擦子、漏勺等所有类似的相关用具，怀里还揿着筷子、小镜子和用报纸包好的五钱两片的鲣鱼片。

"别那么踢里踏拉的，拿块包袱皮包好。"

"什么？我打算就这样，这样提着桶过去呢。"

从我们成家后刚租的房子到大宅院的宅基地，只有五百多米。但是就这五百多米，如果你不想穿过火葬场，踏过萝卜地，跨过坟地和杉树林，就得绕个大圈。为了省下搬家费，我们决定抄近路，把为数不多的行李一件件搬过去。说是行李，也不过就是一个由啤酒箱改造成的碗柜、半人高的桌子、被褥、包袱和与一的绘画用具。

被褥当然是我的，是新添置的——尽管它们只是用浴衣拼凑而成的被褥。母亲给我寄来这套被褥时附加了这样一句话："一个枕头行吗？"有关第三个男人的情况，我只告诉过母亲，在给她的信里还加上了一些我对这个男人的看法。母亲看过以后心里一定很难受，"这孩子，这个男人的名字又跟上回的不一样"。不过，她还是说服了自己，照顾我的情绪，寄来被褥并在信里问道："一个枕头行吗？"当我看到夹在被褥里的母亲的信时，惭愧万分。听说上流社会的人对惭愧的观念很淡薄，母亲是个乡下人，自然就更不知道什么是惭愧了。但是话虽这么说，枕头这件事，特别是假设母亲以前也送给过我枕头，那么我就为了男人向母亲索要过三个新枕头。这样想下去，我心如针扎一般，悲伤和惭愧一齐涌上心头。

那时候与一只有一条棉被和一个像熟透了的柿子一样软塌塌的荞麦皮枕头。我没有枕头，只好把坐垫叠起来当枕头用。这倒也没什么不方便，可是眼看着那坐垫一天天变脏，变得油光发亮，我就觉得痛苦不堪。正好母亲来信谈到被褥的事，并问枕头是不是需要两个。面对母亲的关爱，我本来想说要两个枕头，可是最后却用"一个枕头也行"这种模棱两可的回答，向母亲暗示了我的心愿。结果，我就得到一个土得掉渣的黑枕头。小枕头原来大概属于已经过世的祖母，很高。枕在上面我简直不知道自己是醒是睡，它和我的脖子很不对缘分。

我给母亲写了一封长长的信，感谢她送给我被褥。但是，对枕头的事，我却佯装忘记，只字未提。

五

我们家被围在水晶花、蓟花、梧桐花，当然还有杜鹃花中间。在这个宽阔的大宅院的宅基地上，除了我们家以外，还有同样被包围在花草中的四栋平房，排列成圆形。我们家门前种着五六十棵当围墙用的低矮的松树，透过松树枝可以眺望到一片大约两百坪的空地。空地中间孤零零立着一棵喜马拉雅杉。

"找遍全东京，恐怕都没有这么好的地方。"

与一用一把小刀在调色盘上啪啪地拍打着硬得像牡蛎的油彩，表现出对这所房子的喜爱。房门上写着"出入口"三个大字。拉开房门，横亘着一条让人联想到宿舍的长走廊，三个六叠的房间像鸡舍一样和走廊平行地排列开来。

"好是好。可是，从外面看，人家会以为我们是干什么的呢？我怎么看怎么觉得这儿就像铁匠或者木匠住的地方。"

"噢，你多高雅呀！反正都差不多，我写块油漆匠的牌子挂出去行了吧。再说，这么宽敞的房子，你到哪儿找去？院子大不说，邻居离得又远……"

"对了，说起邻居，今天晚上我要给各家送点荞麦面条，去问候一声。你说怎么样？"

"一家送几袋？"

"嗯，三袋就可以了吧。"

刚搬完家，总有些莫名其妙的伤感勾起回忆。眼前的情景似曾经历过，以前我也曾这样和已经分手的两个男人搬过家，给新邻居送过荞麦面条。窗外，天幕渐渐暗下来，为了挥去错觉，我猛地抬头看了一下天花板。

"哎呀，还没拉电线呢！"

"还真是。连线都没有拉进来。这两三天怕是要黑灯瞎火了。"

所谓积重难返，常年养成的习惯真是可怕。我站起身来，往柱子上使劲戳了两下，结果那柱子竟晃悠起来，连我都吓了一跳。天花板上掉下来的尘土像头屑一样落在我和与一身上。

"哎！这房子撑死用二三十圆就能买下来。再怎么着，十七圆的房租也太坑人了！太过分了！"

与一一声不吭，使劲擦着发红的鼻头。"这个女人就是出去旅行，肯定也要多管闲事。她以前跑当铺、给债主赔不是、在房租上和人讨价还价，从前吃的苦头肯定非同一般。"这么想着，与一"嗵"的一声把脊背重重地靠在墙上。

"我是个浪漫主义者，也不知道看上你什么了……"

与一说得那么认真，不由得我又是两眼含泪。"他也要离开我吗？"男人的心真让人难以捉摸。以前分手的两个男人总是对我不满意。有钱了，就毫无计划地独自挥霍，没钱吃饭的时候，就拿我出气，殴打我。

"我这样的女人，是特别没有吸引力的那种女人吗？我们是夫妻嘛。再说，也没有什么人可以寄钱给我。"

与一从工具箱里找出一截两寸长的蜡烛，点着，怒气冲冲地向厨房那边的房间走去。我一个人被扔在正中间的黑屋子里，一筹莫展，只好趴在湿漉漉的榻榻米上，用袖子掩住眼睛，信口唱道："我也是个浪漫的人哟！"

六

大概是因为很长时间没人住的缘故，房子里充斥着一股类似马粪纸的陈旧气味，榻榻米的黑边上还有霉印子。

与——边嘟嘟地往门框上摔着什么东西，一边闷声闷气地冲我喊："哎，你最好先给隔壁送点儿荞麦面条去，咱们跟人家合用一口井。"

于是，我去附近的荞麦面条店买了一张三十钱的面条券，去拜访问候左邻的第一家。

说是隔壁，但是因为房子和房子中间生长着灌木，所以看上去完全是独门独户。我穿着一件洗得发旧、污迹斑斑的法兰绒单衣和服，腰上缠着与一当皮带系的三尺长的布腰带，朝隔壁走去。

邻居一定想知道我们家是干什么的，如果人家问，我就打马虎眼，说与一"是绘画教师"。我先这样谋算好，然后拉开和我们家一样、上面也写着"出入口"字样的玻璃门。

这家主人大概出奇地喜欢白色的花，他家的空地上开满了白色的除虫菊，像皑皑白雪。房顶上冒着白烟。

花丛里，一个男孩孤零零地唱着"青蛙叫了，我们回家吧"，正在撒尿。

钉在门灯下的名牌上写着颇具富豪气派的名字——小里万造。

我只拜访了一家就回来了。回到家，看见与一点着我买回来的细蜡烛，正往厨房隔壁房间的墙上贴什么东西。

屋子里已经很暗了。

"那家是干什么的？"

"是烟草专卖局的会计。"

"噢？那是个严谨的人喽。"

土黄色的墙上贴上了莫迪利亚尼少了半个头的女人画像和杜菲画的纯蓝色的大海。没想到这些不着调的印刷品也能将死气沉沉的墙壁装饰起来。在柔和的烛光下，大海的蓝色像被打湿了一样碧蓝清澈。

"他家隔壁是个气功诊所。"

"噢？他们怎么给人治病呢？"

"我一个人来看房子的时候，就是他们家的女儿带我来的。是个很不错的女孩子。"

"我想起来了，我来看房子的时候也是她带我来的。他们其实跟我们家一样。你说的就是门前挂着一块牌子，上面写着'出售丝瓜苗、番茄苗、茄子秧'的那家吧？"

与一举着蜡烛在三个房间里进进出出，我就像一只飞蛾紧随其后飞来飞去。右侧那个铺着无边榻榻米的房间里，墙上贴着戈赫画的瘦骨嶙峋的少女侧面像。我心想，那张画下面要是有个衣橱就好了，这个房间最适合做卧室，两面是墙，一面是窗户。窗外垂着桐树枝，远处能看见小里万造家的厨房。

中间的房间自然应该是与一的画室。不过，由于四扇拉门都朝着走廊,所以在三个房间里,这间屋子又是最不安静的一间。

与一在这个房间里挂上了他画的风景画,画装在自制的画框里。那幅画中有一条横向的小路,不能算是一幅好画。我从来都不认为与一的画好,这大概和我不喜欢画里有小路有关。我曾对与一说过:"我喜欢没有路的画。"结果,他赌气在画上涂了好几条褐色的小路。他一定在心里想:"你也懂什么叫绘画?!"

七

与一曾告诉我,芭蕉的《洒落堂记》里面有这样的好文章:"山静养性,水流慰情。动静二者间,求得安居处。"

与一读过这么好的文章,却很满意这里的房子,这让我感到很郁闷。因为这里和我们的收入不相称,房租贵得惊人。而且,这里的房子随时可能有马踏蹄而入,根本无法安居。

厨房的水池子下面爬满了竹根、山牛蒡等藤蔓,房子的墙根也被蚂蚁啃得不成样子。

"对不起啦,你要是不累的话,能不能给厨房里弄个架子?"

"架子明天再说,先吃饭吧。"

"明天也行。不过,这厨房里没个架子,连个放东西的地方都没有。"

"我都累晕了,吃饭吧!"

与一扯下裹在头上的毛巾,提着炭箱走进厨房来。

厨房里只有两片鲑鱼,没米下锅。

等与一到了隔壁的房间后,我摸黑拿起一块石头,朝着上次没有摔开的鲤鱼存钱罐的尾巴使劲砸下去。

松脆的土屑落在我的围裙上，撒在腿上的硬币颇有一些分量，好像都是铜币。我用指头挨个抠着摊在腿上的硬币的边缘，企图摸出混杂在里面的五十钱的银币，哪怕一枚也好。

正好有二十枚铜币，还有一枚中间有孔的十钱铜币和一枚五十钱的银币。我像孩子一样激动不已。

要是这些铜币都是五十钱的银币，那就应该有十多圆了。我拿起菜篮子，向只有点点灯光的街市走去。

街市上房屋低矮，但各类商店齐全。一个名叫鸠、小得跟个大行李箱差不多的酒馆里正放着关于银座的唱片。

一条小河穿过街市，上面架着一座白色的小桥。河对岸有几家郊区味十足的便宜饭馆，据说还有一座法华寺。

我买了一升米，又在菜店买了点儿洋葱和山东大白菜，把它们像藏小猫一样卷到围裙里，心里这才算有了底。有了这些东西，起码明天吃饭就不成问题了。我曾有过无数次这样的感受，和过去两个男人的生活又回到了我的记忆里。那时候我整日为第二天的吃饭问题担忧，甚至想干脆一头撞到哪里，来个血流如注，额开骨碎，那样的话自己该走哪条路自然也就明朗了。人到底为什么活着？是为了工作？还是为了吃饭？那种吃了上顿没下顿的生活一点一点折磨着我，让我痛苦难耐。

我摸索着钻进枳木门。家里漆黑一片，只有厨房的水泥台子上，火盆里的炭火像两只眼睛一样发出亮光。

"你去哪儿了？"

"我……家里没米了，我上了一趟街。"

"去买米？你怎么不早告诉我？……我都饿得动不了了。"

与一好像是叉手叉脚地躺在那里，我感觉到他正在榻榻米上滚来滚去。

"我本来想早点儿告诉你的……我现在马上就做饭，啊。"

"嗯。我说，你不用那么有顾虑，没钱了你就说没钱，明说！……明天我就去上野的博览会转转，看能不能找到广告公司剩下的活儿。不工作，光想画画，我也太自私了。对！什么艺术，什么绘画，那不过是个人的安慰。像我这样的，用油漆画一幅夏日全景，拿给乡下的老大爷、老大娘们看，说不定挺合适，挺相称的。"

"老公！你在骂我？"

"骂你？我没有骂你。我就讨厌你这一点，你老那么别着劲干吗？我想跟你说的是，穷人不能把事情搞得那么含糊，不要有什么顾虑，你对谁都可以提出明确的要求。卑贱扭曲的心理只能使自己堕落！"

我淘着米，眼泪潸然而下。

男人告诫我不要卑贱扭曲，他的话重重砸在我的心坎上，我至今故作贞女状的虚张声势在一瞬间被悲惨地摧毁了。

与一好像要把自己从对一切都感到绝望的状态中拉出来一样，他用类似抽鞭子时发出的尖厉的声音喊叫着："这种时候，还谈什么没有精神寄托就活不下去，那是一种奢侈，现在必须把它扔掉！因为不这样我们就没饭吃……！"

"就是不吃饭，也还是有个精神寄托比较好吧？"

"你这个人到底有多大道行，能扛住几天饿？该不会能扛一年吧？"

八

天气一直很好,晴朗明媚。

井边的鸭儿芹开出了小米大的白花。

墙上的莫迪利亚尼、郁特里罗、杜菲都褪了色,变得毫无生机。每天早晨与一出门后,我就整天在院子里发呆。

坐在悄无声息的房间里,空气就像一只手重重地压在我的肩上。更何况这是栋家徒四壁且墙壁又多的房子。在这样的房子里,即使外面阳光灿烂,也会感到寂寞无聊。

湛蓝的天空。

小米般的鸭儿芹花轻轻晃动着身姿。

"阿姨,你为什么不系腰带[1]呢?"

小里先生家唱青蛙歌的儿子老气横秋地歪着脖子,奇怪地看着我的腰部。

"阿姨一系腰带头就疼。"

"哦?我爸爸也头疼。"

我腰里系着一根蓝黄两色捻成的绳子。唉,那条旧红薄毛腰带大概早已从收废品的朝鲜人手里辗转到某个当奶妈的女人手里了。五天前我把腰带卖了。今天早晨,与一连去上野的路费都掏不出来,便提着自己的一双棕色皮鞋,到了那个姓朴的店里。

"卖了多少钱?"

"六十钱。"

---

[1] 指和服的腰带。

"是吗？朴君知道那双鞋上有四个洞吧。"

"反正他能靠转大宅院把亏空补上。他叫我喝了酱汤再走，我就喝了才回来的。"

"好喝不好喝？"

"嗯，好喝极了……我给你留下二十钱，你买点儿东西吃吧。"

如此这般，我手里捏着二十钱，在院子里呆呆地从早晨站到现在。松树枝头传来今年第一声蝉鸣，放眼望去，满眼醒目的绿色。

我咽了口唾沫，舌头剌啦啦一阵发热，我的嘴馋了。红豆饭和拉面、大福年糕和乌冬面，我一边想象着用二十钱能吃得到的东西，一边把两枚十钱的白铜板放到耳朵边敲了敲。蝉"知了，知了"叫个不停，透过松树丛，我看见有几匹没装鞍的马被人牵着走过。

"今天天气真好……"

收废品的朴用秤杆敲着脖子，一脚踢开枳木门走了进来。

"朴桑，那双鞋上可有洞啊！"

"没关系，反正我能从那些大宅院里赚到钱的嘛。"

"你可帮了我们大忙了。"

"没关系。小松桑回来得很晚吗？"

"是啊，到晚上才回来呢……"

"真不容易啊。对了，你不买个煤油炉？钱可以分三次付。"

"啊？……多少钱呀？"

"九十钱就行了。这东西可是很方便的。"

门口长长的走廊上凉飕飕的，很舒服。朴躺在那里，看着我摆弄煤油炉的手。煤油炉生了锈,涂着一层灰色的搪瓷,样式很旧,一点火,"呜"的一声,跟飞机降落时的声音差不多。

"也用不了多少油,一罐可以用三个月。我家就是。"

朴留下煤油炉走了。我把灰色的煤油炉搬到厨房的窗户下面,看着它。家具这东西,为什么能如此安慰人的心呢?

傍晚,我到井台上倒泔水,小里先生的儿子跑过来看着天说:"阿姨,有飞机!"

"在哪儿?"

"你听,不是有声音吗?"

我抚摸着仰头看着天空的孩子的头说:"那是阿姨家的煤油炉在叫。明天你到阿姨家来,阿姨给你看。"

听了我的解释,孩子仍不可思议地看着微暗的天空。他家大概烧的是木柴或者炭,我每天都能看见他们家屋顶冒出的炊烟。孩子遗憾地说:"原来不是飞机啊!"

九

与一的日记记得很仔细,就连我觉得无聊透顶、无事可记的日子,他也会如例行公事一般在日记本上写下×月×日,晴或者阴。

每天只写一些晴呀阴呀之类的东西,大概让与一自己也觉得很没劲,于是他开始在日记本上记些"我想要一顶蚊帐""今天在街上看到了一块广告牌,上面写着'如果我是王者'"之类的内容。

但是，饥饿的日子就像连环锁一样一环套一环。就连那么严谨的与一也把日记本扔到了一边，上面渐渐蒙上了灰尘。

日记本上的空白越来越多，不觉到了八月。一天清晨，我大概在梦中摔了一跤，猛然惊醒。跟往常一样，看到晨光在墙上投下的影子。又是一个色彩柔和美丽的清晨，但是此刻晨光还没有照到窗户上。

这时，我听到一种新鞋发出的脚步声。"才五点来钟，会是谁呢？"我满腹狐疑，打开隔扇门，透过房门上的玻璃窗往外看，只见一个红脸大汉正若无其事地看着我，四目相对，他笑了。我也对他笑了笑，但是脊梁骨却嗖嗖地直冒冷气。

"小松君起来了没有？"

"您来得真早啊。我这就去叫醒他。"

在晨光的辉映下，来人的穿戴看上去崭新挺括。这样一位绅士这么早来找与一，一定是远方来的好友。我急忙摇醒与一。

"我没有这样的朋友。他说找小松了？"

"对。他笑着问我你起来了没有。"

"不对劲啊！"

与一起身穿衣服，我去打开房门。

没想到，一开门，四五位绅士一下子拥了进来。他们无暇放下脱下来的鞋，拿在手里，在长长的走廊上高声喊叫着，向各个房间散去。我大吃一惊，逃进卧室。紧跟着，两位绅士堵在卧室门口大声叫道：

"你就是小松与一君？"

"是。"

与一惊慌失措,嘴角抽动着。

"跟我们去××警察署走一趟。"

"什么?……这到底是怎么回事?除了随地撒尿,我没干过什么啊!为什么要带我去警察署?"

"你不要装糊涂。"

"你是小松与一君吧?"

"是啊,我是叫小松与一,是个画匠,眼下正在上野博览会画东照宫的杉树,一天画七八棵。"

"哼!画不画画,和我们没关系。你还是先跟我们走一趟吧!"

"理由是政治犯吗?我现在还是临时工,要是今天不去,别人就会抢了我的饭碗。"

"你最好还是像个男子汉一点儿,跟我们去把事情说清楚,对你也有好处。"

"那得多长时间?挺长时间的吧?"

大概是镇定下来了,与一的嘴角露出了笑容。

"还有,二十九号可不行。我给你们看一样东西。"

与一打开壁橱,从里面拿出一张入伍通知书。

"其实你们是弄错人了吧?看,这个月底我就要应征入伍,服三个月的兵役。"

这时,搜查其他两个房间的诸位绅士也一脸茫然地聚集到卧室来。

"哎,我们好像弄错人了。"

"怎么会?就是他。我有确凿的证据。"

"真的？不过还是不对劲啊！你！与一不会是你的雅号吧？你的真名是小松世市，是这么写，对不对？"

"所以嘛，你们看看入伍通知书不就知道了。"

一张小小的入伍通知书在几位绅士手里传来传去。

"不对啊！看来我们得重新搜查了。哎？外面是不是有客人啊？"

枳木门外停着一辆白色小型汽车，跑批发市场的鱼店老板和送报纸的正在门口往里张望。

"哼！这些人都是白拿工资的？！快撒把盐驱驱邪。"

"家里没盐。"

"没盐？没盐扔团泥！没泥就泼点儿汽油！"

"他们这样随便闯进别人家，把家里搞得一塌糊涂，连个对不起也不说？"

"说什么说！……我看他们一个个的，怕也是吃不上饭，心烦着呢。也难怪他们想当赤色分子。"

"小时候，我继父在路边摆摊，经常挨警察的打。真是的，他们还让不让人活了？"

十

上野博览会的活儿还有两三天就完了。一天傍晚，与一头上裹着绷带回来了。

"真倒霉！哎！大概是因为天气热，心里烦，跟人打了一架。"

"跟谁？"

"那些广告承包商。他们老议论我,说捏过油画画笔的半瓶子醋让人看着不顺眼。我就对他们说,你们是说我?要是说我就当面跟我说讲清楚。他们说,对,就是说你!二流子画家真让人受不了。我对他们喊,你们有什么了不起?浑蛋!你们克扣我们的工钱!一个人就猛地把杯子砸到了我额头上。"

"哎呀,他们怎么跟砖瓦匠一样?疼不疼?"

"有点儿玻璃碴儿扎进肉里了,没什么大事。"

与一从当皮带系的布腰带里拿出十三天的工资说:

"老板说我们的工钱标准是一天两圆五十钱,这就克扣了五十钱了。而且,他跟博览会要的工钱是每人每天四圆左右,他把多出来的部分都克扣了。真没法说!"

除去被克扣的工钱,还有将近三十圆的进项。我的心高兴得咚咚直跳。

"可是,你故意跟人家吵架,不会被炒鱿鱼吗?"

"这倒不至于。其他人私下说起来也都愤愤不平,可是一见了老板都是点头哈腰的。"

"人都是这样。"

已经很久没有买煤油了,今天买了一升。

灰色的煤油炉像一架圆形的飞机发出轰鸣声。

我和与一到院子里冲凉。我一边往发黄的杜鹃花叶子上浇水,一边想着与一出发的那一天。

"再有六天你就要当兵走了。"

"是啊。"

"你不在的时候家里怎么办……?"

"不是有差不多三十圆吗?我的路费和零花钱有五圆就够了,房租用上十圆,剩下的你不能将就着过?"

"嗯。可以的。"

从气功诊所买回来的西红柿秧子终于结出三朵小黄花,当这花儿落地,红色的果实成熟的时候,与一也就回来了。可是,眼下我对即将来临的孤独一人、无所事事的生活感到极度恐慌。再加上老家来信说,在海军团干活儿的父亲被手推车压伤了。这两件事凑在一起,使我心情黯淡。

我想起继父在长崎铺着石板的码头上,混杂在卖缎子的中国人中间,摆开地摊,露着肩膀叫卖的情景——他把唐津产的饭碗、盘子、大海碗摆到铺开的席子上,一迭声地叫道:"各位,你也好,他也好,谁不用碗吃饭?来看看啦,唐津本地产的,买五个打八折。 如果这也嫌贵,那就三贯[1]!还饶上这个小姑娘,二十五钱。这可是个好孩子啊!一头红头发、两溜鼻涕的小姑娘啦!"那段时间,我们过着一碗发黄的菜汤面父女分着吃的生活。可是,就是这样,继父的地摊还是以妨碍交通为由被取缔了,他只好拉着板车到九州的乡下走乡串户地卖货。他那黝黑疲惫的身姿浮现在我的脑海里。我来东京的这四年里,已经从我那贫穷的父母那里要了二十圆了。

继父他们最终在佐世保安了家。在海军团推手推车很可能是继父干的最后的工作。

---

[1] 一贯约三点七五千克。

这是一封来自乌云密布的家乡的书信。

你能不能想办法凑七圆钱，赶紧寄回来。你爸爸整天喊疼，嚷嚷着要锯腿。现在每天在家用石炭酸给他洗伤口，如果能把他送到医院去，肯定能得到更好的治疗。

我本来打算吃完晚饭以后给与一看这封老家来的信。但是，与一好像在想什么心事，他靠在窗口，忧郁地唱着歌。歌的曲调使人联想到秋天，很忧伤。我不停地喝着茶，寻找给与一看信的机会。可是，他一直充满忧伤地唱着歌。

十一

每天给与一换头上的绷带时，我心里都揣着一个心思：不跟与一说了，我自作主张把钱寄回老家。

"受点儿小伤都这么疼，要是锯胳膊锯腿，还不知道会疼成什么样呢。"

"到了那个份儿上，人就完了。要是我的话，就去自杀。"

"唉，要是不能干活了，活着也没意思……"

与一去山区连队报到的那天刮着大风，天昏地暗。人们聚集到车站，抱怨着让人心烦意乱、不合时令的风。

"你关了煤油炉没有？"

与一没话找话，看着我笑道。

他手提军用包,脚穿木屐,活像个收报纸费的。我咔咔地笑着搪塞说:"着了火倒好了。"

"你一个人在家无聊的话,就让气功诊所家的女儿来陪你。"

"没事。一个人待着自在……"

一种类似亲情的爱情涌上我的心头,这是一种对以前两个男人没有过的感情。甜蜜的感觉让我只想流泪,我紧闭双眼,低下了头。

"烦人!真是的。"

与一喜欢吃甜食。我递给他一个报纸包,里面包着五钱买来的焦糖和一串香蕉。

"今晚得住旅店吧?"

"我在那一带没有熟人,今晚只能住在兵营附近的小客栈里了。"

"今天来的这些人里,肯定有被征了兵、家里困难的人。"

"有。现在正是收获季节,那些农民家里肯定很难办。"

海水浴场的广告单在寒气中瑟瑟发抖,车站前过往的妇女们身穿单薄的和服,下摆在风中像船帆一样鼓起。

扩音器里传来列车即将出发的广播。

"你可要多保重啊!"

走在长长的站台上,与一反复叮嘱我。与一关爱的话语让我心里格外难受。于是,我装出一副傻女人的样子,给与一挤出一个微笑。我脸上微笑着,眼睛里却热辣辣的。我紧闭双唇,等着与一从车窗里探出头来。

往山里去的火车冒出黑烟,一扇扇车窗刚被打开,送行的人们就蜂拥而上。我看见与一正把帽子和报纸包放到高高的行李架上。他的喉结高高隆起,看着他健壮的脖子,强吞下去的泪水让我鼻子发酸，我只好看着远处的挂钟，做出一副若无其事的样子。

"哎！"

与一已经剥了一块焦糖塞进嘴里，鼓动着腮帮子喊我。

"怎么了？"

"给你一块糖。"

没有人注意我们。与一的座位挨着洗手间，我心想这样一路上他的双腿就不用受委屈了。与一像突然想起来似的，扳着手指头数着，自言自语道："三七二十一，要二十一天哪。"满脸难熬下去的表情。

"去了以后没人照顾你，你要多保重，别生病！"

我心里盼着火车快开，觉得五分钟是那么漫长。因为我们彼此都无法坦率地表达内心的悲伤，这短短的时间就更让人难熬。为了看清与一，我微笑的脸都扭曲了。

十二

家里就剩下我一个人了。大白天就有好几只地窖里的蟋蟀在厨房里飞来飞去。与一走了已经有九天了。从山里寄来的第一张明信片告诉我，下了火车已经是深夜，与一为了在那座坐落在山谷间的小城找到住处，吃尽了苦头。

第二张明信片通知了他的联系地址：松本市五○连队留守部队第二中队应征入伍兵，小松与一。

第三张明信片是幅美丽的风景画，上面画着高原上闪烁着白色光芒的白桦树和天空上大朵的白云。上面写道:"今天行军四里[1]。在农民家吃了葡萄,很好吃。农民们都很忙碌。行进在队伍中,我觉得好像只有我们无所事事,简直搞不清楚我们为什么行军。我们当中很多人整天心神不定的。你一个人在家行吗?望来信告知。"

为了消磨漫长无聊的时间,我把与一寄来的明信片和信看了一遍又一遍。那双木屐不知道他怎么处理了?穿上威风的军靴,他是不是快乐得像个孩子?一想起出发那天与一苦闷的表情,我的心就像被烫伤一样疼痛。

第四封信中与一这样写道:"我一直都在给你写信,这可能让你觉得我是个软弱的人。现在我离你很远,不用为一日三餐发愁,就担心你每天都吃些什么。我还没有收到过你的信,今后你应该安排好自己的生活,稳定下来。让你稳定下来不是要你去模仿那些资产阶级的太太们,是希望你能为我们两个人的生活储存力量。部队里有钱的家伙们去酒馆寻欢作乐,没钱的只好留在班里,寂寞了就胡乱唱一气。那些唱歌的人,眼看庄稼要收获了,心里一定很着急。我的邻铺是个造木船的木匠,他说家里有老婆和三个孩子,他把第一个星期领到的不到一圆钱寄给了家里。哎,你要多保重啊!如果有养的小鸟、种的花草什么的,我还有话可说,问问它们长得怎么样了。可是,家里除了你自己以外,什么都没有。你可要好好的啊!"

我从未体验过这种男人的杳杳情思,它让我流了多少泪,伤了多少心哪!

---

1 一日里约三点九公里。

我拿起镜子照着自己的脸。母亲经常说"你就是个流浪的命"。我才二十三岁,可是镜子里映出的却是一张苍老的脸,嘴唇干裂,眼圈发黑,曾经让我感到无比骄傲的长长的眼睫毛也都断裂脱落,没有了从前的影子。

我没有胭脂也没有粉黛,只好素着一张脸。可是与一却给了我深厚的爱情。从以前两个男人身上我找不到这种关爱,就连母亲对我的爱,在我眼里都是次于继父的。我的心灵在漫长的时间里被孤独扭曲了。

第五封信。"我还没有收到你的信。你一定是陷在你一向莫名其妙的自尊心中无法自拔。再过一两年,你就会明白你的想法有多傻。你不想告诉我坏消息,不想让我看到你软弱的一面。这些东西只要你愿意,就可以完全不去在乎它。反正我告诉你,这是个怪癖。随信寄去的钱是我从连队领到的,还有从东京出发时剩下的旅费和住宿费。我现在身无分文了。不过,我有饭吃,能活下去,没问题。今天山里是个大晴天。"

第六封信。"你在我的心目中渐渐变得率直了。你的信我看了,一字不漏地看了,不像你只匆匆看一眼。我一边看信一边想象着你的样子。我给你寄去两圆钱,你感激不尽,我就觉得一定是出了什么事。你在信中说给母亲寄去十五圆,你要是以为我会为这件事生气,那说明你还不完全了解我。要不要我也给你父母写封信?你说你想去工作,我没意见。两圆钱连十天也支撑不了。不过,我坚决反对你去做女招待,那不是什么值得自豪的职业。兵营是个大煞风景的地方,人们一天到晚议论的都是女人。我渐渐生出了因你而起的旅愁,再过十天我们就能重逢了。只要不当女招待，你尽可以快乐地工作。听说小里先生得精神病了，你要安慰安慰这个可怜的邻居。"

番茄花落了，结出三个青涩的果实。从未有过的愉快让我精神开朗。我接到与一的信后，通过朴的介绍找到一份工作。每天早晨我和气功诊所家的女儿一起去废品市场挑选制造浅草纸[1]用的废纸。

撕下一页日历，听着早晨煤油炉高亢的轰鸣声，喝一杯热茶成了我每天爽心的功课。

第七封、第八封、第九封，从山区军营发来的信上写满了令人脸红心跳的字眼。"地榆叶黄秋草枯，无尽思念向你诉。"[2] 这肯定不会是与一写的诗，但我的眼里仍然充满了泪水。

---

1 一种利用废纸制成的草纸，发黑，作手纸用。
2 日本大正时期的著名短歌诗人若山牧水的诗句。

河虾虎

天空阴沉灰暗，狂风呼啸，水面上掀起阵阵菱形的波浪。平日里像笼罩着一层薄雾的茂盛的芦苇，此时干燥枯萎，被风吹得摇摆不定。河堤上还有微微的亮光，从绛紫色的水面上刮来的风带着寒气。千穗子往锅底下加了一把柴，然后到河边找这么晚还没回来的与平。此时的千穗子一筹莫展，作为母亲，她又不能丢下孩子自己去寻短见，让世人耻笑。自己寻死倒是容易，可是那个至今没有户籍、还扔在产院里的孩子怎么办？一想到这些，千穗子就实在不忍心离开人世。

风越刮越大，吹得人喘不过气来，掀起菱形波浪的河面上映出了大颗的星星。通向河岸的石头路坑坑洼洼，路两边的草被吹得直不起腰来。千穗子来到河边，只见平时湿漉漉的石板桥上没有一滴水，在狂风中发出"嗖嗖"的声音。

河堤上空的余晖像玻璃窗一样，拖着长长的暗红色，散发着光芒。千穗子过了石板桥，迎着夕阳看见与平正脸朝对岸，站在齐胸深的河水里。

"爷爷[1]！"

大概是风声淹没了千穗子的声音，与平仍站在打着漩涡的河里，默默地脸朝对岸。千穗子把手放到嘴边，探出身子，又一次大声呼喊。她的声音在河面上回响，终于，与平慢慢地回过头来。

"吃饭了！"

"噢……"

"你跑到河里干什么，着了凉怎么办……？"

与平左右摇晃着身体，奋力拨开水流，走近河岸。拖着暗红色光芒的夕阳沉下去了，与平的脸色难看得像一只黑兽，身上一股河藻的腥味。不远处水鸟在鸣叫。看见与平下了河，千穗子很担心。

"爷爷，要感冒的！你不能这么莽撞……"

"渔网被冲走了，我是去找渔网的。"

"噢。现在天气还很冷，你不能蛮干啊……！"

"嗯。阿松没睡吧？"

"没有。"

"哼……这风真大。今天晚上还要刮呢。"

与平体格健壮，浑身湿漉漉地走在千穗子前面，湿透了的裤腿紧紧贴在腿上。后门的篱笆上开满了绣线菊白色的小花，被风吹得摇头晃脑。千穗子快步跑到厨房，往锅底下一看，火已经灭了。她急忙塞进去一些松叶和柴火，火又在滚滚浓烟中燃烧起来，放在土间的自行车被涂上了一层红色的光亮。

---

[1] 在日本家庭，儿媳妇有了孩子以后，随孩子称自己的公婆为"爷爷""奶奶"。

千穗子从衣柜里拿来与平的衬衫和外衣。与平把湿衣服脱下来扔到土间,赤裸着身体走到炉子前,他的身体还像年轻人一样健硕。千穗子在火光中看着与平的身体,也不知道为什么,她的脸红了。

"爷爷,这样会着凉的……"

"嗯,不过挺舒服的!"

千穗子嫁过来以前就养着的白猫这时慢吞吞地蹭过来,依偎在与平脚边。炉子有点儿小,锅里的汤溢到了炉子外边。与平换上衬衫,把外衣披在肩上,盘腿坐在炉边吸烟。千穗子今天早晨回来以后,就像变了个人一样,一直绷着脸。她一直在等隆吉回来,整天想"今天不回来,明天该回来了"。不知不觉半年过去了,听说邻街的安造四天前也回来了,但是仍没有隆吉的消息。所有的一切都是千穗子和与平商量过的,二人最后决定,把事情原原本本地告诉隆吉,请求他原谅。但是,看到与平总是沉闷忧郁的样子,千穗子就感到坐卧不安,提心吊胆。现在,她觉得每一天都很漫长。千穗子把婆婆的饭放进托盘,端到里间,看见婆婆半睁着眼睡着了。她把托盘放到枕边,叫道:"妈!吃饭了。"婆婆睡得很香,千穗子松了口气,留下托盘,回到炉边。

"睡得正香呢……"

"嗯,是吗?一定很舒服……"

"爷爷,那儿有酒。"

炉子一角的砖上放着一个小陶壶。与平拿过一个还没洗的杯子,满满地倒了一杯浊酒,喝了起来。千穗子端上一盘凉拌油菜,一边往大碗里盛汤,一边猜测刚才与平站在河里时的心情。觉得当时与平很可能想到了死,千穗子眼里便充满了泪水。她给猫也盛了一点儿菜汤饭，把碗放在了台阶上。

"那个叫伊藤的人那边，还没有定下来……？"

与平小声问道。冷不防被这么一问，千穗子吃惊地看着与平。千穗子本来就长得小巧，生了孩子以后显得更瘦小了。在昏暗的灯光下，今晚与平第一次把目光投向千穗子。伊藤是住在千叶的一个人，本来说好了要领养千穗子生的孩子。但是接生婆传话说，伊藤想要一个长得好一点儿的孩子，所以领养的事就没了下文。千穗子的孩子出生时不足月，身体瘦小，活像一只小猴子，皮肤发黑发红，不像个正常的婴儿。为了排掉"胎毒"，婴儿一生下来就要让他们大便，千穗子的孩子就跟那大便一样，黑乎乎的。现在，如果有人递上一根稻草，伸出善意之手，要了这个孩子，那真是让人感激不尽。千穗子快生产的时候，曾经有两个人表示想要孩子。可是，等孩子生出来，一看到猴儿一样的婴儿，两个人就都说想要一个更好看点儿的孩子了。日子一天天过去了，千穗子越来越焦虑。照这样下去，如果没人想要孩子，那她就得和与平重新商量一下该怎么办。与平也在等待着有人领养孩子，但是他从千穗子的表情看出，这件事进行得不顺利。

"伊藤先生最近说，他改了主意，想要一个男孩子……"

"因为我的孩子长得丑，所以人家不要"，这句话千穗子实在说不出口。千穗子的奶水本来很足，但是想到孩子终究是要给人的，所以生下来没多久就给孩子断了奶。也许因为这个缘故，孩子瘦小的身体皱皱巴巴，奋力挥动小拳头时的样子让人心疼。她把大拇指放在掌心，紧紧攥着双拳。千穗子给她洗澡的时候，总能从小拳头里发现很多污垢。

"看来，不给人家点钱，怕是没人要啊……"

千穗子突然泪如泉涌，她扯下挂在腰间的毛巾，擦了擦眼睛。

隆吉当兵走了已经有四年了，他和千穗子有两个儿子，大的叫太郎，小的叫光吉。隆吉走后，千穗子搬来和隆吉的父母一起生活，不辞辛劳地帮助家里干农活。本可以相安无事的……可是千穗子生性怯懦，由于一个偶然，没能抵挡住肉体上的诱惑……一旦失了身，她便没有勇气结束那种关系。对于一个年轻女人来说，等待丈夫的四年实在是太漫长了。和丈夫的父亲发生丑陋的肉体关系，再无知的女人也知道，这一行为与走兽无异……何况是毕业于实务女校的千穗子。她不仅和公公有越轨行为，还有了罪恶的果实——一个女婴。这无疑是悲哀的命运。孩子还没有出生，战争就结束了。每当看到复员兵，千穗子和与平都感到罪恶的报应。婆婆阿松中风，已经五年卧床不起，家里人的目光用不着担心。可是，一想到自己将挺着丑陋的大肚子和丈夫重逢，千穗子就感到痛心彻骨。别人家的妻子都在盼着丈夫早一天回来，千穗子却在祈祷丈夫晚一天、再晚一天回来。更糟糕的是，现在千穗子淡忘了和丈夫一起生活的日日夜夜，对整日厮守在一起的与平的情感却变得浓烈起来。为此她感到痛苦不堪。如今，隆吉变得模糊不清，像一只气球飞向了虚空。与平和千穗子都是属虎的，一雄一雌两只老虎，在栅栏里咆哮着翻云覆雨的一幕幕，让千穗子浑身发烫。她没有用和年轻男人谈情说爱的口吻和与平私语过，两人之间也没有任何密约……他们两人就像偶尔遇到仇敌一样，两具虎年出生的肉体彼此呼唤着对方。与平家有四间房，成"田"字形。最北的房间铺着木地板，当厨房。厨房旁边是储藏室，里面放着千穗子母子的行李物品。一开始，千穗子母子睡在东面六叠的房间里，因为每天铺叠被褥太费时间，自然而然地，千穗子母子睡到了最适合"万年铺"[1]的与平他们那个六叠的房间里。这个房间只有一扇高高的玻璃窗，玻璃已经发黄，脏得根本看不见外面。关上隔扇门，大白天房间里也像黄昏时分一样昏暗。壁橱隔层上摆放着佛龛，阿松睡在佛龛前面，旁边是与平，两个孩子夹在与平和千穗子中间。这样一来，不算宽敞的房间就挤得满满当当。无论冬夏，千穗子总是等孩子们睡了以后才躺进自己的被褥。有时候，七岁的太郎早晨会大声笑话爷爷："爷爷！你昨天怎么跑到我被窝里来了？你睡觉太不老实了……！"四岁的光吉也咿咿呀呀地问："爷爷！昨天晚上你做噩梦了？"千穗子在孩子们面前羞得面红耳赤，与平则噘着嘴，把脸扭到一边。与平当然也很痛苦。他开始喝酒，每天晚上总是想方设法出去找酒喝。喝了酒，与平就不再是他了，他变得阴郁懦弱。每次喝醉酒回来，面对气哼哼的千穗子，与平总是频频低头，不停地道歉。喝多酒的晚上，与平心绪烦乱，顾不得阿松还大睁着双眼，就向千穗子哭诉赔礼。在与平眼里，儿媳千穗子实在太可怜，也太可爱了。隆吉不在身边，千穗子寂寞不堪，她的寂寞和自己的寂寞是相同的。他想像疼爱女儿一样，轻轻抚摸千穗子的背，给她唱催眠曲，安慰她。这种爱怜渐渐变得大胆起来，最后竟萌生了完全占有千穗子的想法。当然，萌生这种想法并不完全是酒精的作用。千穗子不是一个漂亮的女人，但是她的肌肤像年糕一样柔滑，眼睛明亮有神。她眉毛疏淡，圆脸庞，头发曲

---

[1] 在榻榻米的房间起居生活，每天晚上要从壁橱里拿出被褥铺好，第二天早晨再叠好放进壁橱。所谓"万年铺"就是每天都铺着被褥，不将其叠好收起。

卷发红，只有那双褐色的眼睛非常美丽。千穗子在镇实务女校上学的时候，与平就经常在街上碰到她，她一点儿都不引人注目。这样一个和与平毫不相干的姑娘，后来成了隆吉的媳妇。想想从千穗子进自己的家门到今天的前前后后，与平深深感到偶然的命运真让人捉摸不定。喝多了酒，与平总是倒头便睡，鼾声大作。半夜醒来后，他便有一种本能的欲求。黑暗中，他已经顾不得妻子阿松是睡还是醒，思维和行动完全脱节。与平浑身灼热，真想揭去自己的一层皮，他觉得自己是在一天一天地赎罪。一到晚上，他对千穗子怜悯的爱就会达到顶点。白天想要了断一切的决心越强，晚上不安分到了极点的想象就越发像决了口的洪水汹涌而出。对方一旦成了动物，与平心里的悲哀和怜悯就全部消失了。事毕后，他的意识又格外清晰，最终自己对自己反感到了极点。每当他回到自己的床铺，对儿子深深的自责涌上心头，他便开始厌恶千穗子这个女人。不仅是千穗子，他厌恶每一个人。这种心情使他成了一个更加没有人缘的老人。千穗子在荒川区的某个产院生下一个女婴后，与平就整天靠钓鱼打发日子。只有在钓鱼的时候，他是快乐的。与平一个人照顾不了两个孩子，千穗子让与平把孩子们送到了自己娘家。她母亲和姐姐最近在黑市上当起了菜贩子。姐姐富佐子结过婚，但是日华事变[1]后，她丈夫被派往前线，并战死在中国。姐姐生性好强，属女中豪杰，加上没有孩子拖累，她扛起货物，当上了去东京走街串巷的菜贩子，现在已经有了一些积蓄。没有蔬菜可卖的时候，她就到静冈收购橘子，去信州收购苹果。战争结束后，她仍旧继续做生意。但她毕竟不

---

[1] 七七事变。

是男人，一次背不了那么多货物，而且收购的苹果，三次里就有一次会被没收。无奈中，她也混杂着收购一些黄酱、芝麻等来倒卖，反倒赚了更多的利润。

富佐子很久没有见到妹妹了，所以对阶川家的情况不太了解。母亲阿梅却隐约感到千穗子和与平的关系不正常。由于与平脾气急躁，爱发火，所以阿梅一直对这个问题避而不谈。但是，在内心深处，她很为女儿担心。

千穗子生了一个女儿。

千穗子难产，痛苦万分，却没有一个亲人在身边。生太郎和光吉的时候，千穗子都没有这么痛苦过。阶川家有两辆自行车，一辆是与平的，一辆是隆吉的。与平卖掉自己那辆，把换来的钱交给千穗子，让她带上。与平一家是小老百姓，没有自己的土地，也没有多少钱。与平觉得，从积蓄里拿出钱来给千穗子生孩子用，实在愧对儿子，就把自行车卖了。他已经盘算好了，如果问起来，就说被人偷了。

听说生了一个女孩子，与平并没有感到高兴。他曾经有过一个女儿，叫霜江，比隆吉小。霜江十一岁时得肺炎死了，如果活着，今年二十三，正值妙龄。

酒劲微微上来了，与平感觉有些飘飘然。很快，隆吉即将归来给他带来的不安消失了，他甚至感到了一种安慰，想早一点见到儿子。与平在广播里听说过"自由号"运输船，他的脑海里浮现出乘坐"自由号"归来、一身戎装的隆吉的身影。他和千穗子疯狂的生活，如今也到了该安稳的程度……即便如此，他仍觉得发生的一切不可能秘而不宣地过去。一想到这些，与平就像"咕咚"一声沉到水底一样,感到很孤独。也许是酒精的作用,他现在没有刚才那么绝望。在河里的时候,如果不是千穗子拼命大声地叫他,他就会在那风中,让自己和渔网一起顺水漂走。

与平一步步走进河里的时候,反倒没有感觉到冷。河面上翻滚着菱形的浪花,河面下的流水却平静温暖。远处秧鸡"嘎嘎"的叫声传入他的耳膜。他一步步走向河水深处,目不转睛地盯着水面。绛紫色的河水在黄昏中一点点染上暗色,虽然溅起的水花很凉,但是河面反射出的余晖却像秋天里一样分外鲜艳。

"给人家多少钱才行?"

与平瞪大深陷下去的双眼,目光一闪,问道。

千穗子听清了与平的问话,却没办法告诉他。因为价格高得惊人,就和时下飞涨的物价行情一样。一般要这种苦命孩子的人都是冲钱来的,家境富裕的有给一万圆的,普通家庭起码也得一两千圆。

"你在报纸上登启事了没有?"

"登过一次,根本没用。登一个用放大镜才能看见的启事就要八十圆呢。"

千穗子想私下里再去求求伊藤。虽然她心里也着急,但是一天天挨过来,她反倒觉得这个孩子比两个儿子更加招人怜爱。她对女儿的留恋一日深似一日。她不想光为自己考虑,因而失去女儿。今天早晨她刚从产院回来,可是现在她又情不自禁地想见到孩子。千穗子还有一个想法,她想跟姐姐把事情挑明,让姐姐收养这个孩子。

"我自己有办法解决,爷爷你就不用操心了……"

与平拿着酒杯的手停在半空中,目不转睛地盯着一个地方。他大大的耳朵垂下来,显出了老相,但是窄窄的额头上很光滑,让他看上去还不算老。花白的浓眉下,眼窝塌陷的一双小眼睛红红的。

"你有办法……?那也还是准备点儿钱好吧?"

"嗯。我是这么想的,我想跟我姐姐商量商量,你说怎么样……?还有,在隆吉回来以前,我想出去做工,当女佣什么的也行……"

"哼。那太郎和光吉怎么办?"

一提到太郎和光吉,千穗子便无言以对。她发自内心地想:"难道你们就不能再重新娶个媳妇吗?"她真心祈祷不要让事情发展到血腥的地步,也希望隆吉能下决心,重新娶一个老婆。各种思绪走马灯似的闪现在千穗子的脑海里。

她觉得自己不配从隆吉那里得到同情的施舍,无论是拳打还是脚踢,什么样的惩罚她都愿意忍受。自己这样一个没有骨气的女人,理应受到狠狠的虐待。对于与平,千穗子也恨不起来。就像被砍掉脑袋,身子还在案板上蹦蹦跳跳的河虾虎一样,一种分外清晰的动物性的感觉像蚯蚓一样爬过千穗子的脊背。

风变小了,顿时雨点打在屋顶上,晚春略带暖意的夜风吹进屋来。千穗子盛了一碗黑乎乎的麦饭,坐在咂着浊酒的与平身边,干巴巴地吃了起来。

风向变了,随风传来河水的流淌声。与平把空酒杯放到托盘上,孤零零地看着正在舔碗的猫。

"爷爷,我吃了晚饭,就回产院去了。"

"嗯……"

"你可别胡思乱想。要是爷爷起了那个念头,那我也不想活了……"

与平眨了眨眼。长腿的蜉蝣循着亮光,在昏暗的灯前飞来飞去。与平五十七,千穗子三十三,此时,他们二人大概都只感觉到了一种近似天真的孩子般的命运……让他们二人害怕的只有隆吉,而隆吉对他们的爱却近似于宗教般纯洁。

阿松那边有了动静,千穗子放下筷子进了里间。昏暗的灯光下,阿松正哆哆嗦嗦地往嘴里送饭,饭撒得到处都是。

"妈,我不知道你醒了。"

千穗子麻利地把托盘拉到跟前,像喂孩子一样,一口一口地喂阿松吃饭。千穗子比隆吉大一岁,是俗话里说的"姐姐老婆"。不过,千穗子长得小巧,显得年轻。从实务女校毕业以后,千穗子在京成电车的柴又车站当过两年售票员,二十五岁嫁给隆吉以前,没有任何轻浮行为。结婚生子,年龄大了,她还是一张娃娃脸。

千穗子和隆吉的夫妻感情很好。隆吉在京成电车当过两三年列车员,后来就一直在家和与平一起种地,也做些土地买卖的中介生意,以此养家糊口。他虽然没念完中学,脾气也很急躁,但是性情豪爽,天性中有让人喜欢的一面。隆吉又瘦又高,走起来摇摇晃晃的,看似很文弱,其实很结实。有人说他是块当步兵的好料。

本来说吃完饭就走的千穗子,还是住下了。

第二天早晨,千穗子睁开眼睛的时候,与平已经起来了。外面春光明媚,朝霞映红了天空,河堤上的青草经过昨天雨水的滋润,绿油油的。苇莺在鸣叫,令人心情舒畅的微风从窗户里吹进来。

与平盘腿坐在炉边,正在数钱。千穗子还是第一次看见与平数钱,感到很吃惊。她默默地走进厨房。

"喂……"

与平叫了一声,千穗子回过头来。与平绷着脸,一边数钱,一边说:

"今天你把这些钱带去,再好好求求人家……"千穗子猜想那钱是与平卖番薯、倒卖鸡蛋、卖河鱼一点点攒起来的。与平面前放着一个孩子们上幼儿园时挎在身上的放便当盒的小筐子,里面还有五六百圆。

"你问问接生婆,看一千圆行不行……你就说,家里穷,只能拿出这么多钱,说不定人家会帮我们的……"

"好,我现在就去。"

千穗子头发凌乱,只想哭。她抓起裤带擦了擦鼻子,眼泪止不住地落了下来。传闻还在中国的隆吉很快就会回来,千穗子想在去产院以前先到姐姐富佐子那里把情况讲明,跟她商量商量。反正长得那么难看的孩子没人要,除了死了让人领养的心,还有什么办法……? 她是个孩子,不像小猫小狗那么简单。孩子长得难看是一种不幸,但是,近一个月以来,千穗子在照顾孩子的过程当中,渐渐没有了那种在乎孩子长得好坏的心思。对这个亲生女儿,她越来越爱怜。她有一种冲动,想让与平看一眼孩子。在给人以前,哪怕就看一眼,抱一下。

千穗子生着火,做了一锅面团。她走到后门口,看到绣线菊像撒在绿叶上的大米粒,红色杜鹃花一丛丛地盛开着。雾霭笼罩的河水闪着暖暖的浅蓝色光泽,从防洪堤下走过的孩子们发出喧闹的叫声。这声音让千穗子想到太郎和光吉,不由得悲伤起来。她不能离家出走,也不能选择自尽,这全都是为了孩子。千穗子实在感到走投无路。头脑一混乱,千穗子就会产生轻微的脑贫血,现在她就觉得头晕。

千穗子带着粮食和一千圆回到产院才知道,孩子病得很重,拉肚子。接生婆告诉千穗子,伊藤从别人家要了一个长得很好看的两岁左右的孩子。千穗子很失望,她把一千圆交给产院,第三天又回到家,和与平商量解决办法。与平很不高兴,好一阵子没理千穗子。

"这都是运气,没办法。看来只好暂时放在产院里了。你能不能也打听打听……我也不是没有努力,是实在没办法。"

"昨天晚上富佐子来了,让把太郎他们领回来。"

"哎呀,是吗……?都两个多月了……男孩子又不好带。"

与平说他弄到一些笋,要用拖车把它们和其他蔬菜一起运到东京的黑市上卖。现在他正在打点准备。

"喂,隆吉回来了!"与平冷不丁地说。

千穗子瞪大了眼睛。

"来信了?"

"嗯。从佐世保拍来的电报。"

与平现在的心情就是挨过一天算一天。千穗子浑身无力,瘫坐在廊子上。正门前面、马路旁边的广场上堆着像小山一样的石料,旁边立着一块很大的新木牌,上面写着"千叶县北葛饰郡八木村村有石料场"。千穗子呆坐着,反反复复地看着木牌上的字。那些毛笔字像虫子一样,忽大忽小。远处传来苇莺悠闲的叫声。

"爷爷,阿隆什么时候回来?"

"大概明天就回来了……"

一个脸色黝黑、生意人模样的人走过来，问有没有鸡蛋。与平好像认识对方，他从家里拿出鸡蛋筐，把鸡蛋一个个举到太阳底下为来人挑选。他挑了三十个鸡蛋放进来人的筐子里。来人放下一百圆，说了声"不用找了"，就转身走了。千穗子看着他的背影，不知为什么竟有些毛骨悚然，她好像看到了死神。那个人的一只耳朵像花蕊一样缩成一团，没有耳垂。

"哎呀，这个人怎么让人看了不舒服……"

千穗子站起来，看着那个远去的背影发了一会儿呆。与平打点好东西，把拖车绑到隆吉的自行车上，说了句"我晚上回来"，就走了。

与平走后，千穗子绕到后门，进了里间，见阿松正趴在那里收拾尿盆。

"你要尿尿？"

阿松已经尿完了，不耐烦地摇摇头。她早已骨瘦如柴，但是骨子里还透着顽强的生命力。

"奶奶，隆吉要回来了！"

千穗子在阿松的耳朵边上低声说道。已经没有表情的阿松死死盯着千穗子的眼睛，千穗子被她盯得如坐针毡。隆吉一回来，这种安静的河边生活马上就会被剥夺。想到这些，千穗子感到孤独无助，她无法待在婆婆身边，于是出了房门。正是晚春正午，半晴半阴的温暖阳光照在河面上。千穗子来到河边，她感到被逼上了绝路，一切都毫无挽回的可能了。"我去死！"千穗子自言自语道。明知道自己不会选择死，但是她的心却在呼唤着死亡。她的肉体有足够的信心可以与死亡抗争，心灵却缠住她不放，大声呼喊着:"我要去死!"

眼前春光明媚,田里的麦子绿油油的,舒展着枝叶。

千穗子站在长满苔藓、滑溜溜的石板桥上,凝视着滚滚流淌的河水。这条河看多少遍都看不腻。千穗子觉得不可思议,这条江户川从哪里汇集了这么多水,绵绵不断地流向远方。浅蓝色的河水掀起小小的浪花,哗哗地冲刷着河边的泥土。宽阔的河面上,一群蓝尾巴的鸟紧贴着水面飞来飞去。一辆自行车从身后的河堤上驶过,千穗子突然想起了刚才那个买鸡蛋的人。

千穗子很痛苦,因为她无论如何也下不了去死的决心。"其实,我并没有真的想死。"千穗子想。一旦意识到自己并没有真的想死,千穗子又悲从中来,用裤腰带久久捂着自己的眼睛。她想要竭尽全力从现在的苦境中挣脱出来……明天隆吉就回来了,千穗子怎么能不高兴?她又能看到露出洁白牙齿的隆吉了!千穗子百思不得其解,自己和与平的关系怎么会变成这个样子……谁也没有刻意要把事情弄糟,也没有想到还会有一个可怜的孩子。在桥上蹲得太久了,千穗子的小腿肚开始发麻。她一跃身跳到桥下的草丛里,用鞠躬的姿势解了手。她觉得很惬意。

门前杂记

就　业

　　常次来到东京的第三天就找到了工作，工作单位是大森附近的一家军火公司。听说公司很大，职工人数也不少。常次这次来东京时我问他，是不是还和去年一样，去神田的饭馆送外卖。常次从学生服口袋里小心翼翼地掏出一张从报纸上剪下来的广告，说他想去兵工厂做工。常次是我的侄儿，今年十八岁。他生长在信州的山村，靠种田为生。那里一到冬天，大雪封门，没有活计可做。所以，这一两年冬天，他就跑到东京来打工。去年，他在神田一个同乡开的饭馆里干活儿，干到冰雪融化的四月，带着积攒的三十圆回了老家。家里人为此高兴得热泪盈眶。今年，常次说他不想再去饭馆端茶送饭，想去兵工厂试试。我也觉得这比在饭馆当跑堂好，就让他去两三个兵工厂跑跑看。常次每天出去找工作，傍晚回来总是一句话："没想到，真没想到。"他说哪家兵工厂都是大公司，而且都让他第二天就去上班。我从挑选出的两三家公司里替他选择了实力较强的大森军火公司。在应募的职工里常次是年龄最小的,他好像对兵工厂很着魔,每天带回许多新闻来讲给我们听。比如,工钱一天是一圆十钱,省线[1]电车的职工月票有优惠,便宜得惊人,等等。他还说工厂的地下室里有组装机器的,有时候那里还传出试发炮弹时的"嗵嗵"声。工厂生产出来的望远镜堆积如山,坦克被起重机运出去。可以想象,如此情景对从乡下出来的常次来说仿佛就是上了战场。常次心中燃烧着希望,他想早一天出徒,早一天成为一个能生产大炮和各类武器的优秀职工。常次说,工厂招的工人都在十八岁到二十五岁之间。午休时间,跟他一起进厂的那些新工人,谈论和担心的是什么时候发工资。因为大森附近没有公寓和出租房,所以钱和住宿就成了这些农民工的心病。我还有一个和常次同岁的侄儿,他也在横须贺飞机制造厂当工人。那个侄儿现在租当地农民的房子住,月租二十八圆。东京的公寓和出租房都很少,就是有,租金也贵得惊人。所以,在相当长的一段时间里,常次只能住在我家了。他每天早晨五点起床,然后带着便当去上班。如果不在七点二十分以前走进工厂的大门,就要被扣掉半天的工资。因此,正值贪睡年龄的常次每天四点多就醒了。常次他们前三个月的日工资是五十钱,三个月一过,每天就能拿到一圆十钱。常次说如果能当上优秀职工,每月就能领到四五百圆。所以,他从开始工作的第一天起就很努力。"我就和当了兵一样",常次质朴的话语常常让我们发笑。常次让我感到很愉快,就像家里多了个弟弟一样。有时候我也会起个大早,给他做便当。早晨五点,天还没亮,

---

[1] 属当时日本铁道省管辖的铁路。

外面还结着霜柱，我不忍心叫醒用人，一般都是把前一天晚上准备好的东西放进便当盒里而已。让我佩服的是，常次没有迟到过一次。他每天傍晚五点回来，吃了晚饭倒头就睡。虽然前途未卜，但我希望常次能早日成为一名可以制造机器的工人。我本来想供常次上大学，可是，常次说做学问得有天赋，他没必要勉强自己上大学，便选择了当工人。常次给老家的青年学校写了一封意气风发的信，信中说："国家正处在非常时期，我虽然力量微薄，但已经成为产业第一线的一名工人。短时间内我回不去了，等我回去的时候，请再给我一个效力的机会吧。问大家好！"常次的房间朝北，很冷。墙上贴着他誊写得工工整整的大字："父母的恩情比山高，比海深。"常次说老家很穷，连牙膏都买不起。家里种了番红花，两三钱[1]的收成用一圆四五十钱卖了，又卖了柿子，才凑够他来东京的车票钱。今年柿子也是个丰收年。可是因为买不到钉子，无法做木箱，运输成了问题，所以只能用两串三文的价钱把柿子贱卖了。他说他要攒够一百圆，这辈子也好让父母喜出望外一回。钱还没到手，常次就在心里打着这样的如意算盘。

黄　昏

阿露从女儿甲斐子那里得到三圆的零花钱。给她钱的时候，

---

[1] 原文为"匁"，日本传统质量单位。一钱为十分之一两，即三点七五克。不同于作为货币单位的"钱"。

甲斐子总要说现在是非常时期，让她省着点儿花。早晨刚做好的米饭，阿露吃得饱饱的，又趁女儿和女佣打扫房间的时候，在厨房捏了两三个饭团，急急慌慌地用纸包好，藏在披风里，然后说了声"我去浅草上香"，就出了门。不知为什么，一出家门，阿露就感到松了口气。女儿心情不好的时候老爱责怪她，说她为什么不去拜佛，"你也该去上炷香，偶尔也该收拾一下院子"。阿露不喜欢拜佛。七年前，相随了多年的老伴儿去世了，阿露不相信死去的丈夫会来到那个小小的供有牌位的佛龛里。甲斐子时常一边发牢骚一边擦拭佛龛。可是，阿露仍然不能想象老伴儿的灵魂会像女儿说的那样，飞进佛龛。每天早晨阿露要沏好茶、盛上热腾腾的饭供到佛龛前，但就这一件事她也常常忘记。阿露今年七十五，她想活到一百岁。

今天，因为女儿给了她三圆零花钱，阿露突然冒出去浅草逛逛的念头。她揣着温热的饭团，走在暖洋洋的阳光照耀的街道上，心情舒畅。上了省线，阿露找了个靠窗户的座位坐下，看着飞驰电车的窗外，阿露想起很早以前，她经常和老伴儿去旅行。窗外的景色一幕幕从阿露眼前滑过，有校园里开着菊花的小学，也有出征的部队。阿露在上野下了电车，换乘地铁，去了浅草。可是，她没有去拜观音菩萨，而是过了驹形桥，走进派出所旁边的一家假发商店。阿露是来取半年前订购的假发的。假发商店的人说他儿子打仗去了，他不知道这件事。阿露叫他好好找找，自己黄昏的时候再来取。阿露溜达到松屋百货店，登上了楼顶。天空很晴朗。十二月份的百货商店里熙熙攘攘,阿露被人群推搡着，去和服布料柜台和男装布料柜台看了看。阿露的老伴儿以前是卖男装布料的，所以在这类柜台前转转，她感到很愉快。过去有很多上好的男装布料，比如绒毛料啦、羊驼绒啦、开司米啦、高级毛料啦等等。可是，现在的男装布料净是些单薄的毛料，用手摸摸，冰凉冰凉的。阿露在穿着男装的塑料模特旁边坐下，休息了一会儿。她昏昏欲睡，浑身乏力。"人真多啊……"有人边说着边坐到了阿露旁边。阿露惊醒过来，见一个和她年龄相仿的浑身脏兮兮的老太婆，用背带背着一个小孩子，坐在自己身边。"年底了，买东西都难了。"因为有了说话的伴儿，阿露一下子来了精神。两个老太婆看着眼前来来往往的顾客，对他们评头论足。那个老太太说她知道一家很好的灸疗院，问阿露想不想去试试灸疗。阿露本来就很喜欢灸疗，于是就跟着那个老太太去了，据说那家灸疗院在吉原附近。阿露七十五岁了，一个老人孤身上街，警察见了都会过来询问两句。所以，有时候她想出去走走，总是被甲斐子拦着不让。最近，阿露出门时都把女儿的名片带在身上，她想，要是自己被车撞了，或者迷了路，只要把名片拿出来，人家就会把她送回家。她无论走到哪儿都把女儿挂在嘴边，连这个带她去灸疗院的老太太，她也给了一张名片，告诉人家她女儿是写小说的。这个老太太不知道什么是小说，手里捏着大大的名片，脸上的表情仿佛在说"原来是个唱浪曲的啊"。阿露觉得有点儿饿了，想吃带来的饭团子。再加上大概因为走的时间长了，腰受了凉，下腹部开始隐隐作痛。她很想喝一杯热茶，于是就邀请老太太进了一家小吃店。阿露把模样寒酸的老太太当作自己的妹妹，觉得她很可怜，想请她吃点儿东西。阿露说："你想吃什么就说，我请客。"老太太说她想吃煮年糕，阿露就向系着已经不太白的白围裙的服务生要了两份煮年糕。不一会儿，煮年糕上来了，里面有一块印着红色"の"字样的鱼糕。阿露拿出带来的饭团，打算就着鱼糕吃。阿露愉快到了极点，她自己也曾经像眼前这个老太太一样过过穷日子。阿露一边心想这个老太太还不知道怎么高兴呢，一边像孩子一样没心没肺地享用着午餐，假牙发出"咔咔"的响声。两个老太太走出小吃店的时候，外面正好响起了正午十二点的报时声。阿露打算做过灸疗，再去看场便宜的电影，然后拿上假发回家。去灸疗院的路很远，她们走到一条宽阔的柏油马路上的时候，老太太说她去替阿露买灸疗的优惠券。老太太告诉阿露，她去买可以打五折，还说第一次做灸疗的人一般要三圆，她去就能得到特殊优惠。阿露说她没带那么多钱来，背着小孩的老太太眯缝着眼说："那我就让他只收你一圆五。""你都走到这儿了，就去做一下吧。那儿的灸疗效果特别好，很灵验。"在老太太的鼓动下，阿露不太情愿地掏出一圆五。虽然用了这一圆五以后，阿露买假发的钱就不够了，但是灸疗比假发更有诱惑力。阿露想做做很灵验的灸疗，回去也好跟女儿吹嘘一番。因为是在大路口，裹着沙尘的风很大。阿露站在那里，有了尿意，很难受。旗店前面有个很大的货物箱，阿露蹲在货物箱旁边，朝老太太拐过去的小路方向张望。阿露等了很长时间，有一个小时。她又冷又被尿憋得难受，不得已走进旗店，借用人家的厕所。上完厕所出来，还不见老太太的踪影，阿露差不多要哭了。风越来越冷，天空也变得灰暗阴沉。阿露伸伸变得僵硬的腰，去找灸疗院。她没找到灸疗院，倒是找到了一家按摩院。可是，按摩院里的两三个男按摩师说他们从来没听说过有这样一个老太太，也不做灸疗。现在，阿露连自己在东京的哪个位置都不知道，一筹莫展。她想起甲斐子给自己钱的时候说过的话，"现在是非常时期，要省着花"，心里不由得悲伤起来。阿露问了好几个人，才总算找回到浅草。这时，她已经什么都不想干了，只想找个地方坐下来歇歇。天色已近黄昏，还刮着寒风。阿露到驹形的假发商店去取假发，可是带的钱不够了。她打算留下甲斐子的名片，让店里的人把假发送到家。可是一找她才发现，不知什么时候她把甲斐子的名片全弄丢了。阿露心疼地想，可能是丢在那个小吃店里了。阿露不记得自己住在哪个区，更不知道门牌号码，只记得自己住的地方叫下连雀，所以无法让人家把假发送到家里。阿露到了地铁站，已经疲惫不堪，迷迷糊糊。她一会儿朝神田方向去，一会儿又往涩谷方向走，迷了不知道多少回路，直到半夜十二点左右才找到位于吉祥寺后面的下连雀的家。她几乎是爬着进的家门，这时候她连话都不想说了。甲斐子从二楼跑下来，怒气冲冲地训斥道："这么晚了，你跑到哪儿去了？你知不知道人家有多担心？都一大把年纪了……"阿露呆呆地看着发怒的女儿，像孩子一样哭了。她坐在楼道里，一股热流顺着大腿根流了下来。

鹭　歌

那是一个雾色深深的夜晚。

听完音乐会，伊津子随着从音乐厅出来的人流，穿过黑暗的神宫外苑向公共汽车站走去。

> 在恋爱的苦闷中
> 什么也不想　什么也不为
> 只是一味地祈祷……

刚才音乐会上的独唱深深印在了伊津子的脑海里。她竖起外套的领子往车站走。也许是夜雾的缘故，走到车站后伊津子却不想急着回家。

透过夜雾，伊津子看到远处有什么东西闪着光，宛若一匹白马飞奔而来。两辆汽车从她面前驶过。伊津子坐公共汽车到了新宿，现在她仍然没有想回家的心情。她怀着一种清晨出发、傍晚铩羽而归的彷徨，独自走在深夜的新宿大街上，恶劣的心情令她作呕。不管走多远，路上还是什么都没有。但是她仍默默地走在寒冷的大街上。新宿站前的派出所门前围了一堆人朝里张望着，一个醉醺醺的女人正坐在门口痛哭流涕。伊津子也混在人群中往里看，见一个四十岁上下的女人，穿着藏青底碎白花纹的罩衫，正用一块肮脏的毛巾擦着眼泪。伊津子听人们七嘴八舌地议论，说她今天去喝为某人出征设的壮行酒，喝醉了，在铁道线上睡着了。年轻巡警正在训斥她："你给我们找了多少次麻烦？什么壮行酒啦，这个啦那个啦的，没一句真话。你不是经常睡在马路上吗？"人们"哄"的一声笑了。听见人们的哄笑声，醉女人从脸上拿开毛巾发怒了。她冲看热闹的人们大喊大叫，说她不是给人看热闹的。醉女人的表情让伊津子心里难受，她马上离开了那儿，进了车站。车站里灯火通明，拿着滑雪板的学生、背着挎包出征的队伍、工人、学生、女人，一群群人把车站搞得拥挤不堪，这情景让伊津子觉得自己好像正在观察一间鸡舍。伊津子看见人群里有个很像自己的女人。狂人莫泊桑晚年的作品中有一篇小说，描写一个人与和自己完全一样的另一个人一起散步，相互交谈。伊津子有时候也有这样的错觉。售票处，一个很像她的女人正在买票。尽管伊津子什么也没说，那个女人却给她买了一张前往她要去的目的地的票。伊津子盯着窗口的那个女人看了一会儿，心中的痛苦令她直冒虚汗。她强忍着离开了售票处。就在前不久，伊津子去见了十年没见的父亲。父亲躺在那里，处于半疯癫状态。可是，伊津子刚在他的枕边坐下，他就拿出脏兮兮的股票证券说："我把这个给你，你好好照顾我。"这话让伊津子听得鼻子发酸。父亲还说："我扔下你们母女走了以后，什么都干过。虽然没再生孩子，可是有了很多钱。你要多少我都给，你从今天开始就到我身边来，好好照顾我。"父亲在九州的家很气派，他年轻的妻子是个艺伎，整天在他枕头边抽烟。伊津子拿着两张十股份的盐水港制糖厂的股票证券回到了东京。父亲说那些股票价值近两千圆。拿着股票，伊津子就像后面有鬼火跟着一样，心神不定。看样子，父亲很可能活不了多久了，他到底有多少财产？伊津子不太了解父亲的性格，她只听母亲讲过，父亲嗜酒如命，喝醉了就发酒疯。两张脏兮兮的证券就值两千圆，父亲手里还有很多这样脏兮兮的股票证券。父亲有了钱，性子也跟着变得急躁了。他催促伊津子早点儿放弃东京的生活，到九州去。伊津子是从福冈坐飞机回东京的。那天，据说因为火野苇平[1]凯旋，飞机场挤满了人。伊津子上了飞机，当飞机飞过四国高松附近的上空时，伊津子突然有种冲动，想从飞机上跳下去。伊津子看到黑色的盐田上空飞翔着一群鹭。自己身上是否也流淌着父亲身上那种令人恐怖的狂人血液？自己到底该怎么活下去？那天继母出手殴打狂躁的父亲，父亲哭着叫骂："我要把钱给伊津子，让你过不

---

[1] 火野苇平，日本昭和时期的军旅作家。

上好日子。"

　　伊津子刚才看见那个醉女人的时候，突然想起了父亲。一想到自己最终也许会在破旧的精神病院了此一生，伊津子就萌发了远离东京、到九州去的想法。"我绝不会疯……我绝不会疯……！"伊津子回到家，缠着准备去夜钓的丈夫，不让他走。她从浴室拿出毛巾，像派出所门前的那个女人一样，哭诉着说："我头疼，我的头好疼呀！"

手风琴和渔乡小镇

一

父亲的手风琴拉得很好。

我对音乐的记忆就是从父亲的手风琴开始的。

此时，我们已经被火车摇晃了很久，一家三口都感到疲倦无聊。我啃着一根香蕉，母亲在我旁边念诵着经文，泪水涟涟。或许她正对父亲唠叨："就是因为嫁给了你，我才受这份罪的。"父亲不时用屁股挪一挪包在白色包袱皮里的手风琴，抽着烟，烟锅里的烟丝早就变成了灰。

这样的举家长迁，对我们来说已经不止一两次了。

父亲闭着眼睛温和地对母亲说着什么，大概也就是"你等着瞧吧"之类的话。

火车沿着望不到头的海岸线向前蜿蜒爬行。平静的大海和天空中耸立的云朵映入我的眼帘，在十四岁的我看来，这景色好像一堵墙，金碧辉煌。眼前出现了一座小镇，环绕着春天的大海，飘着一圈太阳旗。父亲睁开眼,看见印有红色太阳的旗子后马上站起来,把头探到车窗外。

"哎!这个镇子上好像有庙会,我们下去看看吧!"

母亲也把经文放进旅行袋里,站起身来:

"真的!挺漂亮的一座小镇。趁着日头还高,我们下去赚几个便当钱吧!"

于是,我们一家三口背上各自的行李,在这个飘扬着太阳旗的小镇下了火车。

车站前有一棵发了白芽的大柳树,过了柳树是两三家被熏得黑乎乎的旅店。小镇的天上飘着大朵大朵的白云,店家的招牌上大多画着鲜鱼。

我们走在临海的路上,从一家挂着鲜鱼店招牌的店面里传来一阵口哨声。大概是这口哨声让父亲想起了背上的手风琴,他把手风琴从包袱皮里拿出来,背到肩上。父亲的手风琴样式老旧得可怕,很大,有两根皮制的背带让它能够被挎在肩上。

"先别拉。"

大概是因为刚到一个新地方,母亲还有些羞怯。她拉着父亲的胳膊说。

我们来到传出口哨声的店门前,只见几个浑身沾满鱼鳞的小伙子正一边吹着口哨,一边和着口哨的拍子拍打着鱼骨。

招牌上是一条鳃上夹着青竹叶的鲷鱼。小伙子们正在用一种奇妙的动作做着鱼糕,我们一时看呆了。

"小伙子,今天挂了太阳旗,有什么事啊?"

一个眼珠子红红的男人停住拍打鱼骨的手,扭过头来,不

151

耐烦地说："市长要来啦！"

"噢，这么大动静啊！"

我们一家重新统一步调，继续往前走。

岸边有不少小小的泊船处。海水像河面一样光滑，海上有一个小岛，气氛柔和。岛上有很多扬起白花的树木，树下还有像牛一样的动物慢吞吞地移动着脚步。

二

景色清爽宜人。

我买了一块每个孔里都塞满了芥末的莲藕天妇罗，然后和母亲一起眺望着那座小岛，两人把它分着吃了。

"你早点儿回来！能卖多少算多少……！"

母亲大概感到了一丝孤单，她握紧我的手，拉着我向码头走去。

父亲穿着宪兵服，胸口上有条黄道，活像肋骨。他一边拉着手风琴，一边"一二一"地顺着坡向镇子的方向走上去。母亲听到父亲的手风琴声，低下头，抽了一下鼻子。我呆呆地舔着沾在手上的油。

"过来，擦擦鼻子。"

母亲扯下塞在领口的手巾，往小拇指上一裹，塞进我的鼻孔。

"看看！这么黑。"

母亲裹着手巾的小拇指指尖黑黑的，像个香菇。

镇上有所小学。风夹杂着小麦味阵阵吹来。

"哎呀，这个地方风景可真好啊！"

母亲用手巾啪啪地拍着发髻上的灰尘，眯起眼睛对着大海说。

天妇罗已经被我吃进了肚子里。阶梯式栈桥上有个油炸摊，一个老太太正在炸有很多小泡泡的章鱼爪，我紧盯着她的那双手。

"真贪吃！你这孩子……就不怕撑破肚皮呀？"

"俺想吃章鱼爪。"

"你说什么？你不知道你爸妈穷成啥样啊？"

一阵风吹过，远处传来了父亲的手风琴声。

"等上了火车，妈再给你吃好吃的……"

"不，俺要吃章鱼！"

"你就是要让妈难做，是不是？"

母亲掏出带扣的条纹图案的钱包，在我的鼻尖前晃了晃，说：

"你看，这下你该死心了吧。"

母亲单薄的手掌上摊着两三枚浮着绿色的两钱铜币。

"这不是没有白色的钱了嘛。没有白色的钱，就买不了章鱼！"

"那种红色的也买不了？"

"你这孩子，怎么说这种话。就是爸妈不吃饭，你也要肥你自己的肚皮，是不是？"

"俺就是想吃嘛，你说咋办？"

"啪！"母亲给了我一耳光。一群放了学的孩子们正在等渡船，看到我挨打，他们"哄"的一声笑了起来。鼻血流到了嗓子里，我看着蓝色海水的浮光，吞下了咸咸的泪水。

"我真想走得远远的。"

"你能去哪儿？像你这种犟头，到哪儿都没人搭理你！"

"没人搭理我也不怕！我就想走得远远的。"

"你呀,就只顾自己。刚吃了香蕉又去吃莲藕,就连有钱人家的孩子也没有像你这么吃的。"

"有钱人家的孩子总有好吃的东西吃。你就给了俺一根烂成那样的香蕉,还想让俺感谢你……"

"你这孩子,都到了该嫁人的年纪了,还就知道吃。"

"你打了俺一巴掌。看,鼻血都流出来了……"

母亲从旅行袋里拿出一把赛璐珞的梳子,给我梳头。我满头密发,头发一碰到梳子齿就发出"噼噼啪啪"的声音,飘向空中。

"看这头发又多又乱的,碰上一点儿火星就能烧光啦。"

母亲像吹口琴一样把梳子放到嘴边摩擦,沾了一排唾沫,梳着我额前卷曲的头发,说:

"等你爸爸有了生意,妈什么都给你买……"

三

母亲把我身上的行李解下来。

那个紫色的包袱皮里包着小人书、水彩颜料、线装书本之类的东西。

"光听见你爸在拉手风琴,不知道有没有生意。你去看看!"

我跑到栈桥上,往坡上的镇子走去。

大概是因为镇子狭小,连狗都显得很大。小镇的屋顶上都搭着天棚,满街都是头上插着樱花簪子的女孩子。

"哎!本人这是头一次到贵地来,本商绝不做那种拿着头油当蟾蜍膏[1]卖的骗人买卖。哎！诚恐之余，我还得告诉大家，本商会还有皇族客户，这可是荣耀啊！本商会的药品不是哪儿都能买得到的……"

在密密麻麻的人群里，父亲的声音听上去声嘶力竭。一个渔妇买了一包"降胎毒"[2]，一个头上插着樱花簪子的女孩子买了一盒装在贝壳里的眼药，还有个脚夫买了一盒跌打膏。父亲像变戏法似的，从被手摸得油光发亮的黑包里拿出各种各样离奇古怪的药，在围成一圈的人们面前晃来晃去，向他们炫耀着手中的商品。

手风琴被扔在木材堆上。

一群孩子觉得很新奇，在琴键上按来按去。手风琴被弄得晃晃悠悠，还不时突然呜呜叫几声。琴声让孩子们像炸了锅的豆子，笑作一团。听到被侵占的琴的声音，我受不了了，从人群里钻了过去。

"哎！治疗子宫、妇女头脑发晕，再没有比这'一二一'的药更管用啦！"

我拨拉开围在木材堆上的孩子们，夺过手风琴，背在肩上。

"你们干什么！这是俺的……"

那帮孩子见我留着短发，活像个男孩子，就起哄起来：

"噢，披头散发，披头散发，假小子！"

父亲正了正破旧的军帽，回过头来对我说：

"别在这儿捣乱，快回去找你妈去。听见没！"

父亲的眼神里流露出一种悲伤。

---

[1] 一种可以止血、止痛的药膏。
[2] 一种民间用于治疗幼儿脸部和头部皮肤病的药。日本人曾相信，这种皮肤病是娘胎里的毒导致的。

那群孩子还像苍蝇一样围着手风琴，不停地按着白色的键盘。我像跑马圈地似的在木材堆上跑，学着不知道在哪儿看过的耍杂女孩的动作揉着腰。

"腰带开了。"

一个肩上扛着高跷的男孩指着我说。

"真的？"

我拿起松了的腰带在肚子上打了个结，把和服下摆往双腿间一塞，噌地把打好的结转到背后。

那个男孩笑了。

镇上有个广场，在一座座白色肥料仓库前面。广场上堆满了像针一样闪闪发亮的鱼干。

广场边上有很多卖面条的小摊，一些干体力活的人站在那里，哧溜哧溜地吃着面条。

小摊玻璃罩里的脆饼和天妇罗看上去香喷喷的。我靠在玻璃罩上，目不转睛地盯着里面的东西。玻璃罩上腾起了一层薄雾。

"这是谁家的孩子？快走开！"

一个敞胸露怀、正给孩子擤鼻涕的女人对我训斥道。

四

山上那座朱红色寺庙里的塔亮起了灯，岛的上空升腾起鱼鳞云。我唱着歌向码头走去。

栈桥上的灯也亮了，摊贩们在长长的木杆顶端挂上灯笼，在停泊的船边高声叫卖。

母亲靠在行李上,看着候船室的方向。

"你干什么去了?看见你爸了没有?"

"嗯,看见了。生意可好啦!"

"真的?"

"真的!"

母亲又把那个紫色的包裹捆到我的腰上,眼里透着笑意。

"天变得暖和了,这风暖暖的。"

"我要撒尿。"

"没啥避讳的,就去那儿尿好了。"

栈桥下面漂浮着很多海藻和垃圾,鱼儿们钻在海藻和垃圾下面,像影子一样晃来晃去。返航归来的渔船,船舱的肚子鼓鼓的,像鸽子。当潮水涨到吃水线的时候,天边升起了一轮月亮。

"你这泡尿跟马尿一样长!"

"我一直在使劲尿呀!"

这泡尿实在太长了,我不耐烦起来,就低下头,从两腿间向后望去。白色的小山包背后的天空和船都成了倒栽葱。我弓着身子,脖子酸疼。喷雾一样的尿水闪着光,顺着白色的小山包流下去,淋湿了栈桥。

"干什么呢?掉下去可不管你啊!快,你爸回来了。"

"真的?"

"真的!"

一股海风吹过我的腿间,舒服极了。

"累了吧?"

母亲喊道。父亲一边用手巾擦着汗,一边从码头的台阶上冲着我们喊:

"我们吃面条去!"

我抓着母亲的双手使劲晃着,说:

"太好了!爸肯定卖出去很多药……"

我们一家三口坐在小摊边的凳子上,吃着乌冬面。我的碗里窝着三角形的油炸豆腐。

"为什么爸妈的碗里都没有炸豆腐?"

"吵吵什么!小孩子家,悄悄吃你的。"

我夹起一块豆腐扔到父亲碗里,冲他笑了一下。父亲把油炸豆腐扔进嘴里,吃得很香。

"这儿的人大概觉得俺很新鲜,咱们住两三天吧。"

"他们开始猜俺是伤兵,看俺拉手风琴,又说俺是个时髦人物。"

"那你应该给他们拉一两首雄壮的曲子……"

我往剩下的面汤里兑上开水,慢慢地、像喝奶似的吸食着。

小镇上点起了一圈灯火。大概附近有个自由市场,头顶木盆的妇女们从我们身边穿梭而过。她们一路叫卖着:"卖鱼了,要不要鱼哟!"

"这地方挺有意思。从火车上只能看见很多庙,实际上这里还有很多渔民,药肯定好卖。"

"是,这地方挺有意思。"

父亲数出好多白色的钱,交给母亲。

"妈……我要吃章鱼爪。"

"又说这种话!你爸生气了,要把手风琴扔到海里去呢!"

"又闹什么?"

父亲抽出夹在小笔记本里的铅笔,打开药箱,盘点当天的生意。

五

到了晚上，山上挤满了赏夜樱的人，猛一看像乱飞的蛾子。我们在车站附近一家铁道边的旅店里落下脚，我顾不得一身臭汗，趴倒在榻榻米上。

"这可是个人多活儿多的地方。就说看樱花吧，你见过哪儿有这么热闹的？"

"人都跟疯了一样，那哪是赏花啊，简直吓人。"

母亲大不以为意，打开包裹，鼻子里发出"哼"的一声冷笑。

"哎，你也站起来，过来看看，多漂亮！"

父亲打开被烟熏黑的拉窗，脱下穿脏的针织长裤，喊我。

"我想吃寿司，不想看……"

我懒得站起来，母亲在一旁哧哧地笑。我趴在像肿块一样松散的榻榻米上，让母亲拿出读本来，开始大声朗诵"动物保护色"里的内容。母亲大概是见我念得那么流畅，心里得意，不时慈祥地发出"嗯，是啊"的声音，回应我。

"你说什么？农民就那么傻，把水瓶子往尺蠖上挂？"

"因为尺蠖长得像树枝嘛。"

"那是啥样的虫子？"

"乡下常见的虫子。"

"嗯？是不是很长啊？"

"有蚕那么长吧。"

"爸，你真想看看这种虫子？"

"想看。"

我的身影映在污点斑斑的墙上，黑乎乎的，像个童子像。

风吹进房间里来,油灯的火苗一跳一跳地往上蹿。有人走过街道,留下一串"快下雨了"的话音。

"哎呀,这屋子里一股味儿,说好一晚多少钱?"

"光住不带饭,六十钱。"

"贵得吓人!我们这样到处游走可真耗人哪!"

四周静寂无声,涛声大得像在拍打人的心腹。被褥一套三件,我像往常一样,拿着读本钻进被角躺下。

"妈,晚上咱就什么都不吃了?"

"还吃什么?钻进被子就赶紧睡觉。"

"不是吃了面条了吗?你是不是觉得有了那么多白色的钱,还什么都不给你买?那些钱,交了房钱,再付了批发店的款子,就剩不下几个了。你早睡早起,明天早上给你吃好多白米饭。"

父亲把坐垫折了一下,塞到我的被角里说。我一听"白米饭"几个字就掉下了眼泪。

"这孩子是不是因为正在长身体,才那么想吃的呀?"

"得快点儿吃上口安生饭啦。你找不到可以赚钱的活儿吗?"

父亲和母亲好像都没有觉察到睡在被角里的我正在垂泪。

"这孩子爱看书,能在哪儿安定下来的话,还是想让她去上学。"

"明天再看看,如果还卖得好,我们就在这儿住下也行……"

"这地方不错,一下火车我就觉得很舒坦。这地方叫什么?"

"叫尾道,你说说看。"

"尾道?对吗?"

"这儿离海近,离山也近,是个好地方。"

母亲起身吹灭了油灯。

六

这个院子里有四五棵石榴树，石榴树下有一口用低矮的石头围起来的井。打开二楼廊子的拉窗，那几棵石榴树和那口井就正好在眼皮底下。井水盐分很高，用它洗脸，会觉得舌尖上咸咸的。二楼的水瓮里盛满了从井里打上来的水，够两天用的。廊子口放着炭炉、水桶、带嘴的陶锅、用鲍鱼壳做的花盆。房间有六叠大小，没有壁橱，也没有壁龛。

这就是我们一家租用的、用于落脚的二楼房间的全景。

每天早晨，我们都把白色的包袱皮罩在借来的被褥上。

楼下住着一对五十岁上下的夫妻，他们的土间里放着两辆旧人力车。我没见过大叔拉车，所以那两辆车很可能是出租用的。两辆车有时候会变成一辆。大妈每天都坐在可以看见石榴树的廊子口做手工活，补贴家用。她把一张张写有吉凶的纸签系在发白的海带上。

这里的厨房很煞风景，从来没有飘出过食物的香味。那口井由于围栏太低，经常有猫狗掉进去。每到这时，大妈就拿面破镜子照着，往深深的井里看。

"尾道这个地方挺有股劲的。我们没去大阪，算是没去对了。"

"要是去了大阪，现在还真是不知道在吃什么苦头呢。"

那段时间，我觉得父亲和母亲都胖了一些。

我也每天都能吃饱肚子，整天欢欢喜喜。

"把肚子吃得饱饱的！只要有饭吃，就什么都不怕了。"

"嗯……妈，楼下的大妈吃不吃早饭？"

"怎么问这个？不吃哪能动得了。"

"可是，昨天晚上我上厕所的时候，听见大叔对大妈说，车让人家给拿走，我也干脆死了算了。他还哭了呢。"

"真有这事？是不是连车也让放高利贷的拿去抵债了？"

"他们没有亲戚吗？俺没看见过他们吃饭。"

"不要说这种话。楼下大叔年轻的时候是个船员，腿让机器压断了。现在没人管，就靠大妈加工海带卷的那几个钱过活，怪可怜的。"

"他们不能去找警察？"

"警察肯定会嘲笑他们，一句'谁管你这种事'就把他们打发了。"

"可是，要是有人干了坏事他们会管的吧？"

"谁干坏事了？"

"人的腿都断了，还装不知道的那些人。"

"哎，人家有钱，争不过人家。"

"楼下大叔是个傻瓜？"

"别胡说！"

父亲带着手风琴和便当整天"一二一"地走街串巷，卖药。

"你去渔民村看看，听说'一二一'的药来了，人们都跑出来看哪。"

"他这身打扮怪稀罕的嘛。"

连续很长时间，天天都是晴空万里。

山上的樱花凋谢了，满山浮起了绿色。

远处传来今年第一声蛙鸣，除虫菊也绽开了花朵。

七

"你去上学吧!"

一天,我从山上的茶园折回一枝蔷薇,正往石榴树下栽。做完生意回来在井边洗脸的父亲对我说。

"上学?俺都十三了。谁十三岁还去上五年级?不去!"

"去上学,可是有好处的啊!"

"那俺能不能上六年级?"

"要是不告诉学校的话,也能上。你能看懂那么多书……"

"可是,算术什么的就难了吧?"

"嗯。你就好好学吧!明天俺就带你去。"

能去上学,我感到有些担心,却又很高兴。那天晚上,我孩子气地数着老在眼皮底下晃动的白色的数字。大约十二点,我蒙蒙眬眬快要睡着的时候,后面的井里突然发出一声巨响,像是一块很重的石头或者什么东西掉进去似的。因为井很深,以前猫狗掉进去的时候,只发出一点点可怜的声响。这次的水声不同一般。

"妈,什么声音?"

"你还没睡?什么声音啊?"

就在说话的当口,又传来了在水里挣扎和凄惨的叫声。楼下大叔在房间里爬着,喊叫着。

"她爸,快起来,好像有人掉井里了!"

"谁?"

"你起来,快去看看。说不定是她大妈……"

我浑身发抖,连话都说不出来了。

"到底是怎么回事？"

"你也下来！小孩子家快睡觉！"

父亲一边大叫着，一边嗵嗵地跑下楼去，都快把楼梯踩塌了。

屋子里就剩下我一个人，四周的空气向我压来。我再也待不住了，打开木板窗和拉窗。

石榴树的叶子像豆叶一样闪着亮光，天上挂着圆盘一样的红月亮。我的汗毛都竖起来了。

"怎么了？"

我不由得朝下面大声喊道。

我看见母亲手里拿着镜子和油灯。

"哎，你紧紧抓住这根绳子！"

父亲大声喊着，把绳子的一头拴在石榴树上。

我听到了母亲惊慌失措的声音。

"孩子她爸现在就下去。你忍忍，抓紧绳子，啊！"

"正子，你下来！"

父亲仰头朝正往下偷看的我喊道。我觉得冷，就披上父亲那件带黄道的衣服，连滚带爬地跑下楼，跑到井边。大叔在廊子口用惊恐的声音"呜哇"地哭喊着。

"好孩子，你跑着去找医生，把事情慢慢说清楚。"

石板地在昏暗的灯光下泛着湿漉漉的光。温和的夜风吹过人们的衣衫下摆。井里已经吊下去好几根绳子，里面传出"呜呜"的呻吟声。

"还不快去？站那儿干吗？"

我一头冲进夜色茫茫的街市，耳朵里灌满了涛声和风声，整个镇子弥漫着一股鱼腥味。有个声音从远处传来，像是三味线，很有小满时节的气氛。

也不知道是什么时候我把胳膊伸进了袖子里，领子上的扣子也系好了，父亲那件滑稽的宪兵服被我穿在了身上。大概是这套衣服起了作用，当我敲开街角医生家的大门时，睡眼蒙眬的车夫恭恭敬敬地给我鞠躬，用我从来没有听到过的、非常尊敬的口吻说："当然没问题。一点也好，两点也好，医生都要尽责的。只要我肯拉车，先生都会起来的。我们这就前往贵处。"

八

掉进井里的大妈一只手抱着湿淋淋的包袱皮被救了上来。那个黑色的包袱皮里包着一块双面缎子和一顶大叔当水手时买的海龙皮帽。看来大妈是等到夜深以后，从后门悄悄去当铺时掉进井里的。一张当票从她腰带里飘落下来。母亲大概觉得"她也不容易"，就把那张当票藏了起来，没让医生看见。

"真够危险的。"

"她没事吧？"

"身上没有瘀血，只要不发生滞血现象，就没什么大事。"

我早就看着令人眼馋的、大妈加工的海带散落在墙角，有五六根被我塞进了嘴里。我的舌头让花椒蜇得麻辣辣的。

"人活着上来了，也就不用掏井了。"

第二天早晨，我们就用那口井的井水漱口。井里漂浮着大妈的一只鞋。我借来那面破镜子，用它照着，用竹漏勺把那只鞋捞了上来。母亲在石头围住的四个角上各堆上一撮盐[1]，双手合十，求菩萨保佑。

天阴了，风也预示着雨的来临。

父亲在和服外面套上从楼下大叔那儿借来的脏兮兮的哈卡马[2]，带着我向在山上的小学走去。

去小学的路上，有一座祭祀神武天皇的神社，神社后面有座高架桥，下面跑着火车。

"只要坐上这辆火车，直接就能到东京。"

"东京再往前呢？去不了？"

"东京再往前住着惠比寿神[3]，女人和孩子是不能去的。"

"东京再往前就是海了吧？"

"这话问的，爸也没去过嘛。"

那所小学有很多石头台阶，父亲在上台阶的途中休息了好几次。学校的校园像沙漠一样大，校园的四角都有花坛，里面种满了山樱桃、铁线莲、远志、蓟花、扁豆花、杜鹃花、马兰花等花木。

校舍背靠大山，面对隐约可见的大海，近处还有几座岛屿。

"你在这儿等着。"

父亲双手交叉放在哈卡马的带子上，走进教员办公室那扇白色的门。

这儿的土大概很适合种柳树，校园正中有一棵发着柔软嫩芽的大柳树，它的枝叶像绵羊一样摆动着。

---

1 日本的传统习惯，用以避邪。
2 音译。汉字作"袴"。一种腰以下形似裙子的礼服，套在和服外面，用带子系在腰间，打个结。
3 日本的财神、商业之神，七福神之一。

我摸摸回旋塔,又在荡木上坐下,感受着新学校的空气。可是,不知道为什么,我觉得很郁闷。我走出校门,本想跑下石头台阶一走了事,却听到爸爸在后面喊我:"喂!"没办法,我像一只刚从水里出来的小鸟一样浑身发着抖,走进了教师办公室的门。

办公室里放着两排像金丝鸟鸟窝一样的小木箱,中央有个火盆。父亲和校长并排站在那里。见我进来,父亲向校长深深地鞠了一躬。这让我觉得我也必须鞠一躬,所以我就行了一个最恭敬的礼。校长露出了满意的表情。

"我带她去教室吧。"

"那我就不久留了。还请您多加管教。"

父亲走出办公室,我突然感到有些伤心。校长个子很高。我想起以前在哪所学校学过的"退七尺,不踩师之影"的训诫,便远远跟在校长后面。

"别耽误时间,快跟上。"

校长回过头来训斥道。窗外抽水井边的水洼里传出"呱呱"的叫声。

打开变了形的木板门,小孩子的气息扑面而来,黑板上方挂着"女子六年级乙组"的牌子。从五年级跳了半级,上了六年级,我心里有点儿打鼓。

九

好多天了,阴雨一直连绵不断。

我慢慢开始讨厌上学了。稍微混熟了一点儿以后,同学们就开始围住我,叫我"'一二一'的白痴老板的女儿"。

我觉得"卓别林"[1]演的"新白痴老板"和父亲一点儿都不像,所以我就想找个机会把这件事情告诉父亲。可是父亲被连绵的阴雨搞得郁闷到了极点。

这几天一直都是吃小米饭。一到吃饭的时候,我就不由得联想起马厩。在学校我没有便当吃,一到吃饭时间,我就跑到音乐教室里弹风琴。我弹的是父亲拉手风琴的曲子,而且弹得很好。

我因为说话不雅,经常受到老师的训斥。老师是一个三十多岁的胖女人,额前的头发大爆炸似的隆起,露出后面一缕缕像抹布一样的头发。

"大家要说东京话。"

于是,大家都用起了"我"之类的优美语言。

我一不留神就会说出个"俺"来,因此常被大家取笑。去学校,能看到以前没见过的美丽花朵,还有很多石版画,这些都让我感到快乐。可是,那么多孩子老是冲我喊"白痴老板",从来没有停止过。

"我不想上学了。"

"你至少得把小学念完吧。不然的话,你看看妈,连书都看不懂,两眼一抹黑。"

"可是,太讨厌了……"

"谁讨厌啊?"

---

[1] 活跃于大正・昭和初期的日本喜剧组合"日本卓别林・梅廼家树莺"(日本チャップリン・梅廼家ウグイス)的成员。其最初的艺名为"新白痴老板"(新马鹿大将),来源于安德烈・迪德(André Deed)于一九〇九至一九一一年主演的"Cretinetti"系列电影。

"我不说！"

"你说！"

雨还是下个不停，让人恨不得用剪刀把它剪断。楼下大妈整天把花椒撒进海带里，再系上纸签。我们连小米饭也是吃了上顿没下顿。母亲求楼下大妈给她找了一份往纸签上穿细铁丝的工作。父亲和母亲比着穿，看谁穿得快，结果父亲输了。

我开始假装去学校，然后跑到学校后面的山上玩。透过棉毛和服，我能感受到泥土的芬芳。如果下雨，我就把书包顶在头上，靠在松树上玩。

那天天气很好。我又爬上山，躺在胡枝子下。这时，我看见一个留着长发的男人，很像我们的体育老师，正在和米店老板的女儿阿梅玩。也不知道是不是因为害羞，我下了山。闪着珍珠色的海水刺得我两眼发花。

父母开始经常唠叨要不要去大阪。我不想去什么大阪。父亲的那件宪兵服，不知什么时候不见了。想到有一天手风琴也会消失，我的心就像被撒上盐一样痛苦。

"要不俺去试试拉车？"

父亲忧郁地说。那时候我喜欢上了一个男孩子，这总归是一件让人羞于开口的事。我喜欢的那个男孩是鱼店老板的儿子。忘了是哪一天，我从他家的鱼店门前经过，连认识都不认识，那个男孩就叫住我：

"你看，这么多鱼，是我钓的。给你一条吧，你要什么鱼？"

"黑鲷。"

"黑鲷？你喜欢那种鱼呀？"

他家的其他人都不在。那个男孩一边哧溜哧溜地抽着鼻子，一边用报纸给我包了一条黑鲷。那条黑鲷还活蹦乱跳的,鱼鳞闪着银光。

"你穿了几件?"

"几件衣服?"

"嗯。"

"天气不冷,没穿几件。"

"哎,让我数数你的领子。"

他用沾满鱼腥的手数我有几层领子。数完后,他指着一种叫鲀的鱼说:

"这个也多给你几条吧!"

"我什么鱼都爱吃。"

"开鱼店可好了!能吃到鱼的。"

男孩子说,他还要带我上他家的渔船去钓鱼。我觉得血直往胸口上涌,有点儿喘不过气来。

第二天我去学校,才知道那个男孩是五年级的组长。

十

也不知是经谁牵线,父亲进了一批十钱一瓶的润肤水。有蓝瓶子的,也有红的和黄的,看上去都很漂亮。瓶子上画着紫丁香花,使劲一摇,从瓶子底部就会浮起白色的泡沫。

"哎呀,真好看!"

"十钱一瓶的话,哪个姑娘都想买,是不是?"

"连我都想买。"

"小孩子家,说什么轻狂话。"

父亲为了卖这些润肤水,还不知从哪里学来了这样一首歌。

用一瓶面若樱花
用两瓶冰雪肌肤
姑娘们 快来买啊
你要是不买 就会黑得像煤球

父亲合着拍子,拉着手风琴,练这首歌竟然费了五天工夫。
"人家说要是不赶紧卖,就变质了。"
"那么容易坏的东西,我们卖,合适吗?"
"这叫什么话。合适也好,不合适也好,不都得吃饭嘛。"

尾道镇的边上有个叫吉云的村子。那里有个帆布工厂,有很多女工和渔民的女人在那儿做工。父亲经常出入那个村子。

我觉得自己很喜欢这种时髦的生意。我偷了一瓶红瓶子的润肤水,藏在水瓮旁边。

"社会前进了,才会有这种又便宜又时髦的东西。"

镇子上流行起了"用一瓶面若樱花"的歌。润肤水每次拿出去都卖得很好。

那段时间,常有一个背着篓子叫卖牛肉的老太太来。大概是因为父亲赚得不错,母亲经常大方地买她的牛肉。可是煮的时候,一放魔芋进去,那肉就变得血红血红的,不由得让人犯嘀咕,"这说不定是狗肉"。但是,因为便宜,所以我们一家三口还是经常吃这种血红的肉。

"真的是狗肉呀！"

楼下大妈说，她把买来的肉给狗吃，狗不吃。这足以证明那肉就是狗肉。

那是个雨过天晴的日子。我放学回家，看到母亲哭得上气不接下气。

"妈，你怎么了？"

"你爸，呜……被叫到警察署了。"

我一生都不会忘记那一刻的悲哀。我的眼皮好似千斤重，抬不起来。

"妈上警察署，去去就回。你乖乖在家待着。"

"我也去！我也要对他们说，让爸回来。"

"小孩子去，还不是挨骂。在家等着。"

"呜，呜。我不愿意一个人待着。"

"我扇你耳光了啊！"

母亲走后我号啕大哭。楼下大妈爬上楼来，陪我一起睡下，我还是大声地啼哭不止。

"俺爸说了，大妈。俺爸说打仗的时候，有人把石头放到罐头里卖，成了暴发户。他就放点儿小沙粒，鸡毛蒜皮……"

"别哭了，孩子。不是你爸坏，是那些做润肤水的人坏。"

"我不管，我就哭。爸不回来，我们不是就没饭吃了吗？"

傍晚，我跑到了镇上的警察署。

我靠在有蔓草花纹的铁门上，等父亲和母亲出来。"观世音菩萨保佑"，我紧握着铁门上的铁杆，不由自主地向菩萨祈祷。

我感到孤独无助。

铁门背后的水上警署里传来"叮叮当当"的铃铛声。

我绕到后面，爬上涂着天蓝色油漆的歪斜的窗户，朝下面张望。

里面电灯通明，缩在墙角的母亲在我眼里显得比老鼠还小。当着母亲的面，父亲被巡查扇着耳光。

"来，唱唱！"

父亲用滑稽的声音拉着手风琴唱道：

"用两瓶冰雪肌肤……"

"大点儿声！"

"哈哈……擦上面粉能变成冰雪肌肤，当然便宜啦！"

一股悲愤涌上我的心头。父亲被巡查一通乱扇。

"浑蛋！浑蛋！"

我发出像猴子一样的尖叫，向大海的方向跑去。

"正子啊！"我听到了母亲的叫声。但我的耳朵里却不断地响着一种来自远方的、像是齿轮发出的声音，呲呲地鸣叫着。

一个女人

贵子回到家,像往常一样蹑手蹑脚地摸黑上了楼梯。楼梯底下漆黑一片,就在这时,她丈夫堂助突然拧亮了手电。贵子吓了一跳,小声叫了出来:

"哎呀……!你还没睡?"

"睡了就好了?"

"你可真是位讨厌的先生啊!我回来得晚了点儿你就这样……让我看看你的手表,现在几点了?"

贵子把手伸向站在暗处的丈夫,抓住他的手腕。

"爸爸[1],给我照一下。"

堂助顺从地把手电光打过来,指针正好指向十一点四十五分。

"哎呀,真是的,已经很晚了……对不起啊!"

"……"

"不过,你真吓了我一大跳,站在那儿……"

---

[1] 日本家庭中一般夫妻都以"爸爸"或"妈妈"称呼对方。

"我站在那儿，你也用不着被吓成那样啊……"

"我还以为是谁呢……"

"噢，你还以为是佐佐的幽灵啊？"

"哎呀！讨厌！你讽刺我？"

"我没讽刺你……"

堂助皮笑肉不笑地哼哼了两声，撇下贵子上了二楼。

他为什么还把手电拿出来了……？贵子打开走廊上的灯，故意弄出很大的声响。四周静悄悄的，她在楼下就能听见堂助把书房的皮椅弄得咯吱咯吱响。

贵子走进化妆间，脱下和服。她发现自己眼睛里积满了热乎乎的东西，是泪水。

换上睡衣，贵子上了二楼的卧室。堂助待在书房里，开着灯，没有一点儿要睡觉的意思。

"你还不休息啊？"

"嗯。"

"为什么？还在生我的气？"

贵子来到书房，见堂助正大开着窗户，抽着烟仰头看着星空。

"啊，多美的星星啊……"

贵子把丰满的身体靠到堂助腿上，堂助低声说了句"不要"，起身走到窗边。

"你的表情真可怕，为什么生那么大的气？今天不是有远藤先生的出版纪念会嘛！回来得晚了，也是没办法的事呀！"

见堂助一言不发，贵子又故作不安地靠近丈夫说：

"你要是为这件事生气，就原谅我吧！我不喜欢你这样一副可怕的样子……"

"行了！你去睡吧！我没生什么气……"

"真的？可是……"

贵子关掉丈夫书桌上的灯，走到窗边，面朝堂助坐下。她已经很久没有这样面对面地和丈夫坐在一起了。

一颗流星划过夜空，高高的星空就像佛堂里的顶棚，预示着明天的好天气。贵子的头发被秋天的夜风吹拂着，贴在脸颊上。

"哎，哎……！"

"什么事啊？"

"你想过俊助和孝助的事没有？"

"你在说什么？俊助跟你说什么了？"

"没有。我是想说，有孩子，夫妻分手就有很多麻烦……"

"啊！什么？你说什么……什么分手不分手的？"

"你一脸天真，脸皮倒挺厚……别以为别人都那么好说话，你明白吗……？"

"原来你还在为佐佐的事责怪我？"

"责怪倒没有，不过心里也不舒服。"

"……"

结城贵子是那种被称为名流女人的人，任何社交场合都能看到她过于丰满的身影。她有两个儿子，俊助和孝助。两人都很老成，和贵子的关系如同朋友。俊助在熊本的高中念书，孝助上中学，两人都住校。丈夫结城堂助本来是位日本画画家，文笔精湛，常给各种报章杂志写随笔，也算是个名人。

贵子会作和歌，不过作品枯燥无味，鲜为人知。尽管如此，她仍自费出版过一两本和歌集，还担任着女和歌诗人"高峰会"

的干事一职。

次子孝助刚上中学的那年夏天，贵子和堂助把回家过暑假的儿子独自撇在家里，两人去轻井泽避暑。他们有一栋堂助自己设计的小别墅，说是在轻井泽，其实已经到了沓挂附近。他们夫妻俩每年都要到这栋别墅住上几天。

堂助刚在沓挂盖好别墅的时候，周围还是一片杂草丛生的荒原。没过几年，别墅附近陆续盖起了四五栋红屋顶的小别墅。佐佐博士的别墅名为"和风庄"，就在他们别墅的西边，坐落在一片白桦林中。两三年来多子多福的佐佐博士一家每年都来这里度假。那年夏天，佐佐博士一家去镰仓避暑，他的小弟弟彻男，一个二十七八岁的年轻人，一个人开着达特桑出现在白桦林中。

最先和这个年轻人打招呼的是贵子。贵子把刚认识的彻男介绍给丈夫，拿他和自己的儿子做比较，说两个人都不爱说话。"爸爸，我们家俊助毕业以后也会跟他一样……他在外务省供职呢！"

夏天已经接近尾声的时候，一天堂助心血来潮，要上山写生。他说要去户隐山或者黑姬山待两三天，然后便一阵风似的去了长野。被独自留在别墅的贵子也没闲着，她不是一大早去找彻男，就是在彻男那里待到深夜才回来。

一个阴雨连绵的日子，贵子说有人从东京送来了点心，请彻男到她房间来一起品尝。

"这两天天气很凉，我生了壁炉，不错吧？"

彻男穿着一件褐色毛衣，嘴里叼着一个很大的烟斗。贵子请他坐到安乐椅上，说了一句很轻薄的话：

"啊，丈夫不在身边，我就像逃出牢笼一样……"

"你们夫妻不是感情很好吗？您无论何时都那么快乐……"

"那是表面现象，其实我一点儿都不快乐。早早就结婚生子，老得也快，没意思极了……"

细雨绵绵，不断地打在草木枝叶上，发出沙沙的响声。天空下着令人压抑的阴雨，远处划过道道闪电。

"这天气怎么像初夏呀……？"

"是啊……"

壁炉烧得很旺，树皮发出"噼噼啪啪"的声音。贵子从山里雇的女佣端来了热茶。

"这女孩子挺可爱的嘛。"

"这个女孩子？我以前每年雇的那个嫁人了，这是她妹妹，人挺老实的。"

"多大了？"

"十九。你喜欢这样的女孩子？"

"这样的女孩子不是挺好吗？白纸一张……"

"哦？看来彻男先生也是不能小看的啦……"

两个人坐在安乐椅上，无话可聊了，彼此听着雨声沉默不语。

"哎，咱们开车兜风去吧！"

"兜风？好啊！雨中兜风，多有情趣啊……"

贵子走进藏衣室，说她要穿件衣服。

"哎，彻男先生，你来一下。你看这件黄外套，是不是不好看？"

彻男露出一丝苦笑，说：

"穿什么都没关系，只要不冷就行……"

两人钻进白色的汽车，向信浓追分方向驶去。他们驶过田野，驶过树林，驶过房屋，飞奔向前。被雨水打湿的电线闪着亮光，像箭一般一闪而过。一股带着皮革气味的潮湿气息刺激着贵子,令她兴奋得像个年轻女孩。

"哎呀!我真想就这么远走高飞啊!"

"我要是个坏男人早把你拐跑了……"

"哦?你不是坏人吗……?我可从刚才就觉得你是个坏人噢。"

"我是个坏人吗?我的朋友们可都说我是个好人哪……"

"你的朋友们大概觉得你是好人,可是我觉得你是个特别坏的人……"

"你要这么说,我可就把车开得飞起来了啊!"

"不要!"

贵子突然伸出双手抓住彻男的左手腕,汽车发出刺耳的叫声停在路旁的小径上。彻男厚实的胸膛压在贵子肩上。

两人四目相对,耳边只有雨声和发动机的轰鸣声,此刻它们的声音比在房间里听起来还细小。贵子伤心地流下了眼泪。

"别哭……"

"……"

"我们回去吧……"

彻男把小拇指放在贵子的嘴唇上,他甚至都没有吻一下贵子。

贵子沉默不语,彻男也一言不发地紧握着方向盘。他们回到别墅的时候已经是傍晚时分,雨下得更大了。女佣生了壁炉,正一个人在厨房里唱着歌烤河鱼。

彻男在门廊上和贵子道了别,贵子却冒着雨追上去。

"哎!你别走,你不要就这样走了……"

"今天晚上我就不过来了,等结城先生回来以后我再上门打扰……"

"我有话要说,你来一下,就一会儿。"

贵子顾不得雨淋,跟在大步往前走的彻男后面,一直追到他的别墅里。彻男自己在别墅做饭,一个煤油炉占据了客厅的中央位置,地板上散落着奶酪和香烟罐。

贵子抱定决心,跟着彻男进了零乱的房间。

"不行……!"

彻男停住脚步,对贵子说。就像银幕上的一幕突然消失了一样,贵子满怀凄凉地站在窗边。她对这个比自己小十来岁的青年产生了喷薄而出的恋情。她觉得自己很可怜。

明知心里出现了危险的空隙,但贵子已经欲罢不能。彻男也觉得贵子夫人有某种魅力,她虽然是有夫之妇,生过孩子,但是仍然保持着少女的气息。她的眼睛又黑又圆,皮肤白润,一双浓眉散发着激情,双唇就像南国的花朵一样丰满。

"你为什么突然这么冷淡?"

贵子轻轻走到彻男身旁,两人在落满灰尘的昏暗的屋子里面对面站着。突然,贵子像少女一样一头扑进彻男的怀里,她的头发宛若狂舞的蝴蝶散落在彻男胸前。看到一个优雅丰满的女人变得如此狂野,彻男情不自禁,搂着贵子走向长椅,把自己被雨水打得冰凉的脸颊贴在贵子滑腻的额头上。

从那天起,他们两人成了地下情人。回到东京后,贵子仍制造各种借口出门和彻男幽会。

初冬,堂助到朝鲜去写生,贵子约出彻男,两人去周游伊豆岛。但是,好景不长,不知什么时候两人的关系被彻男的哥哥佐佐博士发现了。

对不起，我们就到此为止吧。我想从身体上和心灵上消除我们的关系，让它们云消雾散吧。也许有一天，我会对你做出解释。请多保重！

贵子收到彻男这封含混不清的信以后，就再也没有得到与彻男见面的机会。她哭，她愤怒，愤怒过后她又认真思考。"从身体上和心灵上"，对贵子这个年龄的人来说，这是最刺痛人心的一句话。

贵子的丈夫堂助对她和彻男的关系知道得一清二楚，就连他们什么时候开始交往，什么时候结束关系，他都凭自己的第六感猜得分毫不差。

儿子孝助上了三年级，不再住校，开始从家里上学。那年十月，贵子收到了朋友久贺男爵家寄来的请柬，他家小姐要举行婚礼。

贵子和男爵夫人是女校时代的朋友，堂助还教过他家小姐登美子画画。因为这层关系，夫妻两人都把登美子当作自己的女儿看待。堂助和贵子看着请柬，两人的心同时咯噔一下。无论他们反复看多少遍，"新郎"二字下面都清清楚楚地印着"佐佐彻男"四个字。

"这是我们在轻井泽见过的那个人吧？"

"对，是……"

"真是不可思议啊……"

"啊。"

"你心里是不是有点儿难受……？"

"什么？"

"什么什么！他曾经是你的情人啊……"

"啊？你在说什么呀！他就跟个大孩子差不多，谁会……"

"哼，不对吧？你想想当时的情景吧！"

"想想当时的情景"，堂助的话激起了贵子的愤怒，"从身体上和心灵上消除我们的关系""让它们云消雾散"，原来是这么回事！贵子懊悔得咬牙切齿。

久贺夫人这么晚才寄来请柬，很可能与彻男的意见有关，贵子感到心里阵阵疼痛。

"你能去参加婚礼吗？"

堂助意味深长地问。贵子故作惊讶地说：

"人家给我们两个人送来了请柬，我当然去。不去不好吧。"

贵子表现得很强硬，她要让别人知道，她不在乎，一点儿都不在乎！当天，贵子和堂助身穿纹服[1]驱车前往东京会馆，参加婚礼。贵子跟着堂助下车后，觉得心跳剧烈，头晕恶心，心神无法镇定。

新娘登美子穿着曳地宽袖和服，梳着高岛田发式，清纯可爱，白色素缎腰带上绣着一条龙，仿佛在守护着登美子柔软的身体，甚是高雅。彻男身穿纹服，贵子觉得，在没有和他相见的这段时间里，他那双忧郁的眼睛变得更加诱人。来宾们不停地夸奖，说他们是一对漂亮的夫妻。新郎新娘站在大厅门前迎接来宾，堂助若无其事地走到他们面前说："恭喜你们！"跟在堂助身后的贵子也小声说了一句"恭喜！"。

堂助看也没看新郎，大步走过金屏风，步入会场。贵子的

---

[1] 印有家徽的和服。

双腿像被钉子钉在那里一样，无法挪动脚步。"我还是爱他的，用全身心爱他的……"眼泪涌了上来。为了不让两位新人看到她的眼泪，贵子忍着泪从新郎新娘面前经过，向洗手间走去。洗手间空无一人，贵子站在镜子前面，像孩子一样哭出了声。

大概是来宾开始表演节目了，婚礼上传来阵阵掌声。

"我站在他面前对他说'恭喜你'，他小声说'谢谢'……"

他的嘴唇，他的眼睛，他的胸膛。他难道忘了吗？那些只属于我们两个人的快乐……

年龄的差距又算什么……？！站在镜子前面，身穿黑色纹服的贵子就像一个失去丈夫和孩子的女人，用手帕掩面，潸然泪下。

婚宴开始了，来宾各自坐在写有自己名字的座位上。不知是否纯属偶然，贵子的座位正好在新郎新娘的斜对面，和主桌隔桌相望。服务生穿梭来往，给来宾斟白葡萄酒，贵子的目光从服务生身后偷偷投向彻男，正好彻男无意中也将目光转向这边。四目相遇，彻男露出一丝不易觉察的微笑，避开了贵子的目光。贵子手指发抖，连叉子都拿不住。

"我这是在参加谁的婚礼……？只要我站起来说出真相，就可以把这场婚礼砸得粉碎……"

贵子这样想着，浑身发抖，坐在座位上痛苦不堪。婚礼进行了一半，由于酒精作用，婚宴气氛渐渐热烈起来。随着婚宴气氛的变化，贵子的心也被嫉妒折磨着，几乎要大叫起来。

"喂！你是不是不舒服？我们早点儿退席吧。"

堂助抓住贵子的右臂站起来，贵子在他的搀扶下迈开脚步，她感到自己的心被抽空了。

婚宴上到处是服务生忙碌的身影,堂助和贵子的举动没有引起人们的注意。走进休息室,在长椅上坐定,贵子刚刚松了一口气,新郎新娘就在家人的拥簇下走了出来。他们准备出发去度蜜月。三个美容师紧随新娘左右,提着宽袖和服的袖口。登美子的母亲久贺夫人和佐佐博士娇小的妻子也说笑着走了过来。

堂助急忙站起来说:"哎!我们走吧……"

一上车,贵子就再也无法控制自己,用手帕掩住了脸。她咬紧牙关,但是眼泪还是流了出来。堂助从和服袖子里掏出香烟点着,茫然地看着车窗外,无滋无味地吸着。过了一会儿,他突然说:

"你对那个男人的感情,就像个未经世事的小姑娘……出乎我的意料啊……"

堂助不知道今后该怎样跟这个心在别人身上的妻子生活下去,他觉得无法忍受。

"你哭成这样,心里就那么难受……"

"……"

"老大不小了……"

堂助的话说到了贵子的痛处,激起了她心中的妒火。那两个年轻人看上去那么快乐,他们要去哪里?车窗外夜色深沉,只有城市的点点灯火闪烁。贵子觉得,驶过自己身旁的每一辆汽车里都好像坐着新郎新娘。

明知理亏,但现在贵子可以依赖的只有自己的丈夫,这又让她感到悲伤。

回到家,堂助把自己关进书房,一言不发。贵子坐在丈夫面前说"对不起!",心里却在想"他也说过这句话……"。

"对不起……"

"你只不过是很自然地表露了自己的感情,跟我道歉,我也无能为力!"

丈夫不接受自己的道歉,贵子也无话可说。她又流下了眼泪,这眼泪不同于为彻男所流的。她十八岁结婚,回想二十年来平静安逸的生活,贵子感到不可思议。她不知道自己和彻男的恋情到底是钻了她心里的什么空子?

"关键人物结了婚,你什么也得不到……我呢,也不想和你在一起了。我是个不晓风月、眼睛里又揉不得沙子的人。弄个丢了魂的老婆在身边,难受……不过,我不会和你离婚的。离婚也好,不离婚也好,这件事总会平息……但是,从今天起,咱们俩井水不犯河水……"

从堂助说出"井水不犯河水"这句话到现在,已经过去两年了。这两年来,正如堂助所说的那样,他们没有过过一天真正的夫妻生活,夫妻结伴的夏天和冬天的例行旅行也中止了。

和丈夫变得形同路人以后,贵子渐渐成了名流女人,寄到结城家的信也大多是给贵子的。她今天参加这个聚会,明天参加那个座谈会,几乎所有的聚会上都能看到贵子夫人胖胖的身影。翻开每月的妇女杂志,其中某页上肯定刊登着贵子夫人的照片。

现在,每年去轻井泽别墅的成了俊助和孝助两人,堂助和贵子都再也没去过。有时候听到人们议论彻男夫妻如何恩爱,贵子就像变了一个人一样,拼命说这对年轻夫妻的坏话。她很露骨地说:

"他们家现在拮据得很哪。久贺家是个小小的华族[1]，佐佐又是靠蒙骗当上博士的，跟暴发户差不多……他们的婚姻是两家互相窥探对方财产的结果！"

贵子的这些话让她自己像掉进洞窟里一样心寒。不过，她也觉得自己很可怜，在心里为自己辩护："他做了那么伤害我的事，冤有头……"

坐在镜子前面，贵子发现自己的脸变得尖酸了。一次，上高中的俊助回家过寒假，问贵子："母亲，你想让我用什么方法结婚？"

从小叫着"妈妈""爸爸"长大的孩子，在不知不觉中改口叫自己"母亲"了。

"你问妈妈？那自然是媒妁之言啦。妈妈希望这样……"

"果然如此啊……"

"怎么？你有喜欢的女孩了？"

"一两个喜欢的女孩子还是有的。不过，媒妁之言，有点儿那个……"

"爸爸怎么说？"

"爸爸说女人都一样，让我找个淳朴的乡下姑娘回来……"

"哎，你这个爸爸。"

"父亲有你这样的夫人不是也挺伤脑筋的嘛……"

"为什么？"

"你老不在家，父亲整天吃女佣做的饭……"

"我老不在家，那是因为有事啊！再说，我老往外跑，你爸

---

[1] 旧日本贵族阶层。

爸也有一半责任……"

"不知道为什么,我不喜欢女人抛头露面。也许那些莫名其妙的低级女人很羡慕你们,可是我觉得讨厌……每次看到母亲的照片登出来,我就心寒……"

贵子再也无力支撑瞪大的双眼,眼泪涌了上来。看到母亲如此脆弱,俊助吃惊地把手帕递到她手里。

"连你也说这种话,埋怨我这个妈妈。难道女人就该当丈夫和孩子的垫脚石吗?"

贵子拿起儿子的手帕去擦嘴,突然闻到一股和彻男开车兜风时闻到过的皮革气味。

"唉,真腻歪人。连这个孩子身上也有了男人的气味……"贵子把手帕扔给俊助说:

"你这孩子,几天没洗手帕了?"

"母亲给我洗不就行了嘛!"

"哎呀,听听你说的这些话,不招人喜欢。"

寒假过去了。人们送走夏天,又迎来了秋天。贵子依然如故,经常外出不在家。今天她照样回来得很晚。

"有很长时间没有这样看星星了……"

夫妻俩这样面对面坐在一起,也是很久没有的事情了。

"哎,我认输了,你这个爱生气的脾气。我现在什么都没有……你别生气了……"

"我没有生气,我是受不了了。我想跟你分居,你同意不同意?"

"分居?然后就永远分手?"

"对。不过,手续可以不急着办……俊助和孝助也懂事了,总有一天他们会觉察到我俩这种不自然的关系。再说,我厌恶这种空虚的生活!"

贵子无言以对。

堂助告诉贵子,他想和贵子分手,找个乡下女人结婚过日子,还想出去学习。虽然现在还没有对象,但是如果遇到哪个不幸的女人,也许会和她结婚,和她办手续。不过这都是也许的事情。他还说,他现在只想孤身一人,专心致志地学习。

"你是不是非要我自杀,才肯原谅我啊?"

贵子使出浑身的力气紧紧抱住堂助的双腿。丈夫的双膝让她感到安慰,似乎回到了久别的安居之地……

"你就是自杀了,我也不会改变自己的想法。我可能和你见过的那些男人不一样……如果在这个世界上,我最讨厌的女人就是你,你怎么办?"

"可是,你不是最近还在报纸上发表过'爱妻论'吗?"

"哼!你可别那么自我陶醉,那是我理想中的妻子……"

"唉,你这话真伤人……"

两人看着对方,无言以对。他们彼此都在想,再也无法忍受这种感情了。贵子暗中盘算,如果真的要分手,她一定要死死抓住孩子和存款单不松手。

幸福的彼岸

一

在夕阳斜射的洗衣店狭窄的二楼，绢子第一次见到了信一。

那是十二月的一天，天气很暖和，家里连火盆也不用生。信一自始至终用手绢擦着额头上的汗。

绢子不时悄悄观察一下信一的表情。

由于长期住院，信一脸色苍白，但是表情开朗，方额大耳。为了避开耀眼的夕阳，他不时把头转向一边。绢子看着他的侧影，觉得两人似曾相识，感到很亲切。

信一穿一身西装，屈膝端坐在窗边。充当媒人的吉尾摇晃着光秃秃的脑袋，笨手笨脚地端来了寿司和茶。

"绢子，给信一夹个寿司吧。"说完，吉尾像是有事，急急忙忙下了楼。寿司上一只大苍蝇嗡嗡地飞着，绢子轻手轻脚地把苍蝇赶走，按照吉尾的吩咐，往装寿司的盘子前探了探身，夹起寿司放进小碟子里，然后轻轻地放在信一的腿上。信一双手捧起小碟子，涨红了脸。绢子又掰开一次性筷子，默默地递到信一手里，信一慌忙接过。

绢子的手碰到了信一的手指，刹那间，她感到胸中一阵灼热。

她想："我喜欢这个人。"

绢子心中涌起了强烈的爱情，是一种无法言说的、充满整个身心的爱情。

信一把小碟子放在膝上，沉默不语。

玻璃窗外高耸着啤酒厂的烟囱。绢子觉得这样沉默下去很难受，就又拿过一个小碟子，倒上酱油，往信一碟子里的寿司上细心地、一个一个地抹酱油。

"啊，谢谢！……"

酱油的清香让微微低着头的信一又一次红了脸，手足无措。绢子觉得信一是个好人，很想跟他说点什么。可是她左思右想，还是找不到话题，不知该说什么好。

信一戴着一副浅色墨镜，看上去很健康，不像眼睛有毛病的人。绢子绞尽脑汁，终于说：

"村井桑，你喜欢什么？"

"喜欢什么？要是说吃的东西，我什么都喜欢。"

"是吗？那你最喜欢什么？"

"嗯，最喜欢……我喜欢吃面条……"

"是吗？"

绢子哧哧地笑了。她也喜欢吃面条，在二宫家当女佣的时候，小姐也爱吃面条，绢子差不多每天都要煮味道清淡的面条。

一提到面条，绢子的耳畔突然响起了御前崎的波涛声。绢子和信一是同乡，信一比绢子大七岁，今年二十八。去年，他在战场上失去一只眼睛，回到了国内。

二

经过那场简单的相亲，不到一个星期，信一和绢子就举行了婚礼。他们在千种町车站附近有了自己的家。刚安顿好，信一和绢子就托付吉尾帮他们照看家，两人回了一趟御前崎的老家。

信一家半农半渔，虽然生活清苦，但是他父亲和兄嫂都很善良。绢子听说，信一的母亲在他很小的时候就去世了。

一天晚上，信一对绢子说："我因为家里穷，从小就有一个梦想，那就是中学毕业后要成为富甲一方的有钱人。可是，最终因为交不起学费，没上完初中就到名古屋的陶器厂当了工人。然后，又上了前线，失去了一只眼睛……我觉得这都是命运。捡了一条命回来是命运，和你在一起也是不可思议的命运……"

信一把头伏在了抠达子[1]上，好像想起了遥远的过去。外面传来滚滚的浪涛声。

信一家孩子多，房子小，所以家里就在灯塔旁边的茶馆给他们借了一间房。信一他们在那儿住得很愉快。

到了晚上，灯塔射出的灯光使远处的海面染上一层金黄。偶尔，闪烁的白色光芒像芒穗一样划过黑暗的天空。还有雨夜的灯塔，也是很美的。

1　音译。一种可以用于取暖的小矮桌。

绢子从村里的高小毕业后就到了名古屋，经亲戚吉尾介绍到做棉布生意的二宫家当了用人。因为她是小姐的贴身用人，所以一直到二十一岁她都没吃什么苦。今年春天小姐嫁到了东京，她也离开东家，住进了吉尾家。

绢子虽然长得不漂亮，但总是面带甜甜的笑容。她长得高高大大，不急不躁的性格也让人对她很有好感。在二宫家的时候，曾有人提过两次亲，其中一次她还被迫去相了亲。但是，绢子不喜欢那个男人。那是个做针织品生意的买卖人，一看就是个玩女人的老手，刚和绢子见面，就满口不正经，露着黄牙不停地抽烟。

绢子讨厌那个男人，马上拒绝了婚事。她无法抑制心中的厌恶，觉得结婚不应该是如此轻薄的事情。可是有时候，她身体里仿佛又有一团火在熊熊燃烧，让她陷入痛苦之中。

吉尾给绢子介绍信一时，她一开始不太感兴趣。一是因为有过一次教训，有点儿害怕。二是因为她不喜欢生意人或者工人，她的梦想是嫁给白领。可是，当她听说信一在战场上失去了一只眼睛后，动了恻隐之心，决定见见信一。

第一次见信一，绢子就觉得他是个好人。结婚后绢子发现信一的确是个心地善良的人。

让绢子感到有意思的是，每天早晨一睁眼，信一总是大声歌唱，而且唱的是小孩子才唱的歌。

三

今天吃过午饭后，两人走下灯塔边用水泥砌成的台阶，朝海岸走去。天气很冷,但风平浪静,四周寂静无声。出海打虾的渔船在海面上张开了渔网。

缓缓起伏的沙滩上晾着白色的渔网,信一和绢子靠着放渔网的窝棚在沙滩上坐下。四周静悄悄的,浪涛声就显得格外大,撞击着人的胸腔。从铅色海面飘来的空气中带着一股药味。

"我们狠狠地吸一下这里的空气就回去吧。"

绢子孩子气十足地说。涛声中信一好像没有听见绢子的话,什么也没说。过了一会儿,他好像突然想起来什么似的,挑动了一下眉毛,把脸转向绢子。

"我给你点支烟吧。"

绢子打开手绢,拿出包在里面的香烟和火柴,把烟放到了信一腿上。

"绢子,我一直想问你,吉尾先生是怎么跟你说我的?"

"什么怎么说的……?"

"嗯,比如我的情况……"

"你的情况?什么意思啊?"

"看来吉尾先生为了替我保密,什么都没跟你说……"

"那你说我该问些什么呢……?再说,都现在了,你就是有什么情况,也没关系了……"

"唉!要是他没跟你讲,还真有关系……"

绢子心下思忖着到底能有什么事,手上却划着了火柴。火柴发着蓝光,热量传递到绢子的指尖。信一很惬意地抽着烟,吐出的白色烟雾立刻消失在大海的方向。

"我有孩子,这事吉尾先生跟你说过吗?"

"什么?"

绢子倒吸一口气，看着信一。

"你看，吉尾先生还是没跟你说。"

说完，信一起身朝海边慢慢走去。绢子看着他的背影没有动，她无论如何也不相信刚才信一说的话是真的。绢子模模糊糊地记得好像在信一的房间里见过一张孩子的照片，不过因为她从来没想过信一是结过婚的人，所以忽视了那张摆在桌子上或者是挂在墙上的照片。她隐约记得，扫过一眼的照片上是个女孩子。

绢子本来想马上跑过去，追上信一。可是转念一想，又觉得不如让他一个人待会儿。

他有孩子……绢子不能相信这是事实。眼前这个穿着棉袄、套着外套、拄着拐杖的背影无依无靠，步履蹒跚。

绢子把香烟和火柴重新用手绢包好，起身迎着海风，晃动着身体向信一走去。信一在小声吹着口哨。

"不嘛，你不能一个人走……"

坐在窝棚边的时候没觉得冷，一到海边，寒风吹过，绢子禁不住倒吸了一口冷气。

"回去吧，别感冒了。"

绢子拉住信一外套的袖子，小声说。海滨没有其他人的影子，像沙漠一样荒凉。不远处耸立的山岗上，白色的灯塔清晰地映现在阴暗的天空下。绢子想，即使信一有孩子，那又怎么样。

信一由着绢子拉着他的袖子，顺从地回到了窝棚边。

四

信一二十二岁的时候来到名古屋,在陶器公司当事务员。他们公司做出口陶器,业务繁忙。信一干了一年左右就攒下了一些钱,用这些钱从老家娶了一个媳妇。媳妇娇小,爱说爱笑。可是,生了孩子没多长时间,她就丢下孩子,跟着信一的一个朋友跑到满洲[1]去了。

信一被老婆甩了,一个人带着孩子一筹莫展,只好请邻居照看孩子。他每天早晨做的第一件事就是照顾孩子,收拾停当后把孩子送到邻居家,晚上下班再把孩子接回来。这样的生活持续了将近一年。信一觉得孩子可爱极了。他从报纸上看到光喝牛奶长大的孩子大多体弱,就把胡萝卜、菠菜煮过后压出汁,掺进牛奶里喂孩子。有时候他甚至大胆地把鱼干碾碎了放进牛奶里给孩子喝。说来也怪,那孩子竟茁壮成长起来。邻居们给她起了个昵称,叫她村井家的大胖丫头。

换尿布,缝补衣裳,信一事事都做。所幸的是,孩子从来没生过病,偶尔肚子不舒服,只要信一回来看看,马上就好了。

到了信一出征时,孩子已经可以到处爬了。但是,这次信一不能再把她托给邻居照看了,无奈中只好把孩子寄养在别人家,然后上了前线。

信一当时想,这一寄养,说不定就是生离死别了。即便自己命大,能从战场上回来,那时候也许孩子已经不在人世。养个孩子,光喂牛奶和米汤就够费周折的,何况信一养孩子的方法跟

---

[1] 满洲,旧时指中国东北一带,清末日俄势力入侵,称东三省为满洲。

一般人家不一样，他的孩子要吃胡萝卜、菠菜、苹果汁。信一把所有的存款都拿出来，连同孩子一起送给了人家。他也想过把孩子送回老家，可是哥哥已经有四个孩子要养活，思前想后，他觉得还是给孩子另外找个人家好。

两年后他从战场上回来的时候，孩子长大了，也很健康。信一去看她，孩子害怕他戴墨镜的样子，不肯跟他走。领养孩子的那家人也把孩子当自己亲生的一样疼爱，女主人跟信一哭诉，舍不得孩子走。

跟绢子结婚以后，信一还是忘不了孩子。他越想忘记，和孩子相依为命的那段艰辛的生活就越加鲜明地浮现在他的脑海里。信一一点儿也不思念离他而去的前妻，但是对孩子却是日思夜想，有时候甚至在睡梦中都想得直流眼泪。

那时候，信一经常买胡萝卜，晚上一边煮胡萝卜一边和孩子玩到很晚。孩子一点儿都不爱哭闹，把她放到榻榻米上，她就嘟着小嘴，在上面滚来滚去，一个人玩得很开心。

信一把煮好的胡萝卜放进碗里碾碎压出汁来，掺到牛奶里，把奶瓶拿到孩子跟前，孩子便扑腾着两条可爱的小腿，表达她心中的快乐。

守着一个人咯咯欢笑的孩子，呷几口酒，是信一无上的快乐。孩子吃剩下的煮胡萝卜蘸酱油就是他的下酒菜。

即使在战场上，每每拿出孩子的照片，信一都呜咽不止，心痛无比。他就像个柔弱的女人一样，无法控制对孩子的思念。在一场迎春花盛开时的激烈战斗中，信一趴在小学教室的窗户上观察敌情。他几次看到空中仿佛有一只婴儿柔软的小手向自己伸过来，对他说：" 爸爸，你站在那儿太危险！爸爸，危险啊！"

在战斗最紧张的时刻,本来是没有工夫想起孩子的,可是孩子的身影却总是浮现在子弹呼啸穿梭的空中。

信一猛烈射击。

他甩开孩子的小手,把头探到窗外,啪啪地开枪射击。突然,他听到头上一声巨响,有什么东西砸了下来,紧接着他的面部像被灼热的刀猛地砍了一下。

信一好像掉进了一个漆黑的洞穴里。

他的耳边响起了孩子尖厉的哭声,在这哭声中,信一失去了知觉。

孩子稚嫩的声音从地底下传来,像旋涡一样,信一在这个声音的引导下,渐渐沉入地底。

信一被送回国内的医院后,本该在满洲的妻子突然跑到医院来找他。信一难消心头之气,懒得理她。见信一沉默不语,那女人终于说出来意,她想知道孩子的下落。信一对这个女人早就没有任何感情,可是一听到她提起孩子,便不由得愤怒起来。

五

"佛门有句话,叫'烦恼无尽誓愿断'。现在,我只有孩子这个烦恼是无论如何也断不了的……我三番五次叮嘱吉尾先生,跟他说,要把这个情况跟你讲清楚,如果她知道以后还愿意,我就娶她……我是挂了彩回来的,周围的人只知道表面上的我,同情我。吉尾也是为了一时蒙混过关,没有说真话。可是,我觉得这会给我们的将来带来不幸……事到如今,我们都结婚了,说什么也没用了……刚结婚的时候,我也想过再亲自把这件事跟你说一遍。当然,我也怀疑吉尾先生很可能瞒着没告诉你……可是,当时我很脆弱,大概是因为太想和你在一起了……你可能要笑话我了,可是人心就是这样的啊……你往我的寿司上抹酱油的时候,我高兴得要命。酱油的味道让我感到很亲切,眼泪都快流出来了……"

一口气说完这些话,信一好像松了一口气。一缕温热潮湿的细沙从他紧攥着的手里流出,撒在膝上。

此时,绢子产生了错觉,她仿佛看到海面上飞舞着一大群黑色的鸟儿。"我的丈夫以前有老婆,还有孩子……"绢子想起他们刚到信一家的那天晚上,信一和他哥哥曾悄悄地嘀咕过一阵子……

绢子隐隐觉得自己的前途变得黯淡了。

她久久地望着大海。

一个人带着孩子住在人家的二楼,用胡萝卜和菠菜喂养孩子。这种艰辛生活的阴影,在眼前的信一身上一点儿也看不到。

"哎……"

"嗯……"

信一回应着绢子,一声"嗯"里满是温暖。绢子不知道该怎么办。也许是她十六岁就出来当女佣,一直在深宅大院里讨生活的缘故,她多少觉得自己好像一脚踩进了不幸的深渊。

"孩子几岁了?"

"已经四岁了。会唱歌。"

"你想见她吧?"

"嗯……"

"你原来的妻子现在在这边吧？"

"谁知道她在哪儿……？在哪儿都无所谓……"

"可是……"

"你该不是后悔跟我结婚了吧……？"

"……"

绢子又轻轻打开手绢，拿出包在里面的香烟和火柴。她从写着"光"字的烟盒里抽出一支烟送到信一嘴边。信一用滚烫的手一把抓住绢子的指尖，食指、中指、无名指、小拇指，他挨个用牙咬着绢子的指甲。

绢子泪流满面，哽咽不止。

六

一个星期后，信一和绢子从御前崎回到了名古屋。

虽然仍处在战时状态，但是临近黄昏的城市还是显得很繁忙。

两人的新居是四栋连体房的第一户，刚盖好不久，四周还散发着木头的清香，柔软的榻榻米发出"咯吱咯吱"的声音。

信一和绢子就像一对相伴已久的老夫妻，相濡以沫，水乳交融。

信一又回到原来的陶器厂工作。他凭着一只眼的微弱视力，在旋盘上制作陶器。

绢子把结婚的消息告诉了二宫家，嫁到东京的小姐送给她一个漂亮的小梳妆台。随礼物寄来的信里，小姐这样写道："阿娟，没有比你更幸福的人了。结婚后我才第一次尝到了苦,这种苦是在家当姑娘时的几十倍。虽然我无法再回到从前,但是我很怀念当姑娘的那段时光。"小姐是个很漂亮的人,但是店里的人告诉绢子,因为她丈夫花天酒地,不务正业,小姐现在变得很憔悴。

信一和绢子的家有两层,楼上是个六叠的房间,楼下有六叠、四叠半和三叠的三个房间,外带一个不大的浴室。另外,虽然很小,但他们也算有一个院子,开着小菊花。

他们家离千种町车站很近,那一带的物价也比较便宜。

绢子决定自己一个人去看看信一的孩子。信一什么都没说,但正是因为这样,绢子的心感受到了信一的思念。而且,御前崎沙滩上的那一幕还清晰地浮现在她的脑海里。

孩子被寄养在大曾根的一个杂货店老板家。

绢子告诉信一她想一个人去大曾根看孩子,信一说:"我们一起去吧。"于是,在迫近年根的一个星期天,他们坐上了去大曾根的电车。电车里乘客不太多,信一和绢子对面坐着一家五口,父母亲和三个孩子。最大的孩子中学生模样,穿着制服,胸前系着一排金色扣子。老二、老三大概上小学六年级和二年级。三个男孩子坐在父母中间,谈论着参拜热田神宫的事。父亲看上去四十五六岁的样子,肩上挂着照相机,抱着双臂,正在打盹。母亲高大丰满,叉开双腿,歪着身子靠在车窗上。她不时训斥两句老三,叫他不要吊在拉手上玩。孩子们则用手搂住妈妈的脖子,撒着娇,好像在求母亲答应他们到目的地后干什么。在绢子眼里,这真是一个其乐融融的场面。她后背直冒热汗,心里直发痒。她在想:"我们将来是不是也能像这家人一样幸福呢?"

信一脸朝窗外,似睡非睡。

绢子看着眼前的一家子，心情愉快。

打盹的父亲从口袋里掏出一张纸，响亮地擤了一下鼻子。他认真地擦干净鼻子，仍闭着眼睛把那张纸放到了自己腿上。坐在一边的母亲伸出有力的胳膊，越过孩子们的腿，抓起那张纸，放进了自己的口袋里。

这一幕让绢子羞红了脸，好像自己做的事被别人看见了一样。她笑了。那位丈夫把擦鼻子的纸交给妻子后，重新把手垂到膝盖上，睡得很香。孩子们看着飞奔电车的窗外，欢快地嬉闹着。

体态丰满的母亲仍然叉着双腿，悠然自得，充分显示了作为三个孩子的母亲的风度。

绢子回头看了一眼信一。信一在人前过于拘谨，多少有些寂寞的感觉。看着信一，绢子想："我也要像眼前这位夫人一样，勇敢地保护信一。今后我要和他幸福长久地生活下去，狠狠地报复一下那个抛弃了他的女人……"

一想到有一天自己也会生几个孩子，像眼前这个女人一样叉着腿大模大样地坐在那里，绢子心里觉得美滋滋的。她悄悄脱下木屐，试着歪着身子坐。可是那姿势和年轻的绢子很不相称，连她自己都觉得好笑。于是，她用肩膀使劲推了信一两下。不知个中缘由的信一，仍看着窗外，发出哧哧的笑声。

沦　落

我是背着家人跑到东京来的。战争结束后不久，那些疏散到我们村的人都陆续回了东京。他们曾说要在乡下过一辈子，可是战争一结束，本田一家、山路一家也都搬回东京去了。我觉得好奇，东京就那么好吗？什么时候我也要到东京去看个究竟。我姐姐在大阪当女佣，干了很长时间。战争开始的时候，她回到老家，帮助打理家务。我的两个哥哥都曾应征入伍，但因为在内地，所以随着战争的结束，他们也很快回到了老家，待在家里无所事事。姐姐说，要不了多久我们就得出去找工作了。大哥也说，这么多年轻力壮的人挤在一个屋檐下，家里又没多少地可种，日子很快就会过不下去的。父母养了七个孩子，我是老四，下面还有三个弟弟妹妹。"整天为填饱肚子头疼"就成了父亲的口头禅。我暗自打定了主意，托在火车站工作的朋友买了去东京的火车票，背着母亲偷偷把十天左右的干粮塞进背包里，去年十月坐晚上的火车一个人来到了东京。我记得山路夫人每次到我家来买米买菜时总要说："以后你们到了东京一定到我家来，我们要好好报答你们。"所以，一到东京我就一路打听，找到了山路家。山路说过他们家有工厂，在热海还有别墅。我想象他们住的房子一定很大，没想到他们的房子小得可怜。山路夫人看到我的时候满脸惊讶，听说我是离家出走的，山路夫人为难地说："东京现在粮食供应特别紧张。关键是我们家的房子被烧了，现在是租人家的房子住。"我打算在山路家住几天，尽快找到工作。东京被烧得很厉害，到了令人难以置信的地步，我很同情这里的人。山路夫人不停地跟我讲乡下的坏话，说乡下没有好人。我听了以后很生气。他们在乡下的时候拼命讨好我们，可是一回东京嘴脸就变了。她还说真想把在乡下送出去的衣服、表什么的都要回来。山路夫人也送给过我两件她女儿的衣服，现在听她发了那么多牢骚，我真想把那两件衣服还给她。我不觉得山路一家人好。山路夫人，还有她婆婆和两个上女子大学的女儿都满脸瞧不起人的样子。睡觉的时候，也是让我用他们家最破烂的被褥。我只在山路家住了一晚上，第二天就到了上野火车站。在那儿我邂逅了小山。当时我站在上野车站的进站口，一片茫然。这时一个男人走过来问我去哪儿。我告诉他，我是到东京来找工作的，本来是投奔熟人来的，可是他们很薄情，所以我想回老家去，可又没钱买车票，正不知道该怎么办呢。那个男人说："你想在东京工作？包在我身上。"然后就让我跟他去他那儿。我想反正麻烦谁都一样，就跟着这个男人走了。男人住在浦和的一座公寓里，特别脏，简直不堪入目。他住在二楼一个四叠半的小房间里，里面只有被褥和炊具，没有家具。榻榻米露出了芯子，窗户边上堆着万年铺。小山四十岁上下，在一家不大的制药厂工作。我觉得很奇怪，不知道他为什么有那么多钱。

小山告诉我，他老婆在空袭的时候被炸死了。那天晚上，我和小山睡一个被窝。小山对我动手动脚的，开始我很吃惊，也很害怕。可是，一想到不这样就得回乡下，也就忍了。小山以为我已经二十了。我告诉他我才十八，他说乡下姑娘就是显得老气。我没在意他的这句话。反正在意也没用，我倒觉得有这么一个亲近的人挺幸福的。小山很宠我，我也渐渐地喜欢上了他。小山下班以后，我们还去看过电影。冬天来了，天气很冷。因为离开家的时候没带什么衣服，所以我跟小山商量要不要回趟老家，拿些衣服来。小山没有让我回老家，他不知从哪里给我拿回来几件衣服，我穿上很好看。我又自作主张跑到美容院烫了头发。小山看了以后说："你长得洋气，再烫了头，就跟洋娃娃一样。你要是去当舞女一定走红。"听了这话，我就动了当舞女的心思。我买来报纸，在上面找到了招舞女的广告。我想要是跟小山商量，他一定反对，所以再次自作主张地报了名。那是一家为日本人开的舞厅[1]，没跳过舞的人要先学两个星期。我白天去学跳舞，在那儿认识了一个叫栗山的乐师。栗山还年轻，刚复员回来，很纯洁。和栗山在一起，和他交谈，我觉得很愉快。栗山说他自己不做饭，在外面吃，有时候挺想吃点儿家常饭菜。于是，有一天我把他带到了小山的公寓。家里有小山从黑市上买回来的大米，我煮好米饭，烤了沙丁鱼，还做了一个黄酱炖肉给他吃。我把我是怎么从老家来的，又是怎么跟小山生活到一起的经过一五一十地告诉了栗山。栗山听后满脸惊讶，说："你怎么那么无知啊！看你好像挺聪明，挺有见识的样子。这真是上天的嘲讽啊！你可能不觉得

---

[1] "二战"结束后日本有不少专为外国人，特别是美国军人所设的舞厅。

世道艰难，可是你这样生活很危险的。"话虽这么说，可我在东京生活了几个月，发现社会上有很多和我境遇相同的女人。我把栗山送到了车站。在车站我们碰上了背着一个大包袱的小山，栗山转眼就不见了。我跟小山回到公寓，被他狠狠训了一顿，他还揪住我的头发，对我拳打脚踢。这一通暴打让我突然讨厌起小山来，我觉得很害怕，起了一身的鸡皮疙瘩。我披上外套往外跑，被小山一把推倒在地。他往我肚子上狠狠踢了两三脚，我顿时觉得背部一阵撕裂般的疼痛。小山把我拖到睡觉的地方，抓起剪子，咔嚓咔嚓把我烫过的头发剪得乱七八糟。我腹部疼痛不已，只能睁着眼睛一动不动。我浑身疼痛，觉得恐怕有两三天动弹不了了。我从镜子里看着自己，高兴地看到我的眼睫毛很长，虽然颧骨有点儿高，但嘴唇厚实，涂上口红，很有西洋人的韵味。再加上洁白的牙齿和超常硕大的乳房，我自以为比在舞厅里认识的那些女孩子们都漂亮，虽然我才去了没几天。交际舞老师曾看着我的脚夸奖说，你长了一双好看的脚。而且，在去舞厅应聘的女孩子里，我还比别人高出一截。我忘不了舞厅那华丽的场面，非常厌恶在这个肮脏的公寓，与一个老男人同枕一个肮脏枕头的生活。栗山说我是上天的嘲讽，我再也不想待在这个地方了。我不喜欢考虑问题，一遇到需要认真考虑的事情就浑身难受。两三天后，我离开了那个家。车站前面有一个摆摊卖关东煮的大娘，我认识她家，所以就投奔了她。大娘有两个孩子，住在车库后面。因为我常去她那里吃关东煮，所以大娘很痛快地收留了我。都说世上有好人，看来这话不假。我在大娘家落下脚，从她那儿去舞厅上班。那时候栗山已经换了舞厅，我去找他，他跟我说："跟你说这些你可能也不懂，我是个利己主义者，而且有洁癖，不可能跟你在一起。"

栗山这个男人是个只知道憧憬梦幻的人，被他这么一拒绝，反倒让我生出蛮勇来，决定两个月不见他！其实我们之间什么也没有发生，但正因为如此，我心里反倒老牵挂着他，想忘也忘不掉。我没有再见小山，也不想见他。我跟在街头相遇的男人去过两三次郊区的旅馆。到了这时，我觉得自己已经开始变成一个坏女人了，心里经常感到凉飕飕的。大娘也说，这段时间我的打扮和以前大不一样了。虽然大娘家只有两个六叠的房间，潮乎乎的，但是我很喜欢这个家。大娘有两个孩子，十四岁的女儿和十二岁的儿子，他们俩都是好孩子。让我感到吃惊的是，他们像大户人家的孩子，说话文雅，而且还很孝顺。晚上不管我多晚回来，大娘从来没说过我一句，待我就像待自己的孩子一样。如今这样纯洁善良的人已经很少见了。

我在舞厅认识了一个公司职员，他从来不跳舞。他跟其他人一起来，自始至终只是茫然地看别人跳舞。一天，我在东京车站八重洲口前面碰到他，他请我喝茶。我们一边喝茶，一边聊天。他告诉我，他刚从爪哇复员回来，还没工作。回来以后，他才知道老婆已经跟人跑了，家也被烧了，现在住在朋友家。他还说："这个世界上没有欢喜也没有悲伤，只有相信偶然，活下去。我不懂什么高深的东西，但是我被人生抛得远远的，每天就像宿醉后的头疼一样难受。"我那时很寂寞，马上喜欢上了这个姓关的男人。关又瘦又高，脸色发青。他有个习惯，我们每次见面他都要问："怎么样，高兴吗？"我也就顺着他的话回答他："嗯，怎么着都高兴。"夏天我们去了一趟伊豆的大仁温泉。我们住在一个很小的旅馆里，关带来了威士忌，我带了一些托大娘买的大米。那是一家坐落在农田附近的极普通的旅馆，我和关听着蛙声，喝着威士忌，直到深夜。关一直在谈论死亡，而我坚持说还是活着有意思。我们钻进蚊帐以后，关大概因为醉得厉害，一句话也不说，只是哭，当时我觉得很奇怪。半夜，我一个人去泡了温泉。我们在大仁住了一晚上，第二天回了东京。两三天以后，关自杀了。其实在大仁的时候死神已经逼近了他。我悲痛了两三天，但渐渐地我淡忘了他。我又回到了舞厅，取了一个艺名叫桃子。对我来说，眼前的每一天都很重要，我忘记了故乡，甚至顾不上担心自己的将来，一味地沉湎于当舞伴和寻欢作乐的生活里。我把挣来的钱花得精光，所以依然一文不名。不过，嘴馋的时候，总有一些素不相识的人请我吃饭。

到了九月份，我发现身体出现了异常，我马上想到了关。我不想要孩子。我把这件事告诉了大娘，大娘说，孩子不能不要。她还说，有了孩子，像我这样的女人也会认认真真地考虑自己的将来。但是生孩子的事我连想都不愿意想，我在舞厅拼命地跳舞，不让自己休息片刻。我觉得我这样的女人生出来的孩子太可怜了。秋风乍起的时候，我在新宿的马路上偶然遇见了小山。他一副落魄的样子，看来和我分手以后他过得也不好。我们只站着说了一会儿话，小山说："为了你我可吃了不少苦。"他告诉我，他连着跑了两个月警察局，就为找我。

小山提出想重归于好，我告诉他我不愿意。小山呆呆地看着我说，以前那个乡下丫头，现在变得像个大家小姐了。他问我现在干什么，我谎称当了电影演员，并说再过一两年他会在电影院里见到我。小山信以为真，哀求道："我再也不动手了，让我和你一起住吧。"我觉得好笑极了——男人其实是很脆弱的。我不喜欢脆弱的男人。小山提议去喝杯茶，我看他不像有钱喝茶的样子，就骗他说我要去公司，撇下他匆匆走了。我实在无法喜欢上小山这样的男人。进了新宿站站台，不经意间我发现身边站着一个非常漂亮的女人。她穿着灰色西服上衣，提着一个很大的棕色皮包，配着同样颜色的皮鞋。她有一双大大的眼睛，不施粉黛，皮肤光洁水润，保养得很好，脸上闪烁着光芒。那些来来往往的男人们先是注意到这个美丽的女人，然后再把目光转向我，露出一丝苦笑。我感到我在被人嘲笑戏弄。到了舞厅，看看我的那些伙伴们，没有一个可以和新宿车站的那个女人媲美。我想那个女人跟我们不一样，肯定是大财主的女儿。我看着镜子里的自己，发现我和"正派"的女人是有些不一样。为了在同伴中显得醒目，我们的妆化得特别浓艳，乌黑的眼线，大红的双唇。因为没有好润肤膏，有的女孩子就把食用油擦在背上和腿上，弄得满身炸大虾味，遭人侧目。我穿着像透明胶一样薄的衣服，很像我在老家见过的马戏团里的女演员。自从在站台上看见那个漂亮女人以后，我开始觉得自己很丑，很自卑。我脖子上挂着玻璃珠项链，手腕上戴着镀金蛇形手镯，穿着像纸一样薄的桃红色长裙，头发上打着一个大大的天蓝色蝴蝶结。这还不算，我的耳朵上还吊着蓝色圆球耳坠，指头上是红宝石戒指。脚上的一双黑皮鞋是托同伴玫瑰帮忙，狠了狠心才买回来的二手货。有个男人曾对我说："你就像一匹新年第一次拉货的马[1]。"当时我没明白是什么意思，后来知道了以后很恼火。栗山经常说："你不化妆比化妆好看。因为你体格比较高大，一化妆就显得很老气。"可是，我化惯了浓妆，不化妆就觉得难受。以前打工的舞厅经理就叫我鹦哥。

---

[1] 在日本有给新年第一次拉货的马披红挂彩的习俗。

我的身体感觉越来越不正常，这段时间连舞厅都懒得去了。不去舞厅的时候，我就在家蒙头大睡，一睡就是一天。大娘很担心，做好饭给我端来，可是我一点儿食欲也没有。我学会了抽烟，我知道自己正一步步沦落下去，却无力自拔。我不能想事情，一想就浑身难受。我白天睡觉，深更半夜无聊的时候就一个人玩扑克牌。我自己给自己算卦的时候有一种感觉，觉得幸福马上就会来临，我会有一个美满的婚姻，会在充满阳光的明亮的家里生下一个可爱的小宝宝。可是，很快舞厅的音乐就开始在我的耳边回响。我的伙伴们在那个舞厅，过着被男人欺骗或者欺骗男人的生活。她们大部分是受欺骗的，一般人并不知道，这些女人当中有很多人是纯情的。在众多的客人里，也有一个男人是因为喜欢我才来舞厅的。我不知道他是干什么的，但是我并不喜欢他，因为他总爱装腔作势。看见他一会儿掏出蓝色手帕擦脸，一会儿又拿出红色小梳子梳理头发，我就觉得恶心。舞厅里经常来一些我在老家无法想象的莫名其妙的男人，你根本无从判断他们靠什么维持生活。我的伙伴们也都有各自喜欢的人或者恋人。从旁观者的立场看毫无是处的男人，我的朋友却爱得认认真真。我们过着和此人分手又和那人相识，再分手再相识的空虚悲惨的生活。白天我们就像毫无生气的、背阴地里的小草，到了晚上才终于能恢复活力。休息室里有人像吃点心一样吃荷尔蒙制剂，我们的包袱皮里只有肮脏的吊带衬裙、自己做的面包、没看完的破旧小说或者杂志。几乎所有人的手袋里都没有几个钱。新年第一次拉货的马儿们一贫如洗。

这段时间有时候我也想回老家，但也只是想想而已，没有到了想家想到泪水涟涟的地步。我每个月给大娘交三百圆。大娘和从前一样,还是那么善良。她常对我说,不要累坏了自己,慢慢找个正经工作。我没上过女校,知道自己找不到什么正经工作。再说现在人人都在议论,马上就是大失业的时代了。一天,我在银座碰见了栗山,我有很长时间没见到他了。栗山比我想象的要热情得多,他说:"走哪一步都一样。现在像你这样的女人越来越多,没什么大不了的。我经常想起你,惦记你。唉,我们都一样,一时半会儿没什么好办法。"他的话让我百感交集。我们两个人都没有想喝茶的意思,就顺着黄昏的大街向丸之内方向走去,去宫城那边散步。鸟叫声此起彼伏,已经有了深秋的感觉。栗山告诉我他现在在一家小乐团演奏,一直在巡回演出。虽然乐团效益不错,但因为他家人多,全靠他一个人,所以他手头还是很紧。我说:"栗山,我想找个人结婚了。"栗山认真地说:"现在这个世道哪能结什么婚啊!就是想结婚,也根本找不到合适的对象。"我告诉他我可能怀孕了,他说:"这没什么,没什么大不了的事,有了孩子就生吧!到时候告诉我一声,我多少可以接济你一点儿。"我们在风中走过宫城宽敞的大街,在数寄屋桥互相道了别。栗山说:"我还会见你的,你什么时候都可以跟我联系。"他递给我一张漂亮的名片和两张一百圆的钞票。我看见他穿着新皮鞋,心想他现在一定混得不错。

晚　菊

阿欣接到一个电话，对方说下午五点左右来拜访她。阿欣算了算，他们有一年没见面了。她放下电话，看看表，离五点还有两个小时。在这两个小时内最重要的是先去泡个热水澡。阿欣叮嘱用人早点儿准备晚饭，然后匆匆忙忙去了浴池。她把自己慢慢地浸泡在热水池里，暗自想："我一定要比上次见他时显得年轻，如果让对方觉得我老了，我就输了。"从浴池回来，阿欣马上从冰箱里取出冰块，砸碎了以后用两层纱布包好，坐在镜子前，用冰均匀地按摩面部。十分钟后她的面部渐渐泛红、发麻，以至几乎失去知觉。虽然五十六岁这个年龄刺痛着阿欣的心，但她认为女人的年龄经过长年修炼是可以掩饰的。她拿出珍藏的进口面霜，抹在脸上。镜子里映出一张衰老女人的面容，像死人般苍白，正瞪大眼睛看着她。妆化到一半，阿欣突然对自己的脸感到一阵厌恶。当年自己曾经被印在明信片上，那婀娜美丽的身姿浮现在她的眼前。她掀开裙角，凝视着大腿上的肌肤。它不再有从前的丰润，皮肤软塌塌的，显出细细的静脉血管。唯一让她感到安慰的是，这双腿还没有变得干瘪，它们紧贴在一起时中间仍然严丝合缝。洗澡的时候，阿欣爱坐得端端正正的，往大腿间的凹处淋些热水。温热的水积在凹处，让她心里感到平静，抚慰着衰老带来的焦虑。"我还能吸引男人"，阿欣觉得这是她人生唯一的希望。她分开双腿，像一个毫不相干的人一样抚摸着自己的大腿内侧，那里的皮肤像浸了油的鹿皮一样光滑柔软。阿欣想起西鹤[1]的《读〈伊势物语〉周游列岛》中描写的两个美丽的女人，弹三味线的阿杉和阿玉。书中"伊势观景"一段中有这样一个场面：弹三味线的阿杉和阿玉面前挂着一张红色的大网，人们从网眼里往她们身上扔钱，以此游戏。阿欣痛感被罩在红色大网里、宛若浮世绘般的美貌早已离自己远去。年轻的时候，她从骨子里追求金钱，眼里没有其他东西。但是随着年龄的增长，特别是经历过悲惨的战争之后，她觉得没有男人的日子空虚渺茫，无依无靠。年龄让自己的美貌一点点发生变化，在时光流逝中，美丽有了和从前不同的风韵。有些人年龄越大，穿得越花哨。但是，阿欣不会去做那种蠢事。她讨厌那种莫名其妙的装扮，年过五十、能分清好坏的女人却要在扁平的胸前戴上项链，穿上会被误以为是衬裙的大红格子裙和又宽又大的白绸子衬衫，头上还要戴一顶帽檐宽大的帽子，用来掩饰额头上的皱纹。她也不喜欢在和服的领口装饰红色，那是下层妓女才惯用的低级趣味。

直到今天这个时髦的年代，阿欣都没有穿过一次洋装[2]。她穿一袭深蓝底白色图案的夹和服，配上素白的绉绸领和淡黄色腰

---

[1] 井原西鹤，日本江户时代著名小说家，人形净琉璃剧作家。
[2] 指和服以外的西式服装。

带，浅蓝色的腰带结在胸部以下系得规规整整，决不袒胸露怀。她还发明了一种西洋式的和服的漂亮穿法：让胸部隆起显得丰满，腰部纤细，用腹带紧裹下腹部，再在臀部垫上一层薄薄的丝棉垫子。阿欣的头发本来就发黄，配上雪白的皮肤，让她的头发不同于五十多岁的女人。再加上她个子高，和服下摆比一般人短，所以整个人显得干净利落。每次和男人见面，她都是这样一身职业化的素淡打扮。穿戴好后，她还要在镜子前品五勺[1]冷酒。当然，喝过酒后她从来没有忘记仔细刷牙，去掉嘴里的酒味。对阿欣的肉体来说，少量的酒比任何化妆品都有效。当酒劲稍稍上来的时候，她眼圈微红，大大的眼睛明亮湿润。她那被略显苍白的妆容和用甘油调过的面霜掩盖住的面部肌肤的光泽，这时就像大地回春般焕发出光彩。她的双颊涂着上等的深色胭脂，通身上下只有嘴唇是红的。阿欣平生没有染过指甲，特别是上了年纪以后就更不染了。老女人染过指甲的手上跳跃着欲望，暴露出贫瘠，滑稽可笑。阿欣护理双手时只用乳液均匀拍打手背，把指甲剪得短得不能再短，再用一块呢绒磨光。她喜欢在若隐若现的和服内衣袖口使用浅淡柔和的色彩，内衣的图案是天蓝色和桃红色泂然交错的斜纹。香水用娇媚的甜香型，从肩膀一直抹到上臂，并且要抹擦进皮肤。再犯糊涂，她也绝不会把香水往耳垂上抹。阿欣不想忘记自己是个女人，如果让她变得像一般老太婆那样邋遢，还不如让她去死。"蔷薇压枝头／他人难以信／繁花沉甸甸／恰似我之心"[2]。阿欣很喜欢这首诗，据说是一位著名女诗人作的。她不

---

1 一勺大约十八毫升。
2 日本近代著名浪漫主义女诗人与谢野晶子的短歌作品。

能想象没有男人的生活。望着板谷拿来的粉红色的蔷薇花瓣，那花儿的奢华让阿欣重温旧梦。眼看遥远的往日风俗、自己的趣味和欢乐在一点点发生着变化，阿欣感到高兴。每当独枕孤眠、半夜醒来时，阿欣就扳着指头悄悄数自己从当姑娘的时候起交往过的男人。"那个人和那个人，还有这个人。对，还和他……这两个人我先遇见的是哪一个？是他？还是他？……"这时的阿欣就像在对着陈年积攒的灰尘唱歌，她的心被呛得喘不过气来。有时候，想起某个男人，她还会因为和他分手的方式流眼泪。对每一个男人，阿欣只喜欢回忆与他们相识的过程。阿欣以前读过《伊势物语》，和书中的"从前有个男人"的那个男人一样，她心里藏着许多回忆，所以在独睡空床、似睡非睡之间，想想曾经拥有过的男人，就会给她带来快乐。田部今天的电话大出阿欣的意料，那心情就像看到了一瓶极品葡萄酒。田部只不过是受了回忆的驱使才来的，他是怀着一种寻觅过去的伤感，来这里玩味爱恋燃烧后的遗迹的。"我不能只站在野草茫茫的瓦砾上叹息，也不能露出任何衰老和生活环境不佳的痕迹。谦恭有礼的态度至关重要，还必须营造一种能使两人沉醉在亲密的二人世界里的氛围。我要让他觉得自己的女人还是那么美丽，让他永远感到余味无穷。"阿欣有条不紊地打扮停当，站在镜子前面，检阅自己即将登上舞台的身姿，看看是否还有不到位的地方……然后她来到饭厅，用人已经摆好了晚饭，味道清淡的酱汤、腌海带和麦饭。阿欣和用人面对面吃完晚饭，打开一个生鸡蛋，一口把蛋黄喝了下去。阿欣一贯很少给来自己这里的男人准备饭菜，她从没想过精心准备一桌茶饭，然后告诉男人，"这是我亲手做的"，让对方以为自己是个体贴可爱的女人。阿欣对当一个家庭型的女人毫无兴趣，因此，她没有任何理由在自己根本不想与其结婚的男人面前，装出一副贤内助的样子讨他的喜欢。以阿欣的这种作风，冲她来的男人都要给她带来各种各样的礼物。阿欣觉得这理所应当，她从来不和没有钱的男人打交道。穷男人是最没有魅力的。恋爱中的男人不知道刷掉西服上的灰尘和头屑，或者穿着掉了扣子的衬衣，会让阿欣突然间感到厌恶。阿欣觉得恋爱这件事本身就好像是在制作一件件艺术品。年轻的时候，人们都说她长得像赤坂的万龙[1]。阿欣曾见过一次已为人妻的万龙，她的确是一个令人心荡的美丽女人，阿欣为她的完美叹息不止。从万龙身上阿欣领悟到，一个女人要想永远保持美丽，没有钱是万万不行的。

阿欣当艺伎的时候才十九岁。那时候她并没有什么艺术专长，单凭一张漂亮的脸蛋当上了艺伎。当时有一个来周游东亚的法国老绅士把阿欣招进他的公馆，称阿欣是东方的玛格丽特·戈蒂埃[2]，对她宠爱有加。阿欣自己也以茶花女自居。虽然老绅士在床上的表现平平，但是对阿欣来说却是难以忘怀的。他叫米歇尔，从年龄上推测，现在他大概早已葬身于法国北部的某个地方了。米歇尔回到法国后，曾给阿欣寄来过一个镶满蛋白石和钻石的手镯。这个手镯阿欣一直保存着，即使在战争最困难的时期也没有脱手。和阿欣交往过的男人后来都成了大人物，但是战争结束后大都没了音讯。人们风传阿欣积攒了相当多的财富，实际上她既没有想过经营酒馆或饭店，也没有像人们说的那么有钱。她只有在战争中没有烧毁的房子和热海的一处别墅。别墅名义上是她妹

---

[1] 本名田向静，著名艺伎，被称为明治末期日本第一美女。
[2] 法国作家小仲马代表作《茶花女》中的主人公。

妹的,战后阿欣看准机会卖掉了。无所事事的女佣阿娟是个哑巴,是阿欣的妹妹介绍来的。阿欣的生活也比人们想象的简朴。她不爱看电影看戏,也不喜欢在大街上闲逛。她不想让别人看到她在光天化日之下显露出的老相。明媚的阳光无情地将老女人的悲惨暴露无遗,再华贵的服饰在阳光下都会显得苍白无力。阿欣满足于生长在庇荫处的花朵一样的生活,也满足于自己的爱好,那就是看小说。曾有人劝她领养一个女儿,老了以后好有个盼头,可是阿欣对"老了以后"云云感到极为不快。她至今独身一人是有缘由的。阿欣没有父母。她只记得自己出生在秋田县本庄附近的小砂川,五岁的时候被领养到东京,从此姓了相泽,成了相泽家的女儿。养父相泽久次郎跑到大连做建筑业,在阿欣上小学的时候,断了音讯。养母叫律,是把理财的好手,她炒股票、盖出租房。那时候她们住在牛迂的薬店。说起薬店的相泽家,在牛迂那是无人不晓的有钱人家。当时神乐坂有家老字号的和式布袜店,老板有个漂亮的女儿叫町子。这家袜店和茗荷屋[1]一样颇有来历,说起辰井的布袜,背靠大山建起的那些大宅院里的人们对其也无不赞誉。辰井店门上挂着深蓝色的门帘,宽敞的店面里摆着缝纫机,梳着桃割发型、露出黑底白道的丝绸衣领、脚踏缝纫机的町子深受早稻田的学生们青睐。据说那些学生常来买布袜并留下小费。比町子小五六岁的阿欣在当地也是出名的美少女,人们都说神乐坂有两个小町[2]姑娘。阿欣十九岁的时候,一个男人开始出入相泽家,据说是搞赌博的,叫鸟越。相泽家从此走上下坡路,养

---

[1] 东京一家有名的日式布袜店。
[2] 指小野小町,日本平安时代以美貌著称的女诗人。

母律染上了酒瘾，阿欣因此在很长一段时间里过着灰暗的生活。由于一个不经意的玩笑，阿欣遭到了鸟越的强暴。她抱着破罐子破摔的心情从相泽家跑出来，并从赤坂的铃本家出道当了艺伎。也正是在这个时候，辰井家的町子穿着和服盛装登上日本首次制造的飞机，飞机之后坠毁在洲崎原。一时间各家报纸争相报道，闹得沸沸扬扬。阿欣以欣也的艺名出道不久，她的照片就上了讲谈社的杂志，进而成了风行一时的明信片。虽然现在这些都已成了如烟往事，阿欣也变成了一个年过五旬的老女人，但是她无法接受这个事实。有时候她觉得自己已经走过了漫长的人生道路，有时候又觉得过去的还只是短暂的青春。养母去世以后，所剩无几的财产被阿欣来到相泽家后出生的妹妹轻而易举地全部继承，抵消了阿欣对养育她的相泽家应尽的责任和义务。

　　阿欣认识田部是澄子夫妇还在户家经营学生公寓的时候。那时太平洋战争刚刚爆发，阿欣和结婚三年的丈夫离了婚，在澄子的公寓租了一套房子，悠闲度日。她在公寓的餐厅里认识了经常碰面的大学生田部，年龄相差与母子无几的两人不久就发展成了掩人耳目的关系。

　　那时已经五十岁的阿欣看上去还很年轻，在不知情的人眼里也就是三十七八岁的样子。两道浓眉使她的脸庞显得格外娇媚。田部大学毕业后马上当上了陆军少尉，到了部队。当时他的部队驻扎在广岛，阿欣还去看过他两次。

　　阿欣一到广岛，一身戎装的田部就出现在旅馆里。他的身体散发着一股皮革气味，阿欣就在这种气味带来的恐惧中与他共度了两个晚上。后来阿欣曾告诉别人，当时她千里迢迢赶到广岛，累得精疲力尽，在田部强健身躯的驱使下，她感到痛苦不堪。

去过两次以后，田部还来过电报，但是阿欣没有再去看他。昭和十七年（1942），田部赴缅甸作战，战后第二年五月复员。田部一复员就来东京，去阿欣在沼袋的家里找她。看到田部失去门牙、衰老沧桑的面孔，阿欣顿感昨日美梦全消，大失所望。田部是广岛人，他哥哥是议员。在哥哥的帮助下，田部办起了一家汽车公司。不到一年，当他重新出现在阿欣面前时，已经判若两人，一副大绅士派头了。那次，他告诉阿欣，他准备很快就结婚。之后的一年多阿欣就没有再见到过田部。阿欣在空袭最惨烈的时候，用几乎是白得的价钱买下了沼袋现在这所带电话的房子，从户冢疏散到了沼袋。户冢和沼袋近在咫尺，可是阿欣的房子完好无损，澄子他们的公寓则化为灰烬。澄子一家跑到阿欣这里避难，战争一结束，阿欣就对他们下了逐客令。因为被阿欣赶出了家门，澄子他们又在户冢被烧焦的地基上建起了新房子。现在看来，他们应该感谢阿欣，因为那是战后不久，盖房子还很便宜。

　　阿欣也做了一笔生意。她卖掉了热海的别墅，得到一笔不到三十万圆的现款。她用这笔钱买了一所破旧不堪的房子，装修好后，又以三四倍的价钱转卖。阿欣并不急着赚钱，经过长期修炼，她深知赚钱这事是急不得的。只要不着急，钱就会像滚雪球一样越滚越大。她不放高利贷，而是先拿到抵押物品以后再以较低的利息把钱借出去。战争爆发后，阿欣不再迷信银行，也没有像农民那样愚蠢地把钱藏在家里。她尽量把钱放出去，从中获利。这些事阿欣都是交给澄子的丈夫浩义去办的。阿欣知道，只要给点儿蝇头小利，人就会心甘情愿地为你跑腿办事。阿欣和女佣两个人生活在一座有四间屋子的房子里，表面上冷冷清清，但是阿欣却一点儿也不寂寞。她不爱出门，也不觉得和女佣两个人的生活缺少什么。阿欣深信，防范小偷、关紧门户比养一条狗更值得信赖。所以，她家的门窗比任何一家都关得紧、关得严。女佣是哑巴，无论什么样的男人来造访，阿欣都不用担心她会到处乱说。尽管如此，阿欣有时会生出一种幻觉，假想自己被人残酷杀害的命运。有时候屏住呼吸，悄无声息的整座房子也让阿欣感到不安。她从不忘记一早就打开收音机，让它开一整天。阿欣那段时间认识了一个在千叶县的松户修花坛的男人。"二战"期间他在河内开了一家贸易公司，战争结束后撤回日本，用他哥哥的资金在松户经营花草种植业。他刚四十出头，但是已经谢顶，显得比实际年龄苍老。这个叫板谷清次的男人开始是因为房子的事来找阿欣的，一来二去，就变成了每周来一次。自从板谷出入阿欣家以后，她家里就开满了鲜花。今天壁龛的花瓶里也插满了名为卡斯塔妮安的黄色蔷薇花。某位诗人的作品里有这样的诗句："银杏叶凋零／怀念往昔情／蔷薇花苑中／霜落沁叶湿"。黄色的蔷薇让人联想到盛年的美。被霜打湿的清晨的蔷薇花香刺激着阿欣的心，勾起她的回忆。今天接到田部的电话后，阿欣明白了一点，与板谷相比，她更被年轻的田部所吸引。虽然在广岛时阿欣承受了肉体上的痛苦，但当时田部是个军人，那种年轻人的粗犷劲头，现在想起来觉得也在所难免。这样一想，那段经历反倒变成了开心的回忆。随着时间的推移，越是激情的回忆越让人怀念。田部姗姗来迟，他到阿欣家的时候早已过了五点。他从带来的大包里拿出威士忌、火腿、奶酪等，然后一屁股坐在长火盆边，从前那种年轻人的气息荡然无存。他穿着灰格子西服、墨绿色长裤，典型的时下"机器制造商"的做派。"你还是那么漂亮。""是吗？谢谢！不过已经不行了。""哪里，比我老婆俏多了。""你夫人不是很年轻吗？""年轻有什么用，还不是个乡巴佬！"阿欣从田部的银烟盒里抽出一支烟，让田部给她点上。女佣端来酒杯和盘子，盘子里盛着刚才田部拿来的火腿和奶酪。田部看着用人，笑着说："这姑娘，挺好看的……""好是好，可惜是个哑巴。"田部面露惊讶，目不转睛地看着女佣。女佣目光温柔，恭恭敬敬地给田部行了一个礼。阿欣突然觉得她从来没有放在眼里的女佣有些碍眼。"你们过得还好吧？"田部"噗"地吐出一口烟，回过神来答道："下个月就要生孩子了。""噢。是吗？"阿欣拿过威士忌酒瓶，给田部的杯子里斟上酒。田部很享受地一口喝干，也给阿欣倒上，说："你过得真不错啊！""啊呀，此话怎讲？""外面的世界狂风暴雨，只有你，到什么时候都是老样子……真是不可思议。以你的作风来看，现在肯定有援助你的可靠人物。唉，还是女人好啊！""你这是在讽刺我？再说，我也没有理由让你说出这种话来。""生气了？别误会，你别误会！我是说你多幸福啊！男人干事业太难了，所以我才说走了嘴。现在这个世道，头脑不灵活点儿就活不下去，不是你死就是我活的。我每天的日子都像在赌博。""怎么会，现在不是很景气吗？""景气什么……就像在走钢丝，说出来你都不相信自己的耳朵，挣钱不容易啊！"阿欣默默地呷了口酒。蛐蛐在墙根叫个不停，那叫声听起来格外压抑。喝完第二杯酒，田部越过火盆，粗暴地抓住阿欣的手。没戴戒指的那只手像丝绸手绢一样软绵绵的。阿欣尽量放松手上的劲，屏住呼吸，她那无力的手格外冰凉，滑腻柔软。过去的种种回忆出现在田部的醉眼里，旋涡般涌上心头。女人坐在自己面前，还像从前一样美丽，让田部觉得不可思议。在不断流失的岁月里，人们的经历一点点积淀下来，其中有飞跃也有坠落。但是，自己曾经拥有的这个女人,她身上没有留下任何岁月的痕迹,安详地端坐在自己面前。田部目不转睛地盯着阿欣的眼睛,发现连她眼睛周围细小的皱纹都和原来一样,面部轮廓依然分明。他想知道这个女人的真实生活是什么样子的。也许,她对社会上的一切事物都没有任何反应。她在家里摆设着橱柜、长火盆,奢华地插上大把丛生的蔷薇花,面带微笑地坐在自己面前。她应该有五十多岁了,但仍散发着诱人的女人魅力。田部不知道阿欣的真实年龄。他的眼前浮现出和他住在公寓里的妻子的身影:她刚二十五岁,却蓬头垢面、疲惫不堪。阿欣拿出细细的银烟嘴,插上抽短的香烟,点着。阿欣注意到田部不停地抖动双腿,她不动声色地观察着田部的表情,猜测他可能在金钱上遇到了麻烦。去广岛看他时的那种专一的情感在阿欣心中已经淡薄并且远去。她和田部之间有很长一段时间的空白,这段空白让真正见到田部的阿欣感到两人之间产生了不协调,这既让她感到烦躁又让她伤感。她再也无法像从前那样在心中燃起一团炙热的烈火,她甚至想,也许因为自己太了解这个男人的肉体,反倒使他的一切在自己眼里失去了魅力。阿欣感到焦躁,因为气氛固然有了,但最关键的心却没有燃烧起来。"你能不能帮个忙,找个能借给我四十万的人?""什么?你说钱?四十万可是一笔不小的数目啊!""我知道。我现在很需要这笔钱,你有没有办法?""没有啊!首先,你跟我这样一个没有收入的人商量这件事,本来就没有找对人嘛!""真的?嗯,我付利息,怎么样?""不行!你跟我说这些事没有用!"阿欣感到一阵寒意袭来,开始留恋和板谷之间的那种悠闲的关系。她提起扑扑冒着热气、已经烧开水的铁壶,沏上茶。"二十万也不行?我会感谢你的……""你这人可真有意思。你跟我说借钱的事,你明明知道我没有钱……我还想要呢!你今天不是想见我才来的,是为了钱来的?""怎么会!当然是因为想见你才来的哟!是为了想见你,不过,也觉得什么事都可以和你商量。""你应该和你哥哥商量。""这笔钱是不能让我哥哥知道的。"阿欣没有搭话,却突然想到自己的容貌也只能再保持一两年。事到如今,回过头来看,她发现从前两人之间炙热的恋情没有对彼此产生任何影响。也许那并不是恋情,而只是一种互相强烈吸引的雌雄关系。男人和女人之间的纽带就像风中凋零的落叶一样脆弱。正因为如此,在阿欣的心目中,坐在这里的田部和自己已经成了极普通的"熟人",仅此而已。一股冷风吹过阿欣的心头。田部像刚想起来似的,坏笑着小声问正在喝茶的阿欣:"今晚我住这儿行吗?"阿欣露出吃惊的眼神,故意在眼角挤出皱纹笑着说:"不行啊!你可别拿我这个老太婆打趣。"阿欣一口漂亮的假牙闪着洁白的光。"你可真够冷酷无情的。我不提钱的事了,刚才是把你当成过去的阿欣,有点儿任性了。不过,你这里可真是世外桃源啊!你是个逆境也能翻盘的人,遇到什么事都不会趴下,了不起!现在的年轻女人,悲惨啊!噢,对了,你跳不跳舞?"阿欣冷笑一声,心想"年轻女人又怎么样……跟我没关系"。"跳舞什么的,我可不会。你跳吗?""会一点儿。""是吗?那肯定有个好舞伴,所以你才需要钱,对不对?""傻话!我还没阔到那个份上,拿钱去养女人。""哎呀,看看你这身打扮,多有绅士派头啊!不是干大事业的,哪有这个本事?""这是装门面的,其实钱包里空空的。俗话说沉浮无定,这段时间更是……"阿欣含笑不语,欣赏着田部浓密的黑发。他的头发还很多,垂在额头上。虽然那头发已经失去了戴学生帽时的光泽,双颊染上了可恶的中年气息，表情也算不上优雅，但是他身上却透着一股强悍。阿欣就像观察远处正在寻觅猎物的猛兽一样，给田部斟上茶，半开玩笑地说："哎，听说钱快要贬值了，是真的？""你有那么多钱，需要担心啊！""看你，动不动就说这种话！你真是变了。我只不过听人们这样说嘛！""谁知道呢！现在的日本怕是没有能力让货币贬值吧。再说，没钱的人也用不着担心这种事。""还真是……"阿欣殷勤地给田部倒上威士忌。"唉，真想去箱根或者什么安静的地方待两天，好好睡一觉。""你很累？""嗯，因为钱的事。""为钱操心，这倒很像你，总比担心女人的事强……"田部恨阿欣这副装腔作势的样子，也觉得自己像是在看一件上好的旧货，挺可笑。田部盯着阿欣的下巴心想："我要跟她过一夜，就是对她的施舍。"阿欣的下巴线条分明，透着倔强。刚才见过的那个哑女佣水灵灵的身姿奇妙地与阿欣重叠在一起，出现在田部眼中。哑女佣并不漂亮，但她的年轻对见识过很多女人的田部来说是鲜活的。田部心想，这种相逢倒不如是第一次见面，那样恐怕就不会有现在这种烦躁了。阿欣比刚才显得疲倦一些，田部从她脸上看到了衰老的痕迹。阿欣好像觉察到了什么，她迅速站起身来，走进隔壁屋里。她来到镜台前，取出一支荷尔蒙针，"扑哧"一声注射进胳膊里。她一边用脱脂棉使劲擦着胳膊，一边照了照镜子，用粉扑在鼻子上拍了两下。两个春心不动的男女进行着这样一场无聊的相会，阿欣觉得有些惋惜，突如其来的泪水像肆意横行街头的罪犯充满了她的眼帘。如果是板谷，阿欣可以趴在他的腿上痛哭一番，也可以在他面前撒娇。她一点儿也不知道自己是喜欢还是讨厌坐在长火盆边的田部。她想让他离开，同时又有一种想在对方心中留下一些痕迹的焦躁。和自己分手后，田部一定经历过很多女人。阿欣上了厕所，回客厅的途中朝女佣的房间望了一眼，见阿娟正用报纸做衣服的纸样，她正在努力学习缝纫技术。她浑圆的屁股紧贴着榻榻米，向前弓着身体，用剪子剪纸样。她的头发紧紧盘起，衣领处露出一段光滑白润的脖子，丰满得让人禁不住看得入迷。阿欣回到长火盆边，田部已经躺倒了。她打开茶柜上的收音机，室内骤然响起大音量的《第九交响曲》。田部满脸不悦地坐起来，又把酒杯送到嘴边。"你记不记得我们一起去过柴又的川甚。那次遇上了大雨，吃的是没有米饭的鳗鱼饭。""是啊，是去过。那时候正好是粮食困难时期，你还没有当兵。我们房间的壁龛上插着红色的百合花，我俩还把人家的花瓶都打翻了。""嗯，有这事……"阿欣的脸庞突然间丰满起来，表情也变得年轻活泼。"什么时候我们再去一次吧！""噢，是啊！不过，我可没那个精气神了……那个地方现在也该不缺粮食了吧？"为了不让刚才流下眼泪的伤感消失，阿欣暗中努力搜寻着记忆。可是，她的脑海里却浮现出另一个男人。阿欣记得和田部去过柴又以后，在战争刚结束的时候，她还和一个叫山崎的男人去过那里。山崎前几天死在了胃部手术的手术台上。阿欣眼前浮现出晚夏闷热的江户川河边川甚那灰暗的房间。屋外自动抽水机发出"咕咚咕咚"的声音，窗外高高的河堤上，去采买东西的自行车车轮争先恐后地闪着银光飞驰而过。那次是阿欣和山崎的第二次幽会。山崎对女人没有多少经验，他的年轻让阿欣倍感神圣。那时候食品也丰富了，战争结束后一下子松弛下来的社会风气反倒让人觉得像在真空里一样平静。阿欣记得，他们是晚上坐公共汽车回到新小岩的。她还记得那辆公共汽车行驶在宽阔的军用公路上。"从那以后，你就没遇到什么有意思的人？""我？""嗯……""有意思的人？除了你以外，我什么都没有。""胡说！""哎呀，怎么是胡说呢？这不是明摆着的嘛，谁愿意理我这样的女人？""我不信！""你不信……我打算以后好好快活快活，也算活得有价值。""嗯。你可是能长寿的。""对啊！活个大岁数，活到老得不能再老……""还要红杏出墙？""哎呀！你这个人，以前的纯真都哪儿去了？怎么变成这样了呢？说这种讨厌话！过去你可是个单纯的人啊！"田部拿起阿欣的银烟嘴，吸了一口，顿时满嘴苦涩的烟油味。他急忙掏出手绢，呸呸地往外吐。阿欣笑着说："我没有清扫里面，堵住了。"她拿过烟嘴，在一张纸上啪啪地使劲磕了几下。田部对阿欣的生活充满疑惑，因为世道的惨烈在这里没有任何痕迹，看样子她是能拿出二三十万的。田部一点儿都不留恋阿欣的肉体，却想利用她隐藏在这种生活背后的富有。从战场上回到日本后，田部单凭一时意气做起了生意，但是不到半年他就把他哥哥借给他的资金折腾光了。他有老婆，在外面又搞了女人，那个女人眼看着也要生孩子了。于是，他想起了以前交往过的阿欣，怀着一种侥幸心理来找她。没想到阿欣不再像以前那样用情专一，变得如此世故。她对久别重逢的田部没有热情似火，却举止端庄，表情凛然，让田部难以亲近。田部再一次抓紧阿欣的手。阿欣由他握着，身体却没有动，用另一只手继续清理着烟嘴。

  岁月的侵蚀让两人彼此将复杂的感情埋藏在了心里，他们在年龄的起跑线上平行前进，以至无法找回从前值得怀念的一切。他们陷进了美好幻灭后的怪圈里。他们重逢的方式是复杂的、令人感到疲惫的。小说中描写的偶然在现实生活中找不到半点儿影子，小说的世界要甜美得多。他们两人一定是为了在这里互相拒绝才重逢的，这才是微妙的人生真相。田部甚至想杀了阿欣。可是一想到即使是这样一个女人，杀了她仍要获罪，心里又有一种莫名其妙的感觉。他觉得杀掉一两个毫不引人注目的女人没什么了不起，可是一想到因此获罪的后果，就觉得很不值。他以为阿欣只不过是个形同蝼蚁的老女人，但她不为一切所动，鲜活地生活在这里。那两个衣橱里一定装满了五十年积攒下来的和服。以前他见过那个手镯，就是叫米歇尔的法国人送给她的那个。她一定还有别的珠宝。这所房子肯定也是她的。田部充分发挥着想象力，想象着杀掉一个家里只有哑巴女佣的女人算不了什么大事。但是，自己曾经迷恋过这个女人，不断和她幽会过。处于战争时期的学生时代的那些回忆历历在目，让田部喘不过气来。不知道是不是喝醉的缘故，田部觉得眼前阿欣的容貌奇妙地渗透进自己的肌肤里。虽然现在他连碰都不想碰她，但是和阿欣的那段过去沉甸甸地在他心中投下了影子。

阿欣站起来从壁橱里拿出一张田部学生时代的照片。"噢？你还真保留着一些有意思的东西啊！""是啊！这张照片是我从澄子那儿拿来的。这是你和我认识以前的照片，那时候你多像个贵公子。这藏青底的衣服多帅气。你拿去吧！给你夫人看看，多帅呀，一点儿都不像一个说讨厌话的人。""我也有过这样的时代啊？""是啊！如果你那时候一条道走下去，现在一定是个了不起的人物。""噢？你是说我走歪了？""对，是的。""那也是因为你，还有常年的战争。""哎呀！你这是强词夺理。因为我？这可不是原因。你这个人变得真俗气……""呃……俗气？这才叫人呢！""可是，这么长时间我都把它带在身边，这份纯情不好吗？""多少也算是个回忆嘛！你可是没有给过我。""我的照片？""嗯。""我害怕照相。我不是给你往战地寄过一张以前当艺伎时候的照片吗？""不知道给弄哪儿去了……""你看，还是我比你要纯情得多。"

长火盆的堡垒还没有崩溃的迹象，田部已经酩酊大醉。而田部给阿欣倒的第一杯酒还剩下一半多。田部咕嘟咕嘟地喝了杯冷茶，对自己的照片毫无兴趣，随手丢在横板上。"电车还能赶上吗？""今天回不去了。怎么？你要把喝醉酒的人赶出家门啊？""对！是啊！我要把你扔出去。我这可是单身女人的家，邻居们要说闲话的。""邻居？你可不像在乎邻居怎么看你的人。""我在乎！""你老公要来啊？""哎呀，你这个讨厌的田部，我都怕你了！说这种话的你，我不喜欢。""没关系。弄不到钱，两三天之内我是回不去的。我看还是让我住在你这儿吧……"阿欣双手撑着下巴，瞪大眼睛，看着田部发白的嘴唇。即使沉迷于百年之恋中，此刻也会清醒万分。阿欣默默地玩味着眼前这个男人，从前那种心灵上的跳动在二人心中已经消失殆尽。在他身上，青年时期所拥有的男人的羞耻心荡然无存。阿欣真想用几个钱把他打发走。但是，她宁可把钱送给一个未经世事的男人，也不愿给这个无赖醉汉一分钱。没有自尊心的男人是最令人厌恶的。阿欣经历过好几个对自己迷恋到神魂颠倒的男人，她为那种男人的天真动心，也觉得它很高尚。除了为自己选择理想的对象以外，阿欣对其他事情不感兴趣。她觉得田部在她心目中已经降低成了一个毫无趣味的男人。他能活着从战场上回来，说明他运气好，让阿欣感到命运的存在。但是单凭追到广岛去见他时经历的痛苦，她早就应该跟他结束关系了。"你老盯着人看什么？""哎？你不也从刚才就一直盯着我嘛。想什么好事呢？""我那是看呆了，在想阿欣什么时候都那么漂亮……""是啊！我也是啊！我在想田部先生变得仪表堂堂……""反话！"本来"我想杀人！"这句话已经到了田部嘴边，但被他吞了回去，用一句"反话"掩饰了过去。"你现在正值当年，将来是有指望的。""你不是也还不老吗？""我？我是不行了，只有越来越枯朽了。再过两三年，我就到乡下去过。""你不是说要活到老得不能再老，还要红杏出墙吗？那都是假的？""哎呀，我可不会说那种话。我是个生活在回忆里的女人，没有其他可想的。我们做个好朋友吧！""你在转移话题。别说这种女学生气的话了！听着，回忆这种东西，无所谓！""是吗……？我们一起去柴又时候的事，是你刚才说起的呀！"田部又开始焦躁地抖起腿来。他要钱，钱！他要想尽一切办法从阿欣这里弄到钱，哪怕五万也好。"你真的不能替我想想办法？我拿公司做抵押也不行？""怎么，又是钱的事？你跟我说这事没用。我没有一分钱，也不认识什么有钱人。钱这东西，看似有，其实无。我还想跟你借呢……""要是今后顺利，我会给你拿钱来的。你是我难以忘怀的人嘛……""这种好听的话，我听够了……我们不是说好不谈钱的事吗？"田部觉得"呼"的一声，四周卷起一阵秋天潮湿的夜风。他一把抓住长火盆的火筷，眉宇间瞬间流露出令人恐怖的愤怒。他朝着谜一般诱惑他的影子，攥紧了手中的火筷。电闪雷鸣般的冲动使他的心脏剧烈跳动，刺激着他。阿欣不由得用不安的眼神紧盯着田部的手，她觉得以前在自己周围似曾有过同样的情景。"你喝醉了，今晚就住这儿吧！"听阿欣说让他住下，田部一下子松开了握着火筷的手。他一副酩酊大醉的样子，晃晃悠悠地站起来，朝厕所走去。阿欣看着田部的背影有某种预感，在心里冷笑一声，表示对他的轻蔑。

这场战争让所有人的心境都发生了翻天覆地的变化。阿欣从茶柜里取出一粒甲基苯丙胺[1]丢进嘴里，迅速喝下去。瓶里的威士忌还剩下三分之一，把这些都给田部灌进去，让他烂醉如泥，昏睡一夜，明天把他赶出去。不过，自己是不能睡的。阿欣把田部年轻时的照片扔到烧得正旺的火盆里，蓝色的火苗随即冒出一股黑烟，散发出焦糊味。女佣阿娟悄悄地从打开的隔扇门朝这边张望，阿欣笑着用手势告诉她，去把客房的被褥准备一下。为了不让田部闻到烧焦纸的糊味，阿欣又夹起一块切得很薄的奶酪扔进火盆里。"哎呀，你在烧什么？"从厕所出来的田部把手搭在女佣丰满的肩上，从隔扇门里往这边张望。"我想尝尝奶酪烤过以后是什么味道，用火筷夹了一块，结果掉进火里了。"白色烟雾里一股黑烟升腾而起，电灯罩一下子变成了云中的月亮。屋里充斥着油脂烧焦后的刺鼻气味，阿欣被烟呛得直咳嗽，她起身用力打开所有的隔扇和拉窗。

---

[1] 甲基苯丙胺为冰毒的有效成分，"二战"时曾被日军用来在作战时保持清醒，战后流失到市面上。

作家手记

昭和二十一年（1946）五月十七日，我随手翻开某家报纸，看到一张照片。照片上五位女议员身穿绣金绘银的华丽和服，走在议会大厅的楼道里。我看着照片，眼前浮现出了昨天在品川车站看到的四名复员军人的身影，他们个个衣衫褴褛。是的，我们的国家战败了。所有的城市都毫无秩序，人们凭着本能，为填饱肚子，从北到南、从西到东四处漂泊。

这场战争持续了十年。

我无法忘记这场战争。不仅是我，任何人都不应该忘记这场战争。在这个社会，大多数妇女从来没有穿过如此华丽的和服，议员们这种脱离时代的表现将在战败国的妇女心里投下怎样的阴影？穿什么衣服不重要，令人感到吃惊的是这些女议员们麻痹的神经。

我们不能忘记这场战争悲剧。这场战争花费了多少岁月？对日本来说，这场战争是最大的悲剧。我要用自己的笔为那些与我有同样感受的妇女们，记录这场战争酿就的、扼杀了种种人性的黑暗时代。没有自由、没有希望的灰色战争！只要想到这场悲剧，我们就应该永远拒绝战争。我们不能因为一切都结束了，就马上忘记这场战争，这场摈弃了希望和憧憬的长期的战争。契诃夫曾这样叹息道："悲哀，真正的悲哀。上帝创造了地球、森林、天空、鸟兽，让它们各司其职，给它们注入灵魂。它们都终将毁灭。但是，其中最不幸的是我们人类。"他的话值得我们深思。一八八〇年沙皇亚历山大二世被杀后，俄国民粹党运动最终以失败告终，无数颓废主义者和破产的小资产阶级在路旁徘徊，空想着未来，虚度光阴。作家契诃夫静静凝视着当时那个时代，为人类的不幸鸣咽叹息。他在作品中暗示，不幸的人们要想站起来，人类必须首先摆脱虚伪。

我这样认为：

无论如何我们都应该把这个悲剧像烙印一样打在每一个人心上，以谦恭的姿态跪拜天地。否则，我们将会被再次卷入虚伪的旋涡，重新回到被恐怖奴役的水深火热的年代。

民众中的每一个人都应该坚强起来，学会如何关爱友邻。否则，我们这个战败国就难以重建。

请大家想象一下这样没有一丝污染的景色：美丽晴朗的早晨，一群群小鸟在原野上、在树林里飞舞。它们沐浴着欢愉的大自然所赐的幸福，将生的快乐寄托在响亮的鸣叫中。

在温暖的阳光微微照射的树林里，小鸟们偶尔心血来潮，它们离开鸟群，去俯瞰原野四周的景色。突然，无数的子弹从暗处射来，心血来潮的小鸟的身体顷刻间变得僵硬冰凉，像落叶一样掉在地面上，活泼的小眼睛上蒙上了一层白膜。现实就像利箭，给平静的原野、树林也带来了小小的悲剧。如果人类生活中没有战争，这些小鸟也不会失去生命，它们仍会在高高的树梢上唱着动听的歌曲。小鸟不会用人类的语言倾诉，但是，它们的家族一定为失去同类而感到悲伤。也许，它们从树林里凝视着同伴的不幸，收敛了叫声。

树林中，微风依旧，在忽晴忽阴的太阳下，树梢像一张张开的大网。林间这和谐的景象一定在抚慰着小鸟们更加鲜活的灵魂，因为这是幸福无比的大自然的景色。

无际的光线在变得冰凉的小鸟身上投下斑斓的爱抚之光。凝视着它，不知何时，它在我的想象里变成了稚气未脱的士兵倒下的身影。

它像静静入睡一样死去。越过稀疏明亮的米槠林，远处似乎有炮声轰鸣。

再过五十年，当现在活着的我们步入黄泉的时候，未来的孩子们一定会对我们没有军队的国家感到不可思议。那时，正是长者向孩子们讲述这场漫长战争的悲剧和苦难的时候。

天空飘浮着连翘色云彩，在这片天空下，和平的村落、城市，有如庙会般热闹的集市，有孩子们天真烂漫的嬉笑。我们必须让这样的现实在我们国家实现。

十四五年后，在战争中失去父母的孩子们将各自寻觅到自己的伴侣，组成家庭。那些母亲年纪轻轻就成为寡妇的孩子们，长大成人后，绝不会忘记自己的母亲经历过的那充满苦难的漫长岁月，就和我们忘不了这场战争一样……

重吉的父亲是个花匠。五年前，正好在重吉上国民学校的那年，他父亲被编入部队。重吉已经很长时间没有见到父亲了。他有一个妹妹，两个弟弟。妹妹叫咲子，今年九岁。两个弟弟一个叫茂吉，一个叫作吉。茂吉七岁，作吉六岁。

由于战争形势越来越严峻，重吉随学校疏散到信州的山区。孩子们的家长像放小马驹一样，到上野车站送孩子出发。要和母亲还有弟弟妹妹分手，重吉感到很难过。但是一想到自己就要坐上火车，到见都没见过的大山里去，又让他感到几分快乐。

重吉的班主任老师叫山根三太郎，他曾在神户念书，也上过东京的青山学院。他喜欢音乐，当教师以前还就读于音乐学校，人生经历与众不同。山根很喜欢孩子，特别是到葛饰国民学校任教以后，他很喜爱这些来自朴实家庭的天真烂漫的孩子们。山根是五年级的班主任，重吉也是他班里的一名学生。

日华事变后，山根被编入部队，在满洲的牡丹江驻扎了三年后复员回国。

孩子们上了火车。在火车开到赤羽之前，他们还都很遵守纪律。但是，到熊谷一带时，孩子们失去了耐心。第一次旅行的新鲜感使他们情绪激动，他们渐渐开始吵闹起来。和山根并肩坐在一起的重吉首先说：

"老师，我饿了！"

"时间还早，再等等。"

重吉这么一说，周围一下子冒出来很多肚子饿的学生。有二年级的学生已经擅自打开便当，吃了起来。

"山根老师，大家都想现在就吃便当，怎么办？"

寮母[1]宇都木良子来找山根商量。孩子们只带了两餐的便当，但是由于经常遇上空袭警报，火车常常晚点，所以必须做好深夜

---

1 负责管理宿舍的妇女。

才能到达目的地的思想准备,现在就吃便当显然有些早。可是,因为早晨起得早,山根自己也觉得饿了。

"这些孩子,真拿他们没办法,现在才九点。那这样吧,肚子饿了的先吃一点儿。我们还要坐一整天火车,早早把便当吃完,到时候就要挨饿了。"

得到可以吃便当的许可,孩子们都拍手喝彩,他们吵吵嚷嚷地动手解背包。重吉也急急忙忙从背包里拿出便当,开始吃饭团。

孩子们总是精力充沛的。

果不出所料,火车晚点了。重吉他们在长野换乘电车,坐了一个多小时,然后又在漆黑的山路上步行了四公里左右才到达目的地。当他们冒着小雨终于到达坐落在大山里的K村时,已近夜里十二点。那么精力充沛的孩子们此时也早已疲惫不堪。这是一片陌生的土地,而且没有父母在身边,孩子们隐隐对今后的生活感到不安。站在分配给他们当宿舍的温泉旅社前,他们开始交头接耳。

"这地方肯定会跑出貉子来的。"

"我想回东京。"

"我不怕空袭,我想和我妈在一起……"

"我憋屎都憋了一路了,哎呀,好难受啊!"

K村是个只有六十户人家的小村落。村子里有温泉,但很少有外地人问津。来泡温泉的都是邻村的农户或皮肤病患者。村里的五家温泉旅社也都是半商半农,村民大多是樵夫或以烧木炭为生。

温泉旅社里并没有自己的温泉池,人们都得到位于村子中央的公共温泉室,混杂在一起泡温泉。腐朽的柱子支撑着几十年前建造的、从未修缮过的温泉室,刻着往年流行花纹的瓷砖大半已经破损。仅有一点六平方米的更衣室,地板总是湿乎乎的,上面掉着膏药,成了虱子、跳蚤绝佳的栖身之处。稍微弄出点儿动静来,一窝一窝的白虱子就会从木板缝的灰尘里钻出来。尽管是如此破旧的一个温泉浴池,顶棚中间吊着的一个小电灯泡在水蒸气中像云中的月亮,山间五月凉飕飕的空气透过破旧的窗户吹进来,给人一种远离尘世的宁静。东京那令人焦头烂额的空袭威胁消失在天空的彼岸。

山根和教务主任名越一起泡在温泉里,感慨万千,他叹息道:"这地方可真够老派的啊。"水有点儿烫,静静地把全身泡在里面很舒服。

"老师,这水是鬼怪们在地狱里烧的,对吧!"

大概是自己的言论受到了同学的奚落,重吉大声向山根求证。

"是从地下自己冒出来的。"

"什么?是自己冒出来的?真没意思……"

秃顶的名越把毛巾叠起来,顶在头上。山根闭上眼睛,心中颇感凄凉。暂时是回不了东京了,也许一年,也许两年。山根对东京这座大城市充满留恋。

第二天,孩子们开始了从未想象过的全新的山中生活。

信州据说是粮食供应比较有保障的地方。但是由于穷追不休的空袭越来越激烈,陆军把这里当作最后的阵地,不断地往这里派遣士兵,致使这样的深山中也飘荡着一股紧张空气。粮食就像突然干枯的水,迅速变得供应不足。

两百多名孩子首先面对的是粮食供应不足的挑战。没有副食品,也没有大酱和酱油。孩子们被派到山上挖野菜。蕨菜、紫萁、楼梯草、草苏铁、蒲公英、水芹，只要是能吃的野菜他们都会挖回来。不知道为什么，村小学不借给他们教室，上课时孩子们只能席地而坐。老师想让孩子们唱唱歌，去借礼堂、借钢琴，村里人也不给好脸色看。所以孩子们只好去山上挖野菜。挖回的野菜被做成菜汤，野菜像茶叶一样沉在两百个孩子的碗底。早饭和午饭都是稀粥，晚饭也只有不到一小碗的糙麦饭。孩子们眼看着消瘦下来，他们的心比在东京时更加脆弱，渐渐失去了活力。

山根养成了晚上独自在黑暗的山路上散步的习惯，他一边散步一边思考，难道这个世界可以继续这样下去吗？他找不到答案。如果这样下去，人们会毫无意义地想到结束自己的生命，整个国家会患上神经衰弱，或者变成一个精神上的无赖。他感到一切都预示着这个国家正在走向灭亡。发自内心的欢愉从许多人心中消失了。自己每天都在教孩子们谎言就是一个很好的例证。看到美国飞机，孩子们对它们的壮观、对它们不畏路途遥远飞到日本来的冒险精神从心底发出崇敬之情。但是，报纸上却斥之为"丑翼"，自己也这样教孩子们，而完全无视事实。山根一个人走在山路上，沉浸在思索中。

两百名孩子分散住在村里的五个旅社。三四十个孩子挤在一个旅社里，旅社的榻榻米被弄破，墙皮剥落，拉窗纸破裂，班主任每天都要听旅社老板诉苦。孩子们在一个灶上用餐，由四名村里的妇女负责做饭。她们都有家室，每天都从食堂不多的米麦中偷一捧回去。是谁，又为什么要把如此的残酷无情强加给人们？学校的三个寮母、两个女教师从早到晚忙于消灭孩子们衣服上的虱子和外出采购食粮。山根等三个男教师则与农会交涉，与县督学交涉，商量对策筹集两百个人的口粮。他们为此整日忙碌不堪。

当时，我在这个K村边上租了一家农户二楼的储藏室。二楼外面的景致很好，但是里面的墙是泥墙，地上没有榻榻米，很不舒服。第一年冬天，我费了很多周折从邻近的镇子上买来旧榻榻米，又做了一个被炉御寒。但是，这里雪大，被炉微弱的温热根本无法抵挡严寒。我就这样带着自己爱读的书籍、最基本的炊具和八十岁的老母还有一个幼儿、一个女佣幽居在山中，已经两年了。两年来，我一次也没有踏上东京的土地。生活宛如一只漂泊的小舟，随波逐流。楼下一家是贫苦农民，父亲和儿子是樵夫，妻子和女儿种一点儿薄田，辛劳度日。夏天，家里整天没人，到了漫长的冬天他们又无事可做，整日整日地坐在炉边，和村里的人们喝茶、聊天。令人不可思议的是，这些人对东京遭遇空袭、粮食匮乏竟然有些幸灾乐祸。他们嘴上说"真可怕啊！像我们这样的人怎么敢住在东京那种地方"，脸上的表情却告诉我，他们住在乡下有多么幸福。

两年来我没有工作，无所事事。这样的生活必然导致坐吃山空，连未发给女佣的工资也从两个月拖到三个月，越攒越多。乡下的物价也很贵，战争结束遥遥无期，今后怎么办？这两间连榻榻米都没有的房子，租金就要两百圆，这首先就会把我拖垮。我找门路卖了照相机，卖了手表，最后甚至想卖掉东京的房子，托熟人打听买主。但是，眼下这种局势，没有人肯出现金买一所眼看就会变为灰烬的房子。

第二年冬天遇到了前所未有的严寒，我苦于无钱买炭，就让留在东京的丈夫用便宜的价钱买了一些衣物。没想到，那些衣物里居然还有我很喜欢的巴黎制造的套装。但当我看到那身套装时却想，身处山中，又值战争年代，要这套装有何用？有两条劳动妇女穿的长裤就足够了。我想过，如果战争长期持续下去，到了山穷水尽的地步，我可以先上山享受享受滑雪，然后自杀。我甚至反复认真思考过自杀的方法。让我于心不忍、伤心不止的是，如果我自杀，必须带着母亲和孩子一起死。留下八十岁的老母和幼小的孩子，我一个人自杀又有什么意义？

虽然报纸从来没有报道过，但是我相信，有很多人抱着与我同样的想法，他们同样想选择自杀这条路。我记得乡下的报纸上有这样一条新闻，一个刚满二十一岁的女孩子，因为害怕被招走，划船到Y县一个湖泊的中心，结束了自己的生命。那条新闻的标题——《逃避义务的不道德女青年自杀》——令我终生难忘。我暗自同情这个女孩子，甚至有些羡慕她。

我的心中终日空空荡荡，连想说点儿讽刺话的心思也没有了。日子一天一天在毫无意义中度过，有时候甚至对自己感到可怕和厌恶，因为是我将自己置于这种虚无的境地的。

在这种情况下，当看到两百个来自东京的孩子时，我的心突然重新燃烧起来。我好像看清了战争中的某种生活状态，我开始把自己的关爱注入到这些裹着东京的空气、千里迢迢疏散到这里来的孩子们身上。孩子们的心比大人更笃实，他们朝夕都在认真关注这场战争。

一天我正在水池边洗衣服，一个消瘦的孩子来到我身边。

"阿姨，你是从东京来的？"

"是啊。"

"阿姨什么时候回东京？"

"现在还回不去,战争还没有结束……"

"要是战争一直打下去,你也不回吗?"

"是啊,暂时不回。你们不也一样吗?"

"我们做不到。"

"哎,为什么?你想回东京?"

"当然想回啦!"

"是不是想爸爸妈妈了?"

"我爸爸当兵了,我妈妈在制棉厂做工。我想明天就回东京去,阿姨能不能帮我买张车票,我有十圆钱。"

"那可不行,你们刚来。你要挨训的。"

"老师不会训我的。我们组的吉田和阿仲已经偷偷跑了。大家都想回东京,都说不喜欢这里,没东西吃嘛。一点儿意思都没有。"

"现在就是回东京去,也还有空袭,很危险的。阿姨已经在这儿忍耐两年了,你也要忍耐。到了冬天,这里可以滑雪的!"

"要在这儿待到冬天,我还不得死了?连我们老师都说想回去。老师们每天拉车,太可怜了。到供应站有六公里的路呢……"

"你们的粮食都是每天去拉回来的吗?"

"对。老师们轮班去拉,我们也帮着推车。分配大米的时候我们都很高兴,可是他们从来没有给我们分配过大米,老是给我们番薯、小麦,还有黑乎乎的面粉什么的。"

"老师也跟你们吃一样的东西?"

"嗯。我们老师吃饭的时候老说不好吃,所以,我们也都说不好吃。我们老师有个外号,叫'营养不良'。"

我的鼻子发酸,心想他们老师一定是个善良正直的老师。

"阿姨，你能不能给我买点儿黄瓜？"

孩子从口袋里掏出钱说。激愤涌上我的心头，难道这场战争非要把我们逼到如此悲哀的境地吗？我站起身来，看着这个消瘦的孩子。

"我是被妈妈骗到这儿来的。妈妈说，到了乡下能吃上糯米小豆饭，能吃上好东西。可是，我们每天尽吃'鸟不理'，我不愿意……"

"什么是'鸟不理'？"

"人家说野菜什么的连鸟都不吃，所以我们就叫山里的野菜'鸟不理'。"

"是这样……"

我上二楼捏了饭团下来递给孩子，孩子突然红了脸，一声不吭。

"吃吧。"

"嗯。"

"你叫什么名字？你胸前写着尾崎重吉……"

"那是我的名字呀。"

孩子香甜地吃着饭团，不知什么时候蹲在了地上。水池边上的胡颓子结出了青涩的果实，阳光透过稀疏的嫩绿色枝叶，像跳动的球体一样照在孩子头上。

"阿姨，还是东京好啊。我老做梦，梦见回东京。空袭有什么呀？人家说东京离这儿有二百八十公里呢……"

"是吗？东京有那么远吗？你想妈妈了吧？"

"当然想啦。我妈妈身体不好，很可怜。制棉厂的空气不好，她成天咳嗽。"

"你们晚上都睡得很早吧?"

"嗯,也不早。晚上我们赌博呢!"

"什么?"

我瞠目结舌。赌博?孩子们这种颓废的心态让我感到非常悲哀。我目不转睛地看着眼前这个孩子,他失去孩子气的脸上已经有了几分无赖相,一双凹下去的小眼睛眼神分外锐利。

"你们赌钱吗?"

"嗯,赌钱啊。昨晚我还赢了五十钱呢!"

"哎呀,你们这些坏孩子!你们赌博,老师就不批评你们?"

"批评呀!不过,'营养不良'不知道这件事。"

"你们对得起老师吗?干这种事情……"

"对不起大家也都在干,我们用陀螺赌。"

重吉天真地笑了,露出了洁白的牙齿。重吉就这样以他的天真烂漫看着我,突然温和地笑了,好像觉得我这个大人把赌博看成是件坏事的想法是错误的。

师齿迫山[1]里 荒熊住此中 无论谁人问 你只在我心
花开团似锦 我心充满情 花开有落时 我心无止尽[2]

我不知道在《万叶集》时代有没有当今社会上存在的这样或那样的问题,但是,这些恋爱诗歌展示了人们在解决温饱后的豁达的感情生活。因为蛰居山中,无事可做,为了消遣时间,我

---

1 日本古代山名,当地也称"芝山"。
2 两首均为日本最早的和歌集《万叶集》里的和歌。

就读《万叶集》。我很羡慕太古时期人们平和的精神世界，思考那些《万叶集》中的人物是否感受到了当时社会中的不平等。《万叶集》时代的诗人们讴歌人类原始自然的情感，他们创造了一片属于自己的天地，并在这片天地里自由讴歌。我发自内心地羡慕他们。在他们心中，心灵活动是主要的，也许万叶民族的美好情感是随着这些心灵活动微微飘荡的。这种流露着真情的诗歌能代代相传到今天，真令人感到不可思议。

如今，从未为我们国家着想的人们把持着政治，控制着军队，他们全然不顾百姓的疾苦，以自己的意志进行着长期的战争，试图用自己的力量随意改变世界版图。日本这个小国的政治家们，不懂什么是真正的文明，凭着一把交椅，以狂妄骄横的话语方式使我们的百姓倍感恐慌。那些疏散到山里来的学童们，随着日月的流逝，一天天变得无精打采，看了让人心酸。最近他们就像跟谁赌气似的，成群结队地站在路边，无所事事。

一天，我听村里的人说，又有三个孩子跑了，其中两个是六年级的女孩子，还有一个是五年级的尾崎重吉。两个女孩子平安回到了东京，尾崎重吉在车站被人发现，寮母宇都木良子将他领了回来。

"老师，我特别想回东京，你就让我回去吧。我不想在山里……"

"重吉，你不能这么任性。现在是战争时期，什么都得忍耐。老师也想自己的母亲，可是，我也一直忍着。大家都想回东京，都在控制着自己。"

"我控制不了自己。那，我要说想撒尿，老师也让我忍着吗？你让我忍，我也憋不住呀……"

"哎呀，重吉，你说话还挺幽默。撒尿和回东京能一样吗？"

"有什么不一样的？一样！"

重吉气鼓鼓地走着。

"人家说想回去，你就让人家回去，不就行了吗？阿仲、吉田他们不都平安回去了，再也没有来吗？我也要回！"

"阿重要是回去了，山根老师该伤心了。"

"山根老师是个窝囊废。老说过两三天就回去，可是都不挪窝，太没劲了。"

"山根老师肯定会带你们回去的。"

"山根老师是大人，想得太多，根本不会带我们回去的。"

两人慢慢爬上日头毒辣的山间小道。重吉热烈地向宇都木良子诉说着想回东京的心情，但是宇都木良子擦着头上的汗，想的却是自己的心事。重吉走到一条清流边蹲下，捧起河水咕嘟咕嘟喝起来。山边郁郁葱葱的杉树林里传来山鸠的叫声。

"哎呀，重吉，山根老师来接你了！你看，在地藏菩萨那儿，他跟你招手呢。"

重吉满脸是水，一下子站起来。山根三太郎高高地举起手挥动着，高声喊道："哎！"

"山根老师，阿重回来了……"

宇都木大声说，山根好像听到了她的话，大声回答道："噢！"

"太好了！你跑了，让我吓了一跳。你这个傻孩子，干吗不吭一声就跑到车站去了？"

"我想回东京嘛，不跑有什么办法？"

"唉，你别那么生气嘛。"

"我不想待在这山里，没劲。我想我妈……"

"行啊!我一定带你们回去。再忍耐一段时间……"

重吉不说话了。

没过多久,有个旅社传出了闹鬼的消息。没人知道鬼是从哪里来的,但它总是出没于厨房,不是偷吃碗橱里的饭,就是把剩汤喝个精光。反正只要是吃的东西一律不放过。于是旅社就派人通宵值班。有人值班的时候,就没有鬼。

十几天来,村里人一提到晚上,议论的都是这些奇怪的事。一天晚上,这个鬼终于被旅社的老板娘抓住,显出了原形。原来是一个叫织田奈美子的六年级女生。她用一条白床单把自己从头到脚裹起来,正用手从碗柜里抓饭吃的时候,被老板娘逮了个正着。

织田奈美子的父亲是个园艺师,应征入伍后被派往拉包尔,战死在了那里。她母亲在热海的温泉旅馆当女佣。据说她还有一个哥哥,当了童工,住在某兵工厂的宿舍。所以,奈美子是名副其实的孑然一身。

奈美子不爱说话,是个天真可爱的女孩,她的举止也很孩子气。光从表面上看,你无论如何不会相信她能干出这样可怕的事情。听说那个胖乎乎的、有着一头浓密黑发、皮肤白净、表情恬淡的奈美子每天晚上都到厨房偷东西吃,山根觉得她很可怜。虽然奈美子不是他班上的学生,但他还是自己掏腰包,给老板娘塞了一点儿钱,平息这件事。

山根找到奈美子的班主任相田珠树,请她不要过于严厉地批评奈美子。相田说:"我真拿那孩子没办法。装神弄鬼以前,她就跑到杂货店,偷人家的辣椒,趁没人的时候悄悄舔。我也觉得这孩子可怜，可是不知道该拿她怎么办。"

"她有这个毛病？"

山根三太郎征得相田珠树的同意，带织田奈美子到田里去散步，打算跟她谈谈，了解一下她的心境……山根领着奈美子向尼姑庵走去。

"你想不想回东京啊？"

奈美子茫然地看着山根，突然变得很害羞，露出羞涩的笑容。她穿着粗布裤子，显得很寒酸。但是她那张天真无邪的脸，就像一个摆在市场上的日本娃娃。

"你为什么要偷偷摸摸地去厨房，担惊受怕的。"

"我肚子饿嘛……"

"不是你一个人饿，大家都饿。你不能干那种事，旅社的人为这件事很恼火。"

"啊，好漂亮的蝴蝶，一只黑蝴蝶……"

正在严厉批评奈美子的山根觉得被打了岔，颇有些不快。可是当看到一只蒲葵般大小的黑蝴蝶飘然飞舞的时候，他也被蝴蝶的强健美丽深深吸引。一时两人都沉默不语，欣赏着这只蝴蝶。如果可能的话，山根想尽快摆脱现在的这种苦难生活。他心中充满忧虑。在教师的价值被彻底粉碎的当今世界，带着这么多孩子，他每天只能消极度日，他很厌恶自己现在的这个样子。

"真想早点儿回东京啊！"

"现在正是战争时期，不是没办法回去吗？"

"对，你说得对。织田，你不喜欢这山里吗？"

"嗯。反正在哪儿都一样，都无所谓。"

山根突然觉得奈美子很可怜，他不想再说什么。他想，这样的孩子有什么罪?

"相田老师怎么说?"

"她让我去道歉……"

"你去了吗?"

"嗯。不过,肚子饿了我还会去偷吃的。旅社的厨房里什么时候都有白米饭,听说他们的储藏室里有很多米袋……"

"可那是人家的东西!"

"哎,可是相田老师跟我们说要'一亿人民一条心',大家齐心协力,互相帮助,打赢这场战争。吃点儿剩饭有什么不行的?"

"一亿人民一条心和偷别人的东西,不是一回事!"

"那看见有人快饿死了,也不去救,就可以吗?"

山根无言以对。因为奈美子的话在现在的社会就是真理。现在的社会,即使一亿人中有百分之九十九的人成为这场战争的牺牲品,也没人在乎。

"有钱的同学都去老乡家买番薯、黄瓜、西红柿什么的,拿回来吃。我一分钱也没有,所以老饿肚子。"

"同学们都出去买东西?"

"是啊。大家都去买。前几天津田还买了鸡蛋,在温泉里泡成半熟的。听说现在一个鸡蛋要一圆五十钱呢!"

村公所来通知说每户必须缴纳七贯干艾蒿。我背着孩子,去田间小道、上山里摘艾蒿。老母亲有关节炎,我只好留下女佣照顾她,自己一个人带上大包袱皮,漫山遍野找艾蒿。正是在这时候,我碰到了带着织田散步的山根三太郎。

我跟山根见过面,所以很有礼貌地和他打招呼。

"那是什么？那个包袱皮里……"

"这个啊？这是艾蒿。每家要缴纳七贯，所以我天天忙着出来摘艾蒿。"

"噢。七贯可真不少啊。干什么用呢？"

"大概是因为没有米了，用它来当代用食品吧……"

"真不容易啊！"

"是啊。最近，连我们这些疏散来的人都得缴纳物资，真没办法。交了艾蒿以后，还得交二十六贯提炼松根油用的老松树根。我呢，没有工具不说，就连哪个是松树根也分不清，真不知道怎么交差。如果雇人挖，二十六贯要花七八十圆，我又雇不起。我去村公所，想让他们借给我工具，可是，他们说，没有工具，你应该有用手挖的决心才对。他们还说疏散来的人都没有爱国心，训人训得可狠了，真叫人走投无路。我们都快得神经衰弱了……"

实际上，自从疏散到这里来以后，我就好像得了一种病，总觉得有种东西沉甸甸地压在心上，很恐惧。有时候为一点儿小事就大动肝火。虽然事后也后悔，但是一生起气来，就什么都不顾了。

一次村里唯一的杂货店供应配给的煤油，我拎着瓶子去买。上了年纪的老板娘带着一脸刻薄得不能再刻薄的表情，把放在炉子上的油卖给我。连小孩子都知道，用人体体温暖过的油都会膨胀，何况是用炉子热过的。终于分配到煤油的喜悦一下子变成了被欺骗的屈辱，我对那个老板娘记恨了好几天。不光是油，只要是配给物资，包括黄酱、酱油、香烟等，他们都要从中克扣。但是，因为村里只有这一个供应站，所以大家都敢怒而不敢言，只有自认倒霉。来温泉的游客都在这家买黑黄酱、黑香烟、黑酱油，然后满载而归。一次我对来我家的客人提起这件事,那位客人说:"那我就假装是泡温泉的游客去买点儿东西。"没多大工夫,他提着一贯黄酱和五箱蜡烛兴高采烈地回来了。

我对人的这种卑鄙心理感到无比愤怒,这件事一直堵在我心口有一个多月。有天晚上,我做了一个梦,梦见自己跑到杂货店,大声斥责老板。

尽管我心里明白,走到哪儿都有好人,也有坏人,但仍然终日为此事郁闷心烦。使人们是非不辨,使人类道德美丽的光芒几近灭绝的这场战争,它卷起的层层波浪无情地打在人们身上,使人们束手无策。

织田奈美子怔怔地看着在我背上嘬着手指头的孩子,突然笑了。山根掏出被压扁的耐酸铝烟盒,拿出自己卷的香烟,说:"来抽一根,喘口气吧。"我放下包着艾蒿的包袱,接过一支烟,山根给我点上。

"山根老师,我们人类有时候会把真实的心理隐藏起来,你不觉得吗?就说现在吧,人们丢失了最宝贵的东西,终日生活在谎言中。如果就这样打赢这场战争的话,日本这个国家就如同被神抛弃了一样。还说什么要在本土决战,一亿玉碎。我可不愿意。"

"你觉得能打赢吗?"

"我?现在这种状况,怎么会觉得能打赢呢?"

"听说你对人讲过战败的态度、战败的时机之类的话,警察还来调查过你。"

"对,大概有人告了密。我已经无所谓了,他们要让认真为国家思考的人停止思考……"

"是啊，人都快疯了。"

山根说着解下系在腰间的毛巾，使劲擦汗。紫外线很强的毒日头照在脸上，我本来视力就很弱，给强光一照，眼睛像针扎一样疼。我坐在路边的一块石头上抽着烟，背上的孩子头顶着一块遮阳的白手绢，不知什么时候睡着了。织田奈美子突然问道：

"阿姨，你知道小娃娃在想什么吗？"

我正眺望着河边绿油油的桑田，抽着烟，什么都没想。冷不防被她一问，竟吃了一惊。我看着奈美子。

"人家说，小娃娃在梦里微笑是在和他的守护神说话。大人的事情他们什么都知道，所以他们才那么优哉游哉的……"

这孩子净说些奇谈怪论。我已经在这山里生活了两年了，但是仍然不能像其他人那样，我无法习惯这里的生活。两年来我只回过一次东京，现在连回东京的念头都懒得动，可是又觉得待在这山里实在郁闷。万般无奈，我只有像一个没有灵魂的人那样虚度时光，我已经没有任何期待。我上有老下有小，寸步难行，这就是我所处的现状。所以，我很羡慕学童们归心似箭的心情，偶尔，我也拿出自己以前的作品读一读，心想，我煞有介事地写下这些文字到底有什么用？如果我死了，我的朋友、过去的恋人一定感到很惋惜，他们会发出叹息：唉！那个女人也死了。他们还会回忆我的一生。但是仅一两天后，我所有的一切就会消失在虚无的彼岸。现在还有谁会花一两天时间去思考、去讨论一件事？我的死也只会在亲朋心中停留几分钟，一闪而过。即使那些显赫一时的军人、政治家们死了，也无人介意。世事如此纷杂，为什么还有人要争得一把美名的交椅？难道他们认为自己可以活千年万年吗？

那些装饰在奢侈的贵妇人房间里的玫瑰，用不了几天就会凋零。正因为美丽不能长久，我们才倍加渴求和珍惜。

我们每个人都在学校接受这样的教育：日本没有战败过，是一个神的国度。但是，有谁真正见过这个神呢？只不过，从小受的教育让我们对这个神深信不疑。尽管我们感到茫然，尽管我们感到不安，但是仍然不去深究，不去反省，一味地迷信……我还没有见过所谓的三种神器[1]，它们到底有多么神圣？代代相传的那些诸神的故事，对历代权贵来说实在是再好不过的功绩了……战争开始以后，以打破所有迷信为借口，连日历都改成了新历，没有了不宜出殡、不宜破土动工的日子。这固然是件好事，但是，如果掌握国家命运的日本决策层仍躲在迷信的彩虹背后，弃百姓于破舟之中，未免让人心寒。

"山根老师，你是怎么对孩子们讲这场战争的？"

我抽完烟，问山根。

"我不太愿意讲战争的事情，可是孩子们非常关心，收音机的蜂鸣器一响，不管正玩得多起劲，他们都会聚集到收音机前。我们学校平民阶层的子弟比较多，不能光凭教师的好恶和一点儿知识垃圾和他们对话。从心底讲，每个孩子的家庭都在诅咒这场战争，孩子们也默默地接受了这些，所以我觉得最好还是不要乱说话。反正我是说不出那么荒谬的话。比如我说B-29是丑翼，可实际上B-29是那么美丽、壮观。我睁着眼睛说瞎话，那以后孩子们还会相信我吗？还有，我也只跟你说说，如果不留神，说了什

---

[1] 相传天孙降临日本时，天照大神授予的三件宝物——八咫镜、八尺琼勾玉、天丛云剑，是日本皇室代代相传的宝物。

么不该说的话,马上就得进黑房子……真是不知道该怎么办啊!"

"是啊。不过,你真有点儿与众不同,到今天没有被免职,也真够幸运的。"

"那还不是因为我什么都不说!也只能这样了。其他人嘴上说着该说的话,其实心里都明白。现在谁会认为可以打赢这场战争?顶多想一想说不定真会刮起神风,或者希望刮起神风……"

"可是三月九号,神风不是刮到美国去了吗?那天晚上我正好回东京,那个风刮得,真是终生难忘。整个东京成了一片火海,在去朋友家的路上,我看到了无数尸体,胆小的人吓得腿都迈不开了。那时我想,到了这种地步他们还要继续打吗?军部自以为日本刀枪不入,真不知道他们是怎么想的……"

"现在还在打……"

"本土决战不是件好事。塞班岛战役的时候就应该做出决策了。"

背上的孩子醒了,我解开带子,把孩子抱在怀里,站起身来。织田奈美子一边逗孩子一边一本正经地问:"老师,为什么小娃娃一只手上有五根指头呢?"

"你问得真奇怪,你不是也有五根指头吗?"

"所以嘛,为什么只有五根,我也觉得很奇怪。要是一只手上有十根指头多方便!"

"那多可怕!"

"哎呀!习惯了不就没事了嘛!工厂里制造不出人来吧?"

"那是当然。因为人是万物之灵啊……"

"什么是万物之灵?"

"人是神造的。"

"那老师，猫啦狗啦就不是神造的？还有鱼，还有蛇，就连南瓜、西红柿、大米什么的长得都不一样，都有奇怪的长相。为什么只有人是万物之灵呢？西红柿也是万物之灵啊！老鼠、青蛙什么的也是工厂里造不出来的呀！还有西瓜……在东京的时候，我妈妈经常给我们买西瓜，特别甜，吃进嘴里喉咙咕咕地叫，太好吃了……！还有梨和苹果，也是万物之灵。对了，那云彩也是万物之灵啊！它可以自由自在地去它想去的地方，就连东京也可以一下子飞过去。云彩到了晚上，就像乌贼一样吐着墨睡觉……"

云彩到了晚上，就像乌贼一样吐着墨睡觉。织田奈美子的话让我感到很新鲜，我觉得这个孩子是一个天生的诗人。

那天晚上，等全家人都睡了以后，我像往常一样，来到牛舍的那间小屋里，在投下黑影的灯光下，拿起久违的《圣经·新约》，读到很晚。"我见你的儿女有照我们从父所受之命遵行真理的，就甚欢喜。太太啊，我现在劝你：我们大家要彼此相爱。这并不是我写一条新命令给你，乃是我们从起初所受的命令。我们若照他的命令行，这就是爱。你们从起初所听见当行的，就是这命令。"我的眼睛死死盯在《约翰二书》上，不肯移开。因为"爱"这个词从来没有像现在这样真切地映入我的眼帘……

织田奈美子要想保持她那份天赐的纯真，现在的社会对她来说就过于残酷了。在这个残酷的现实当中，能够编织梦想的也只有奈美子这样的孩子。

和每天晚上一样，各村空袭警报的钟声突然划破夜晚的寂静。我熄灭灯，从窗户往外看，整个村庄尽收眼底。河水穿过村子中央向下流去，像一条宽宽的带子，在昏暗的洼地里闪着银光。

在这场战争中,"相爱"这个词长期以来成了禁忌。刚才我读到的《圣经》里面的话是真理,但是我们却违背了这个真理,眺望着地狱,惊慌度日。我们无处哭诉,只有在绝望中无言地逃避,为此我感到痛苦。

我经常想,现在这种残酷的生活是不是在做梦,如果是梦,那就早点儿醒来吧……!这种生活怎么能不亡国……?不可能不亡国!但是,没有人去深究,也不敢去深究。

这就如同做手术,谁都关心手术的结果,但是又都想尽可能地拖延手术。因为人对自己总是姑息的。

我的耳边响起了"嗡嗡"的机器轰鸣声,各村古朴的钟声响彻夜空。疏散来的孩子们大概也起来了,外面传来孩子们的喧嚣声。整个村子都被钟声惊醒了。

我也从二楼下来,爬上门前稍微隆起的白菜地,只见西边的天空升腾起微弱的红色火光。几百公里以外的城镇在燃烧,火光映到了这个深山村落的人们眼里。可想而知那些在烈火中逃生的人们有多么悲惨,我能痛切地感受到他们的喊叫声。山上发电站的人说那是长冈方向,他们从我的身边跑过,冲向山脚。我没有去过长冈,只听说那里有很多纺织品批发店。从火焰的强烈程度判断,长冈是一个相当大的城镇。

闪着红色尾灯的飞机像流星一样飞过村庄的上空,"嗡、嗡、嗡",金属清晰悦耳的声音回响在山中。夜空飞行的美丽景象使我一瞬间忘记了战争。我在脑海里勾画着,有一天和平时代来临,我要和家人进行一次夜空漫游。可是这个梦想能成为现实吗?

和平年代有那么多的鲜花,蔷薇、百合、菖蒲、葵、红瞿麦、天竺牡丹、含羞草、丁香、银莲花、桂竹香……现在我已经忘记了这些鲜花的美丽姿容。我渴望看到美丽的鲜花，以至于路边毫不起眼的野花也会使我激动不已。

很早以前，二十四岁那年，我曾以穷游的方式，坐西伯利亚铁路列车一路去到巴黎。我对巴黎圣诞前夜的花市那洋溢着鲜花色彩的波浪，至今记忆犹新。枝叶上挂着珍珠色小圆球的寄生植物、金色的含羞草、温室栽培的紫色丁香花串……巴黎寒冷的圣诞日里，满目皆是鲜花。次年五月一日，沿街叫卖紫花地丁的卖花姑娘的声音，唤起了我的乡愁。

如果这个世界上有乐园存在的话，当属巴黎和爪哇。巴黎是个充满青春气息的城市，是年轻人的城市。老年人和青年人在这座城市和谐相处，它是一个没有任何矛盾的艺术的城市。我在像阳光一样充满青春活力的巴黎生活了一年。

在下着小雪的日子里，我坐在咖啡馆的露台上，听着圆筒形的炉子里发出的"噼噼啪啪"的悦耳的声音，不知疲倦地看着过往的行人。街道两旁的欧洲七叶树上挂满白色的雪花，宛若连翘一般，头戴贝雷帽的女学生从树下走过。我曾经经常漫步的那条拉丁区的街道，现在怎么样了？和平的巴黎在这场第二次欧洲大战中是否改变了模样？

日本有这样一个词，叫"安分守己"。但是，在巴黎，无论多么贫穷的人都可以有"过分"的梦想。有钱的时候，我可以到巴黎郊外，在初夏豪华的萨沃伊饭店享受一顿晚餐。现在，我身处权且当作书房用的牛舍里，怀疑那段时光是梦，而不是现实。我非常怀念巴黎。那座开放的自由之都还存在于这个世界上吗？

现在的日本只有被战争驱使的人类日常行为，没有一丝一毫的人身自由。

第二天早晨我又见到了织田奈美子。她头上戴着晚开的水菖蒲花,非常可爱。

我问:"哎呀,好漂亮啊!哪儿开了这种花啊?"奈美子一脸天真地回答说:"我从村公所附近的农民家摘的。"说完,她从一个圆盒子里抓出两只红蛤蟆,说:"我想把它们烤着吃了,阿姨能不能帮我烤一下……"

我吓了一跳,紧盯着那两只蛤蟆。扒了皮的蛤蟆,活像被钉在十字架上的耶稣。我心里感到一阵凄凉。

"这东西能吃吗……?"

"他们说跟鸡肉差不多。男生们都烤着吃呢!"

奈美子水灵灵的眼睛里充满纯真无邪,她似乎一点儿都不觉得吃蛤蟆有什么恶心的。性格倔强、在山里长大的女佣替奈美子烤好蛤蟆,还滴了点儿酱油。烤蛤蟆散发着香味,奈美子吃得很香甜。

"哎哟,不恶心吗?"

"不啊!可香了。阿姨,你也吃一个吧。"

我客气地拒绝了。奈美子熟练地吃蛤蟆的样子是十足的大人气。

> 七月碧绿山色　人心熊熊燃烧
> 少女烤食青蛙　双眼清澈微笑
> 少女头插菖蒲　夏风吹过无踪
> 北面青山草木声　黄莺终日不啼鸣
> 今夜开满繁星　飞机轰鸣山谷

那天，我在笔记本上写下了我所作的值得记忆的和歌。

我和织田奈美子走在日照强烈、空气清新的山路上。

"你妈妈还在热海吗？"

"嗯。"

"她很想见你吧？"

"我们家没钱，想见也没办法。"

"为什么没钱就没办法呢？"

"哎呀，没钱我妈妈不是就得出去干活嘛。不跟我妈在一起也没关系，我一点儿都不觉得寂寞……"

"不过，你还是挺想你妈妈的吧？"

"想当然是想了。不过，我和我妈都死心了……"

从一个孩子嘴里听到"死心"二字，真叫人心酸。我暗自想，这样每一个人都在勉强度日的世道终究不会太长的……

白色的土当归花呈现出旺盛的生命力。这山里面很少有人种花，所以每次看到花我都忍不住停下脚步。

"老师都教你们些什么？"

"山根老师可有意思了。他让我们在心里自由地想问题，但是不要把想的事情说出来……老师说，你们怎么想都行，老老实实地思考问题是对的。不过，你们要问大人为什么，那就没意思了。你们自己思考的问题，在自己能弄懂以前，不要说出来。他净说有趣的话……"

我很理解山根老师心中的秘密。在这个必须教学生谎言的时代，当一名教育工作者是最痛苦的。在谜一样的国家，生活着谜一样的人们。花不开，鸟儿也不展翅，连人们赖以生存的粮食，都被赋予理由，定量供应。尽管如此，无力的平民却无处诉说这种残暴。

卡车驶向山下　女童偷摘番茄

织田奈美子跑进西红柿地，摘了两个青涩的西红柿。我没有阻止她。织田看着满载木材、发出震耳欲聋的声音向山下驶去的卡车说：

"这是今天第四辆了，人家说这些木材是用来做木飞机的……"奈美子用细小的牙齿咯吱咯吱地嚼着发青的西红柿，吃进了肚子里。然后，她掏出一个用带有菱形图案的绉绸缝制的、已经玩得很脏的沙包，向空中抛去。

"织田，你长大了想干什么？"

"我？旅馆的女佣，像我妈那样。我妈说，在旅馆什么都能吃到。她还说，最近客人里有很多公司的人和当兵的。当兵的不给小费，公司的人给很多。她已经攒够给我买冬天衣服的钱了。"

"是吗？你妈妈要给你买冬天的衣服？"

"嗯。我妈妈答应给我买天鹅绒衣服。是我求我妈的，我说这辈子就一次，我想买件天鹅绒衣服。"

八月十五日我从报纸上看到了战争结束的消息，流下了无法用语言表达的、纯洁的泪水。眼泪使我如释重负，心中充满了喜悦。我眺望着天空，感慨万千：战争终于结束了，漫长的战争啊！虽然战争结束了，我万分喜悦，但是，不知为何，在我心灵的角落有一片阴影，像云一样浮动着，使我觉得我无法尽情享受这份喜悦。太阳高高挂在村庄的上空，今天的晴空里没有紧张的空气，整个村子都松弛了下来。人们忘记了劳作，下地的农民、上山的樵夫、学校的老师都回家了，关起门来悄悄议论日本今后到底会怎么样。

也许是一下子无所适从，八月十五日和十六日那两天，我就像居丧期间一样懒惰无力，觉得时光格外地长。

疏散来的孩子们也终于快要结束他们在山里的童话生活了。这天山根三太郎带着自己五年级的学生去爬山。由于战争帷幕落下得过于突然，孩子们感到很意外，也想不通。但由于回东京有了盼头，这个消息无疑使他们暗自欢喜。

听说，当孩子们从山根老师那里得知战败的消息时，尾崎重吉哭得最凶。因为他担心身处前线的父亲会被杀死。

"没事的，你爸爸一定能回来，你放心吧！"

"真的吗……？可是之前没有一件事情是真的啊！"

重吉这句令人感到意外的话，让山根脸上露出了欣慰的微笑。从现在起终于可以说真话了！现在想起所谓的"神风"，实在让人觉得可笑。疏散到山里来四个月，他没有给孩子们上过一节像样的课。但是唯一让山根老师感到安慰的是，他告诉孩子们要如实地思考问题。再过几天，他就要带着这些被放牧的小马驹们回东京了。老师们商量，他们要在美国兵进驻以前，想办法搞到火车票，把孩子们送回到他们父母身边。

刚刚结束的战争就像一场幻觉，山根老师就像退了高烧一样，觉得凉飕飕的风从四面八方吹进他的肌肤里。

在登山途中，他们经过了两户疏散到山里来的人家。两家人都还有些茫然，在一家倾斜的房檐下，还有一只灰雀在放声歌唱。这两家人已经做好了长期在山里住下去的准备，为了过冬，他们每天去山里捡柴火，堆在门口，已经有墙那么高了。疏散来的人们都曾认为无法与激烈的战争抗争，包括我自己在内，都以为信浓这块土地将成为最后的锦缎……

四周的景色依旧，扑面而来的风依旧，但是人类世界却换了新颜。

我和家人商量下山的事，我的意见是早一点儿回东京……不管东京被烧成什么样子，那毕竟是培养了我二十年的地方，我无法抑制想回东京的念头。

我开始一点儿一点儿地收拾行李。到了真要离开的时候，这里早已司空见惯的景色突然变得令人留恋起来，村里人的好心帮助也令我刻骨铭心。

听说我们没有蚊帐，楼下的人拿出自己的蚊帐借给我们，邻居们还给我们送来过豆子、黄瓜。这些事情现在都成了美好的回忆，打动着我的心。我们也经常去附近的农民家帮忙，帮他们割麦子、采桑叶、烧麦秸、插秧。对于生长在城市又出身于商人之家的我来说，这些活儿都是第一次，充满了新鲜感，但也非常辛苦。我切身体会到，种田并不是城里人眼中的田园风光。在这里经历的一切将成为回忆，成为我终生的力量。我深深懂得一颗马铃薯、一根黄瓜里都藏着说不尽的辛苦。

因为家里没有男人，收拾捆绑行李的速度很慢，到了十月初才总算整理好了行装。终于，有一天，我们准备好两天的便当，老母亲坐在两轮拖车上，我背着孩子，女佣背着行李，在夜色中，沿着山路向山下走去。村里一个姑娘来送我们。她推着母亲坐的拖车，我们借着挂在车上的灯笼的光亮往前走。没走多久，前面传来了孩子和年轻女人的声音。

河边的草丛里虫子在鸣叫，夜晚很冷，似乎要下霜。河对岸的温泉浴场灯火闪烁。直到最近，这里还是漆黑一片。眼前的情景仿佛是一个幻觉。

"啊，是佐分泽先生。"

是重吉的声音。

走近一看，只见尾崎重吉、寮母宇都木良子还有一个我不认识的女生，每个人都背着一个沉重的旅行包，正在赶路。

"你们也要回东京去吗？"

"是啊。重吉家拍来电报，说他母亲突然病了，所以比大家先一步。"

"哎呀，那可真让人担心啊。不过，这下我路上有伴儿了。你们是坐明天第一趟火车吧？"

"对。"

重吉终于可以回到他日思夜想的东京了！另外一个女孩子是因为身体不好，才和重吉一起回东京的。

风从河面上吹来，带着寒气，河水发出哗哗的响声。我一边往前走，一边听着河水的声音，眼前浮现出了冰天雪地里的种种情景：我脚蹬高筒草鞋，带着孩子去看病、去邮局、去买书、去买粮食，每次都是走这条沿河堤的路。去车站往东京运行李，我也是走这条路，那时路旁的白杨树叶已经枯黄，色彩柔和。我还因为突然遇上雨在这条路上奔跑过。这条四公里长的平坦的堤坝路教会了我忍耐。今后我不会再走这条路了！此刻，走在这条路上，我心中感慨万千。山里漆黑一片，杂木林一片寂静。我回想起几年前，战争刚开始的时候，我随军一起走过中国湖北大地的经历。

我们从扬子江岸出九江，到达湖北的武穴。此后一个月，我和部队一起不分昼夜地行军。我曾在一个村庄，给了一个背井离乡、走投无路的老婆婆一些冰糖。在一家大宅院的院子里，我还看到几个被霍乱折磨的可怜的少年兵。我无法忘记战争的惨状。

我随行的部队是电信部队，无论是军官还是士兵都来自农村，他们都很朴实。他们选择人烟稀少的地方，默默地架设电线。他们互相谈论着这场战争快结束了，他们也快能回家了。在工作间隙，他们用想吃牡丹饼、想饱餐一顿红豆饭、孩子又长大了这些话彼此安慰。这是一支只有二十人的小部队，再加上不是战斗部队，士兵们没有身处战地的紧迫感，反而有种无话不说的酣畅。他们唯一的希望就是不要去打自己不熟悉的仗，彼此保全自己，早一天回到故乡。

现在想起来，那段经历也成了遥远梦境中的一幕。正想着，重吉突然冒出一句：

"我们家也被烧了，我妈现在躺在从附近人家借来的房子里……"

我们到达长野市内，在火车站的站台上等到天明。站台上挤满了背着沉重行李的复员兵。不知道他们从哪里来，要到哪里去。每当列车进站时，一群群的士兵就在站台上四处奔跑。

天边终于露出了一丝光亮，第一班车进站了。我们几个被人群推搡着，终于挤上了火车。

车厢里人满为患，小心翼翼地抱着蚊帐的士兵，带着毯子的士兵，脖子上搭着白围巾、只提着一个小箱子的稚气未脱的士兵，我们周围满是这样的退伍军人。

这车厢中忽而出现又即将消失的一幕，告诉了我们在山里无法得知的战败的故事。车厢里汇集了来自南北的士兵,他们或啃着干面包,或抽着烟,小声谈论着各自的奇遇。

一个年轻的士兵跟重吉搭上了话。

"你是疏散的?"

"嗯。"

"在哪儿?"

"K村,在山里头呢。"

"苹果你可吃了个够吧?"

"吃不到多少。不过,苹果倒是真好吃……"

"山里面有意思吗?"

"就那么回事。"

"噢,你这人真有意思。家在东京什么地方?"

"葛饰那边。"

"几年级?"

"五年级。我妈妈病了,所以我得回去。"

"你爸爸在家吗?"

"去打仗了,在加罗林的一个岛上。那儿是不是很远?"

"嗯,很远。"

"我爸爸他知道不知道仗已经打完了呀?"

"肯定知道,在哪儿都能知道。"

"大哥哥,你是从哪儿回来的?"

"我?千叶。"

"千叶?那么近!"

重吉突然不说话了,他从口袋里掏出炒豆子,嘎嘣嘎嘣地吃起来。

宇都木良子没有座位，只好坐在行李上。她非常客气地、细声细气地对我说："先生，回到东京以后，我能不能去拜访您？我有很多事情想跟您商量。我们能这样结伴回东京，也算是有缘分……我可以去拜访您吗？"

以前我从来没有好好看过宇都木良子，现在我用心凝视着她。她有一张圆圆的脸，面带忧郁，穿着一件用各种毛线织成的外套，是个满大街比比皆是的、极普通的女孩子。但是，如果细看，你就会发现她有一种说不出的文雅气质，是个美丽的女孩子。她的眼睫毛很长，衬托着一双水汪汪的眼睛，鼻子像瓷娃娃一样精巧，笑的时候脸上还有一个小酒窝，很招人喜欢。

我回到了东京，回到了赋予我回忆、幻想和希望的东京。我们到达赤羽车站的时候，天已经黑了，还刮着大风。因为停电，省线电车不通，我们只好走回家。我们穿过赤羽的街道，沿着河堤上的铁道线往家走。线路两旁有很多人，接踵而行，往前赶路。从高高的河堤上眺望到的城市成了一片被烧毁的荒原，从前的东京早已无影无踪。我们拖老带小，背着一大堆行李，沿着穿过荒原的铁道线和荒凉的街道，往池袋方向走。这大约十二公里的路程，对我们来说真是痛苦至极。走了不到一公里，大家就累得气喘吁吁，瘫坐在泥地上。潮湿的风不时呼啸而过，就像每年十月刮过东京的季风。我喜欢这样的天气，因为它能使我感受到东京的气息。

战争以前的生活情景突然浮现在我的脑海里：十月的东京，刮着今晚这样的风，房间里开水呼呼地冒着热气，我望着拍打在玻璃门上的暴雨和外面左摇右摆的法国梧桐发黄的枝叶，往香气扑鼻的红茶里倒进牛奶，让它看上去像一道彩虹，然后仔细品尝。傍晚时分如果有客人来，就让他的汽车先回去，然后两人把盏品尝仙山露苦艾酒，或者潘诺茴香酒。我喜欢日本酒，但是也喜欢洋酒。我一直从高田马场的一个叫龟屋的商号买名叫巴尔扎克的法国白葡萄酒，从未间断过。意大利的苦艾酒酒瓶上的红色标签很美，我记得是两圆八十钱一瓶，巴尔扎克是三圆。一罐五十根的美国好彩香烟在三越百货商店买是一圆五十钱，帝国饭店大堂出售的、像粉笔一样扁平的卡莱利亚香烟卖到五圆。在今晚艰辛的归途中，这些往事都好像是梦境般的世界。

那时，当写作进展不顺利、静不下心来的时候，我曾把自己关进帝国饭店东楼的十六号房间，整日埋头写作。我还记得往房间里送饮料和食物的男服务生涂着指甲油，他的指甲像陶瓷一样光洁。饭店的演出厅在上演契诃夫的《樱桃园》。一天，我吃过饭走进演出厅，竟在那儿遇到了熟人。当时的帝国饭店，每个房间里都放着一本《圣经》。在这个饭店的房间里，我写了《旅馆里的圣经》《蜜蜂》《肥皂》等短篇，还模仿了波德莱尔的几首小诗。

当时我住的是没有厕所也没有洗澡间、终日见不到阳光的便宜房间。但是当我躺在硬邦邦的床上手捧《圣经》时，总感到神清气爽，就像厌倦了荒唐生活的人步入了教堂一样。

饭店里终日飘浮着一股油烟味，这股气味使我仿佛置身于上海的旅愁中。饭店后院的草坪碧绿柔软，桌子上的水果、红茶和糖罐摆在闪亮的银器里，客人们坐在椅子上，不论是东方人还是西方人都面带愉快的微笑。真的有过那样的情景吗？那是不是梦境？从前的种种回忆都变得虚无缥缈，使我大感意外。

当时，文学书籍最多只印刷三千册。我两年才出一本书，为此朋友知已还相约为我开庆祝会。编辑们相当有见识，他们不会轻易采用我的小说或诗歌。名为文学的甜美之神，很少光顾我的头顶。时间呼啸着从我身边流失，那声音就像此时的风暴声。

现在，我又重新站在了这个被烧毁的城市的土地上，做好了一切从头开始的准备。虽然城市的状况让人感到不安，但是希望的光芒在我心中闪烁。我有一种想要拼命投入写作的冲动。

黑暗的道路上交织着南来北往的人们。

人人都沉默着，人人都背着沉重的行李……在约摸是丰岛师范附近一带，借着宽阔的混凝土路反射出的微弱光亮，我们吃完了最后一份便当。我们在地上铺上报纸，让老母亲坐下，我怀抱孩子，女佣整理着快散架的行李，我们在强劲的秋风中凝视着陷入黑暗的、被烧毁的城市。城市里有点点宛若渔火般的灯光忽隐忽现。

十八九岁时沉浮、激烈的生活又回到了我的记忆当中。我曾经当过女佣的那家人应该就住在这一带。那时候的池袋，麦田连着麦田，云雀啼鸣，是充满田园情调的郊区。现在，池袋又成了一片荒野，它的变迁让人感到，荣枯盛衰、不断轮回的历史潮流都是因果报应。已知的世界是如此狭小，我陷入了一种错觉，仿佛自己还和当女佣时一样年轻。往事又浮上心头。一天只能吃一顿十钱一碗的牛肉饭的失业生活，工作两天一换的年轻姑娘时代……那时，母亲还年轻健壮，和我一起在涩谷街上摆地摊。我在行人扬起的尘土中贪婪地读着《安娜·卡列尼娜》，读着菲利普[1]的作品。我充满羡慕地想，作家的乐园是否就是能写出如此美好作品的世界？

我生性乐观，贫困的生活并没有使我感到不幸。越是被挤压得厉害，我就越是不由自主地不断描绘梦想，并把它当作希望。

当我们终于走到家的时候，已经十二点多了。深夜的东京比山区疏散地的夜晚更令人恐怖。在黑暗中望着自家的屋顶和房门，我感慨万千，两眼发热。站在门前，任泪水流满双颊。我深深地吸了一口气。

"孩子，我们终于到家了。"

背上的孩子累了，发出了抗议。

看管房子的人大感意外，一边喃喃地说"刮这么大的风，你们平安回来了，真不容易"，一边忙着给我们沏上茶。他端来煮好的栗子，说："这是院子里的栗子树结的栗子。"我把小小的毛栗放在掌心，感慨地看着它，心想，我有几年没有吃到家里树上的栗子了？打算卖房子，没有找到买主，这反倒成全了我，使我得以重返东京。深夜，打开灯，推开木板套窗，竟然没有人出来发难，这曾是多么不可想象的事情。

东中野一带传来汽笛声，是开往甲府的深夜列车，那声音依然如同往昔。疾风声中偶尔可以听到几声院子里的虫叫。明天地上一定掉满了栗子。看家的人告诉我，隔街相望的那家房子被炸弹击中，对面的小山丘成了一片火海，后边的文化村也被烧毁，成了一片废墟。

---

[1] 夏尔-路易·菲利普（Charles-Louis Philippe），十九世纪法国小说家。

房顶上破了一个洞，雨水直往屋里灌。但是就连房顶漏雨也使我感慨地认为这是一种小小的幸福，充满感激之情。

当我在落满灰尘、凌乱不堪的房间里铺上潮湿的被褥，躺下时，产生了一种错觉，觉得漫长的深山生活只不过是一场梦。这是多么熟悉的、自己家的气味啊！女佣说她高兴得睡不着，忙着从旅行袋里拿出米袋、豆子、马铃薯、她自己编的草鞋，摆了一地。我哄孩子睡着以后，随手从堆积如山的书堆里抽出一本本书，翻看着。长期被存放在防空洞里的书，胶脱落了，装订线也断了，书边上还长出了绿毛，书皮变得像蛋糕一样松软脆弱，上面还有雨水浸过的痕迹，惨不忍睹。以前那些整齐地摆在书架上的书早已找不到踪影。用和纸[1]装订成的书，书页一张张脱落下来。书堆里还有很多老鼠屎，显然有很多老鼠经常在这里出没。我以前出版的书被老鼠啃得伤痕累累，我就像面对一群书籍的干尸。

金唐革的法国手提包上霉点斑斑，硬邦邦地往外翘着。贴有欧洲的饭店标签的大旅行箱潮湿鼓胀，下面的榻榻米已经烂了芯，塌陷下去。那个旅行箱里装满了朋友们的来信，每一封都是珍贵的回忆。其中还有讲究情调的女友寄来的散发着幽香的信件。我以前攒了很多东西，空洋酒瓶、莫罗佐夫巧克力的描金盒等等。想起自己那段有极度恋旧情结的历史，我不由得笑了。

冈本加乃子[2]送给我的英国信封、矢田津世子[3]送给我的镰仓木刻无盖箱也都蒙上了厚厚的灰尘。她们二位已经先于这场空袭离开了人世。人去了，留下的物品还在，被埋没在尘埃里，让人

1　日本特有的质量好的纸张。
2　冈本加乃子，日本著名小说家、和歌诗人、佛教研究专家。
3　矢田津世子，日本著名小说家、随笔作者。

感到世事的奇妙。

屋外下起了雨，横捎过来的雨滴打在发黄的拉窗上。我的书桌上同样蒙上了厚厚的灰尘，一束早已辨认不出是什么花的枯草还插在毛玻璃花瓶里。原来放在书桌上的带黑珠子的台灯，疏散的时候送给了朋友，铜制的镇纸也早已充了公，不在原处。我看了看表，已经凌晨三点了。但是我一点儿睡意都没有。女佣说她也睡不着，提了一桶水，开始擦拭走廊。

藏书室的玻璃破了，整齐地摆放着书籍的书架上，现在放着丈夫一个人做饭、吃饭用的炊具和餐具，苦艾酒酒瓶里盛着长了毛的酱油。老鼠在这里为所欲为，纸拉门被啃破，油漆脱落，花纹纸上千疮百孔。在日本桥白木屋定做的待客用的餐具滚落在地上，餐具底部的外皮脱落，露出肉色的纹路。我一直小心使用的菜刀似乎被用来砍过柴，刀刃卷了，还生了红锈。看家的人说，我丈夫今天早晨到疏散地接我们去了，不在家。

所有的墙上都挂着穿脏的衬衫，贴着防空的大型宣传画。宣传画上写着注意事项，还有各种插图：一字排开传递水桶的妇女，捂着眼或者捂着耳朵趴在地上的孩子，改装了壁橱、躲在里面的年轻姑娘。看着这张宣传画，我渐渐感到很恐怖，甚至担心我是否可以开着灯。书架上还摆着一双我的绒面革高跟鞋，看上去那么落后于时代。我拿起高跟鞋，套在脚上，身体晃晃悠悠的，我曾经穿过这种鞋吗？现在想起来，真可笑。现在我脚上的鞋已经破烂不堪，今后只有暂时穿着木屐度日了。

夜深天寒。我和女佣生起陶炉，把茶壶放在上面，热好茶，拿出在山里晒的番薯干，一边啃，一边喝茶。

"那些孩子们都平安到家了吗？他们是不是也是走回家的？"

女佣满腹心事的样子，她在为重吉和宇都木良子他们担心。如果去葛饰的京成电车也停止运行的话，他们也得摸黑走回家。

喝着茶，我想起了和平时期一个月里有半个月是彻夜写作的生活，我开始想念书桌。我看着书桌，上面没有墨水，没有笔，也没有纸，散乱着一些零碎的东西。只有那束枯朽的花束还留着过去的影子。

"哎呀，夫人，一只大老鼠！"

女佣一声惊叫，只见木柴堆里有一个老鼠窝，里面传出小老鼠"吱吱"的叫声。终于回到东京、兴奋不已的我，连这老鼠的叫声都感到亲切。

第二天早晨，我被孩子吵醒。屋外秋日的天空晴朗如洗，被霜打湿的柿子树叶色彩斑斓，刺激着我睡眠不足的双眼。

我抑制不住想与朋友们重逢的心情，他们的名字打着旋涡流过我的心田。我忍不住盘算，应该先去看哪一位朋友。女佣已经在走廊上点起了陶炉，正在用砂锅烧酱汤。我所熟悉的东京早晨的空气让我感到心情愉快，一片荒凉的院子的景色也赏心悦目。替我们看家的人已经去町公所给我们办粮食分配的手续去了，这种人情让我既感动又高兴。

充满阳光的院子对面的东中野一带被烧成了一片废墟，又恢复了十七八年前我们刚搬到这里时的样子。我们刚搬来时，这里小河流水，麦田青青，附近还有坟地和乞丐部落，是一片荒凉的郊外景象。要从东中野回来，有时候还得坐人力车。现在，一眼望去，只有焚烧场的烟囱依然耸立，其他建筑物都化为废墟，弯弯曲曲的混凝土路闪着白光。

我在院子里铺上草席，一边照看孩子，一边翻晒书籍。这些书有朋友送的，也有我从国外买回来的难得的书籍，每一本都充满了珍贵的回忆。

"夫人，卖沙丁鱼的来了！"

女佣一脸兴奋，气喘吁吁地跑进院子里说。卖沙丁鱼的来了？这简直是个奇迹。已经有好几年没有看到走家串户卖东西的人了。在疏散地的山区时，每年只能吃到一次配给的鲱鱼干。

我从后门出去，看见一个背着孩子、长得白皙好看的女人，她身边放着一个用包袱皮包着的蓝色搪瓷水桶。

"您要买沙丁鱼吗？新鲜的，刚从船桥进的货。您看看？"

她解开水桶上的包袱皮。看着浮着银色鱼鳞、通体发光的沙丁鱼，我、女佣还有老母亲一时感叹不已。

"这鱼怎么卖啊？"

"我给您便宜一点儿，三十条十圆。"

我被这昂贵的价格惊得目瞪口呆，但是终于敌不过沙丁鱼的诱惑，花二十圆买下了珍贵的沙丁鱼。六十条沙丁鱼往竹筐里一装，也没有多少。但是时隔几年，终于又能吃到鱼的欢喜令我浑身发痒。啊！东京真是个好地方，有人来卖鱼！我一刻也没有耽误，马上把沙丁鱼洗好，撒上盐，放在陶炉上烤。我把刚烤好的、热乎乎的鱼送到孩子嘴里，孩子吃得很香甜，拍着小手，不断催促我喂他。烤沙丁鱼原来这么好吃，我都把它的味道忘记了。

"一条三十三钱三厘，真够贵的。不过，值！很香！"

老母亲也很高兴，连鱼头一起吃进了嘴里。

下午，我一个人去新宿，去看美国兵。街上驶过一辆辆轻快的吉普，美国兵军容整洁，让人觉得很文明。新宿街头一片废墟，只有几处空荡荡的百货商店和电影院耸立在那里。点心铺中村屋那座古色古香的建筑被夷为平地，东京面包、高野冷饮店、干货店、我常去买稿纸的文具店甲州屋也无踪无影，连纪之国屋书店和池田屋书店也消失了。记忆中的新宿消失得无影无踪，只有在瓦砾上来来往往的人流还残存着昔日的影子。充满痛苦和快乐回忆的新宿已经消失了，现在只能看到席地而坐的摊贩出售着少得可怜的商品。高大的美国兵穿行在人流中，烧焦的电线杆、露出混凝土的被烧毁的银行……我坐都电[1]来到涩谷，这一带比新宿更加荒凉。城市如此荒凉，路上的行人、电车里的乘客却没有一个是垂头丧气的。尽管人们穷困潦倒、衣衫褴褛，但是似乎完全接受了现实，显得忙忙碌碌。没有人像从前那样追求莫名其妙的时髦，所有的人都全力以赴，坚强地穿行在被烧毁的街道上。那些高喊豪言壮语的人从街头消失了，秋天清澈透明的天空辉映着返璞归真、犹如废墟般的城市，仿佛有一种手术后的爽快感……

可是，在这废墟中，人们何时才能重新找回健康的心智和丰富的感性世界？日本人固有的气质将发生怎样的变化？战争中那种高喊勤劳的口号，不分能力大小，人人都为同一个目标抖擞精神、急功近利的社会风气自然应该改变。那种只知道忙于指责别人的社会风气，到何时才能渐渐消失？最近有关战争的争论突然间甚嚣尘上，对战争的诅咒不绝于耳。但是，从过往行人的脸上再也看不到恐惧和不安。我真心希望这种率真的表情和心灵并存的美好日子能早些来临。

我在街上买了很多东西。返回新宿后我又买了在山里很难

---

[1] 以东京都交通局为经营主体的有轨电车。

见到的鸡蛋、玩具，还买了鱿鱼，满载而归。

老母亲捡了满满一筐掉在地上的栗子，正在太阳底下翻晒。女佣在楼道里搭起一个简易厨房，正在磨菜刀。看家的一家人一直用着我家的厨房，所以我们回避了。看家人说，他花一千圆给女儿买了一台钢琴，那钢琴质量很好，让我看看。摆在客厅的钢琴很气派，有人肯以一千圆出售它，多半是为了躲避空袭。我按了两下键盘，音色很美，我甚至有些羡慕他们。看家人的女儿十五岁，对音乐似乎毫无兴趣。客厅外面的小院子也是一片荒芜，散落着碎瓦片。我环视着客厅，感到很亲切，这间客厅接待过很多朋友。不管房子漏雨漏得多么厉害，家还在就是最大的幸福……

我带着孩子到附近的澡堂去洗澡，发现以前的居民都不见了，换成了新面孔。原来闲静的澡堂现在像打翻的玩具箱，热闹非凡。这个说香皂没了，那个说木屐丢了，我的浴巾也不知了去向。这情景给我简单的头脑当头一棒，让我反省自己。我想起以前自己身无分文的时候，曾偷过房东的酱汤充饥。那时，我觉得一无所有的人想得到自己想要的东西是理所当然的。看来，每个人都和我差不多，都是平凡的心理在作祟。认定仅有五十年的生涯定将跌宕起伏，大概是人们赖以生存的一种心理。如果死了，不分贵贱，每个人都将很神圣、身无分文地归回自然……

晚饭后，我开始整理书籍。我取出一本名叫《冬夜》的伊藤整先生的诗集，翻开扉页，几行诗映入我的眼帘。

我想在陌生城市的石板路上
飘然　飘然地行走

仰望着那个国家历史悠久的建筑
在与我的感情没有瓜葛的人群中
在无人知晓我心灵阴影的人群中
发自内心地
悠然自得地漫步

这首诗的主题与我现在孤独的心情十分吻合，我仿佛在和诗人那颗寂寞的心一起漫步。眷恋油然升起，我不由得读得入了迷。

我发自内心地想，今后一定要写出好作品。一生中哪怕就一部，我也要留给后世一部好作品。就像这个国家化为一片废墟一样，我这个作家的心也必须再次化为废墟，从废墟中全力以赴重新站起来。如若不然，我将断送自己作为作家的生命。我要重新找回从前的自由精神，谱写新的乐章……

深夜，看家人的女儿过来说有客人。我走到院门口，看见我丈夫的弟弟抱着行李卷、一身复员兵的打扮，无精打采地站在外面。

"哎呀，这不是阿善吗？快进来！"

"我在来的路上还担心这个家被烧了呢。"

阿善身上已经没有了学生出征时轰轰烈烈奔赴驻地的影子，他显得疲惫不堪，让人看了心疼。我给他沏了一杯没有白糖的藕粉茶。阿善说他驻守在熊本，花了四天时间才终于回到东京。阿善一下子变老了，刚二十四岁，看上去却憔悴得像个老头。他对我说，他好像在做梦，觉得战争还没有结束，现实没有一点儿真实感。阿善是个温顺耐劳的年轻人，出征前在帝国大学读英文科。

因为父母都是贫苦的农民,所以大部分学费都是我家出的。

"我不想再回学校去了,以后我就待在乡下,帮大哥种田,当个农民。我在火车里一直在想这件事,别的事什么都没想,也没资格想……"

"去种田?你现在还种得了田吗?在山里的时候,我才知道做农活有多辛苦……"

"当过兵的人没什么干不了的。一切都是空漠的。那种扭曲人性的生活太不正常了。战争结束后,什么军规军纪,全没了,一切都乱了套。我们那些人里还有自杀的。我从来都没有大惊小怪过,但是有人自杀可确确实实让我吃惊不小。因为我们受的训练就是不需要思考,只需要增强自信心……"

冬天匆匆来临。显示出新气象的社会开始孕育对前途感到黯淡和不安的情绪,人们心中感到厌倦、沉闷。东京的冬天比山里的好过得多,虽然水桶里的水也会结冰,但是毕竟不同于山里那种逼人的寒气。没有火,我也可以坐在书桌前几小时不动。但我毫无收获,只感到疲惫。我徒有不着边际的冲动,脑子里却如同冰封,写作没有任何进展。我只好出卖在山里写的童话和短篇维持生活。这种毫无刺激的生活让我非常痛苦。

偶尔我也去市中心看看,那里渐渐建起一些不大的新房子。我们住宅区原来的居民似乎没有回来,只能看到极少的熟面孔,绝大部分居民都是新面孔。我所居住的化为废墟的住宅区完全恢复了十七八年前的面貌,重新化作一望无际的原野。刮风下雨的日子,可以看到从远处山岗吹过的风的身影。

小叔子在我家住了一个月左右回乡下去了,回去后来过一封短信。报纸上每天报道的不是盗窃案件就是政治争论，人类真诚的心灵似乎早被遗忘，人们在骚动不安、漂浮不定中度日。

清晨醒来我眺望着院外
发现自己一无所有
银霜如此美丽
家人的鼾声仿佛是来自远方的消息
我蹲下身去看被霜冻裂的土地
从前的景象浮现在我的眼前

在静静的晨霭中
我感到我得到最多的就是空气
深深吸一口清爽的空气
仰望深蓝色的天空
远处什么都没有
但是天空上有
只要活着，不久我们就会看到它
站在清晨的院子里我惊奇地发现
枯木枝头有个美丽的世界在闪烁
无法用手触摸的一天的喜和忧奔跑而来
活着的不只是我一个人
金色的车轮在街道上敲响了黎明的钟声
这声音将化作隆隆的轰鸣声
无边无际的风像笛声一样流过

我用一颗虔诚的心向着清晨朝拜

　　早晨起来，看着被霜打过的荒凉的院子，山区疏散地的那段生活竟像梦境一般。严酷的战争使我们的身心都变得空洞无物。对荒废掉的十年我感到痛心彻骨。

　　疏散到山区的那些孩子们应该也都返回东京了。那个吃青蛙、装神弄鬼的织田奈美子也回到热海她母亲的身边了吗？重吉现在过得怎么样？我还会和这些孩子重逢吗？永无止境的人世间的沉浮，闪着七彩的光芒，在我脑海里旋转。

　　再过几个星期就是元旦了。我想起几年前在南婆罗洲的马辰度过的元旦。永远笼罩在暑热中的森林之国婆罗洲，给我留下了深深的感动。我看了美国人艾格尼斯·凯斯的作品《风下之乡》，对这部以婆罗洲的男女用人为主人公的作品产生了相当的共鸣。

　　已经四年了。在这四年里，我不知为故国人们的健康干过多少次杯。每次那些一起和我干杯的人们，思念的是与我的故国不同的土地，想的是不同国家的事情，他们的孩子们在不同的土地上玩耍。我们彼此谈起自己的"故国"。但是，他们的故国是英国。在我心里，我和他们没有任何隔阂，我相信他们也与我一样。但是当英国人以他们惯有的态度沉默寡言，而我却将美国人的毛病暴露无遗、开始喋喋不休的时候，谁是从美国来的就没有任何怀疑的余地了。作为英国人的妻子，我丝毫没有要写一部《英国人气质研究》的想法，这样的书已经很多了。只要丈夫把烟斗从嘴边拿开，与我交谈，我就可以完全理解他的话。我对丈夫的想法了解得一清二楚。所以，我在这里突然写下"北婆罗洲林业官兼农业监督官"，引起未知的读者一时的注意，是因为我在北婆罗洲唯一的工作就是身兼这两个官职的男人的妻子，并不是想要替丈夫宣传。

艾格尼斯夫人在这种环境下，在北婆罗洲的山打根与丈夫度过了数年的时光。这本书是一个朋友在我从东京出发时送给我的。我怀着对婆罗洲极大的好奇出发了。那是我第一次去南婆罗洲的马辰。当我乘坐的Ａ报社的飞机从印度尼西亚的泗水飞到这片土地的上空时，我被它的自然景象惊呆了。映入眼帘的只有一望无际的绿色大地和宛若鱼骨般延伸的河流，看不到人烟。

飞机降落后，在前往遥远的城镇途中，我看到了土著居民的房屋。那些小屋就像被大自然呵护的小鸟的鸟巢，沿河建在水上，星星点点。丝绒般葱郁的森林，灼热的太阳，静寂广袤的土地。那是一块没有喧闹的静静的土地。

浑浊的河流给旅人留下富饶的印象。在这里我遇到了一件让我感到意外的事情，老牌电影演员五月信子来这里巡回演出，就住在我下榻的饭店。我去看望她，她身上只裹着一条浴巾，美丽的黄皮肤使这位落魄的女演员看上去十分美丽。

晚上，我提了一桶水，在房间里被隔开的洗浴处，按照南国的习惯沐浴完后，一个人上了街。街市上闪烁着点点椰子油灯，我借着路旁卖食品的小摊的灯光漫步。个头很大的萤火虫飞来飞去，食用蛙发出惨叫声。拐过街角，我发现了一家印度尼西亚人的小舞厅，里面正放着我在马来和爪哇听到过的独唱歌曲，简陋的小屋里挤满了人。这里洋溢着一种震撼灵魂的原始、质朴的美，使远在数千公里外的故乡变得模糊起来。我当时想，如果不是拖家带口，我真想在这里过一辈子。

位于巴里托河三角洲地带的马辰仍保留着千古不变的稚嫩景色，大自然与人融为一体，放声高唱清纯的牧歌。我喜欢那些路边的摊点，可以随手挑选自己爱吃的东西，也觉得他们把村落称作"甘芬"恰如其分。与爪哇相比，这里林业发达。据说，由于这里农业较落后，荷兰政府为了引进大批移民，先在开垦地的各个主要地点开凿运河，建起移民居住的房屋，然后才招移民来。我觉得这个政策很伟大。想想日本曾经的"满洲开拓事业"，真让人不寒而栗。政府粗暴地把国民送到没有耕地、没有道路、没有房屋的寒冷大地上，那些"开拓民"们必须先修建房屋，然后开垦土地，再过几年才终于修好跑卡车的路。身无分文的人们被政府毫不关心地送进满洲，经过长期努力，刚刚得到一点儿收获，却迎来了这场战败。政府应该对他们负怎样的责任？那些放弃自己在日本的土地、满怀激情赴满的人们，现在又不得不两手空空地返回故国，但是他们在家乡的土地早已更姓易名。

为引进开拓者，先凿运河、修道路，这是何等的文明。而将人们遣送到既没有道路也没有房屋的寒冷的土地上，又如何可以进行和平开拓？

一项国家性的巨大事业需要时间。想让无视文明、吝啬急躁地展开的事业开花结果，只能是痴人说梦。想以极少的投入赚取巨大利益，这种贪婪做法恐怕连神都会觉得好笑。

就连我家门前那几平方米的菜地，都无法徒手开垦，更何况可以看到日出日落的地平线的、广袤的满洲原野。把没有任何装备的人们投放到那里，叫他们如何劳作？神一定痛恨这样毫无仁慈可言的行为。那些出台于官僚办公桌上的计划和法律不可能不产生受害者。我周游过许多地方，最后选择相信地球、相信空气、相信月亮、相信太阳、相信地上所有的自然行为。神一定在怜悯那些想靠一点儿浅薄的知识活在这个世界上的、没有任何信仰的人。

热带绚丽的自然与人的生活宛如现实中的童话一般。千年的原始森林吸足了水分，生长茂盛。生活在那里的不同民族的人们以与花草飞蝶相同的方式生殖繁衍，纯真朴实。《圣经》和赤道上的乐园便是在这南国产生的伟大文明。赤道标附近，刮着凉丝丝的风，有点儿像秋风。农家小院里传出鸡叫声，水田里沉甸甸的稻穗垂下了头。

传说苏门答腊有四位王子，其中一位还来到了日本。我在南方旅行的时候惊奇地发现，日本人与当地人有很多极相似的生活习惯。

>   Boeah lada dibelah-belah
>   oelar berlingkat atas peti
>   Rasanja dada lagaikan belah
>   rasa terbakar dalam nati

这是在爪哇被称为班顿的四行诗，与日本的和歌和俳句的短小精练很相似。我认为它足以和《万叶集》中的《相闻》[1]相媲

---

[1] 恋人、朋友、亲人之间感情上相互闻问的诗歌。

美,它那种语言的流畅宛如风媒一般。诗的大意是:

> 花椒裂开了口
> 蛇在木箱上盘卷作一团
> 我的心碎了
> 胸中燃烧着火焰

这首四行诗是成八联的情诗,它是如此优美,以至于我的旅行笔记本上记满了南国的四行诗。

> 蛇在木箱上盘卷作一团
> 拉库萨玛纳静静地迈着脚步
> 我的胸中燃烧着火焰
> 要怎样才能平息我心中的烦恼

> 藤蔓被旷野中的人撕裂
> 成为国王花瓶中缤纷的花束
> 试问我的爱是否由在天空飞舞的黑蜂
> 带到了你的心田

> 国王花瓶中缤纷的花束啊
> 我在爱情的竹山顶上瑟瑟发抖
> 这份情是否带到了你的心田
> 我已无法抑制对你的思念

爱情的翠竹在山顶瑟瑟发抖
稻秆上的绿叶也早已凋谢
我已无法抑制对你的思念
我的心已经融化凋谢无遗

这首以问答形式表达男女间思念之情的诗，它短小精练，就像语言的花朵一般。如果在世界的某个地方举行文学盛典的话，如此优美的班顿也应该参加，它一定能唤起人们心中美好的一面。

马辰的一天总是重复前一天的情景——傍晚必然造访的大雨、萤火虫、食用蛙和远处狗的叫声、漂浮在河面上的水葫芦、食堂盘子上飞舞的苍蝇、路边卖烤鸡的小摊上椰子油灯的光亮，还有明亮灼热的太阳。

回到日本后，我去涩谷的百轩店看五月信子他们剧团的表演，五月信子似乎比在热带地区进行巡回演出时显得更加潦倒。也正因为如此，那段回忆就显得愈加美好。看完演出，我觉得在南国时的五月信子已经杳然远去，满怀失落地走出剧场。在热带村落中奔走巡回的五月信子是何等美丽啊！她让我深深认识到季节以及环境对人有多么重要。

风雪开始光顾东京了。我坐在桌前发呆，沉浸在梦境般的回忆中。风雪在战败后的荒凉的城市上空飞舞，在化为一片荒野的日本的土地上，一线和平得到了保障，这毕竟是件令人感到高兴的事情。尽管食品匮乏，我的家人也受其所困，常常流露出缺乏勇气、难以坚持下去的情绪。

有个朋友说："世界上哪个国家不是经历过几场战争和革命，

走过苦难的道路才有今天的？但是日本却自以为从未战败过，以东亚之长自居，连神都不惧怕，这也未免自信过度了。"大家都赞同他的说法，认命了。回到东京后，那几年难以忍受、郁闷不堪的山区生活也变得令人怀念起来，山区每一个人的音容笑貌生动地浮现在我的记忆里。不可思议的是，头戴菖蒲花的织田奈美子的形象最为鲜活地浮现在我眼前。再过几年，当她长成一个大姑娘，开始想与人亲近的时候，她的野性很可能会成为一种悲哀。

这段时间，我开始收到各地妇女的来信。每封信里都没有战前那种空谈梦想的内容，写得都非常现实，有个姑娘甚至流露出了破罐子破摔的念头。我不知道该怎样对待这种女人们心灵上的扭曲，连写回信都让我感到心情沉重，只有茫然地相信岁月可以让人们忘却一切，一天天活下去。我只能告诉她们，一定会好起来的，很快……除了这种依靠时间解决问题的办法以外，我无计可施。其中一个女孩子在第一封信中写道，她在大阪失去了父亲，带着母亲和患佝偻病的妹妹一起生活，等待着被部队派遣到满洲的恋人回来。但是，为生活所迫，终于有一天晚上她站在了大阪车站前面。在第二封信中她写道，虽然她出现在大阪车站前，但是惨不忍睹的现状让她逃回了家。现在，她卖掉了手头的东西，生活非常窘迫。她也试着工作过，换过两三次工种，但微薄的工资无法填饱三个人的肚子，她感到走投无路。在第三封信中她又写道，现在她母亲给在京都的一家旅馆当女佣，管吃管住。她和妹妹在一个叫鹤桥的地方卖彩票，总算可以维持生活了。我给她寄了极少的一点儿钱，却收到了她的感谢信和一个装着三个发光的小盒子的包裹，这反倒叫我心疼难过。这个尚未谋面的二十三岁年轻姑娘的面容朦胧地浮现在我的眼前。

我也曾经有过与这些女人类似的想法和生活经历，但最终只能相信自己，以自己的意愿生活下去。没有人可以依赖，想依赖别人的想法本身就是错误的。对此我深信不疑，抱定这个信念生活到今天。现在，这些彷徨中的妇女，她们的事就是我自己的事，我很想深入她们的生活。但是，面对那些只靠期盼恋人的归来支撑自己活下去的年轻女人，面对她们惨烈的日常生活，我为自己的无力感到懊悔。

虽然知道靠自己也能走出一条生活的道路，但是仍有不少妇女因脆弱陷入沦落的深渊，无力自拔。我们在指责她们之前，是否首先应该努力使社会安定下来？如果人们本着自然的仁爱方式，彼此再多一些宽容和爱心，那么我们就会更容易渡过难关。

读了谷崎先生的《盲目物语》，我觉得战国时代[1]的日本武士道很可笑。诸侯们一本正经地争夺小小的领地，几次三番交换誓文，又彼此怀疑对方，并以突然袭击的方式开战。织田信长的亲妹妹嫁给了小谷城主，他又将妹妹的亲生孩子骗到自己那里，命藤吉郎将其斩首，并挂在木杆上示众。这是何等地残酷？日本人的血脉里竟流淌着如此残暴的血。砍掉一个五六岁孩子的头能换来什么？难道因为害怕这个孩子长大成人后找自己报仇，就可以干出如此残忍的事情吗？我感到我在自己国家的历史中发现了某种令人费解的东西，倍感惶恐。我开始检讨自己一直持有的外侨心态，一想到无论从哪个方面讲自己都确切无疑是这个国家的女人，我心中便愈加不安，不寒而栗。正因为我认识到日本有很多好的地方，所以看完这部作品后，我不由得为日本人血液中流

---

[1] 一四九三年（一说一四六七年）至十六世纪末、十七世纪初。

淌的这种不安因素陷入深思。书中还写道,织田信长砍下敌方大将的头颅,剥下人皮,涂成朱红色,把它当作迎新春的装饰品,在庆贺会上展示给大小诸侯。这是何等残暴的行为!织田信长又是多么令人厌恶!织田信长最终被明智光秀擒拿,并在京都的本能寺被杀,他的下场想来是一种因果报应。这也令我很想了解一下战国时代人民的生活是怎样地水深火热。那些诸侯们偏爱的茶室,也不过是一个谎言交错的场所。

从前故事中的人物现在早已步入黄泉,他们一定正在冥府的某个地方对彼此说,我们净做了些蠢事。一定……《盲目物语》中还写道,城堡陷落,城主剖腹自杀,一些家臣也随之自决性命。历史把这些盲从于主从关系的家臣视为忠臣,倍加推崇。我们将这样的历史教给今后的孩子们是多么可怕的事情!

古时的武将没有丝毫宗教意识,我因此感到某种羞耻。武将的宗教就是权力,权力之下产生的为我所用的教条被广为传播。由于过分重视一城之主的名分,武将们只能置身于忠义的谎言之中,随波逐流。这种野蛮在教条中变得一点儿都不野蛮。我开始意识到,我们一直把这种教条当作传统,作为弱小民众的一分子而生存,直到今天。

无论是高高在上的人,还是一介下层平民,如果没有敬神之心,和平就无法持续下去。我相信,在超越了人类利害冲突的遥远巅峰,一定有神存在。

只把从前城池陷落时的悲哀拿出来,当作优美的悲剧欣赏是不正常的。正因为是现在,我们才应该重新审视轻率地对待死亡的日本历史。我很想看到一部描写"生"、描写活着战胜苦难的勇敢精神的作品。我们应该把"物哀""幽玄""闲寂"[1]从残暴的历史中分离出来，把它们放在更高的层面上，让它们沐浴在灿烂的阳光下。

战败之后，我们的民众终于可以真正地复活，可以发现人类的真实面孔了！

自从回到东京后，我思考的问题就多了起来。

除了我家以外，四周全被烧毁，从前的景象不复存在。但是，经过一年时间，周围星星点点地建起了一些房屋，其中还有各类商店。

以前我经常去一家没有子女的夫妻开的药店买东西。那个药店从货架到土间乃至门前都摆满了商品，我总是在那里买些零零碎碎的东西。新开发的地方，只要稍微繁华起来，周边便被冠以"某某银座"的称号。那家药店就在类似这样的地方。以药店为中心，狭窄的街道上挤满了杂货店、面包店、干面店、三等邮局、酒店、当铺、烟草店和警察岗亭。邮局门前还有一棵很大的银杏树。可是，几年后，当我从疏散的山区回到东京时，这个平民化的拥挤的街市已经是满目荒凉，我必须在烧毁的废墟上找好半天，才能辨认出哪里曾经是药店。

五月份，我看到药店老板和老板娘站在废墟上，正在翻土。"哎呀！"我们相互惊喜地打过招呼，我的手和夫人的手紧紧地握在一起，彼此打量着容貌大改的对方，谈论这两三年的逃难生活。

药店是去年五月二十五日被烧毁的。虽然他们将一部分家

---

[1] "物哀""幽玄""闲寂"都是日本古典文学理念，也是日本传统的审美观。

产带到了疏散地，但是大部分都在大火中化为灰烬。本来很有朝气、利索精干的夫人，现在变得骨瘦如柴。她以前总是打扮得干净利落，现在却灰头土脸，脸上淌着汗水。

"因为家被烧了，我们只好求我丈夫的朋友，帮我们疏散到浅川。那里米和蔬菜都供应不足。我们改建了一间没有榻榻米的仓库，住在里边，活得跟乞丐差不多。仗一打完，我们就回到东京，搭了个木板房住。那还是我哭着对我丈夫说，就是真的当乞丐，我也要回东京去，我们才回来的。原来的地主不再租给我们地了，我们现在住在邮局后面的一个小木棚里，房顶是纸做的呀！墙上还有好多窟窿。这就是东京都卖给我们的住宅。我们修修补补、这个那个的已经花了快一万圆了。一共就两个房间，一个六叠，一个三叠，到现在顶棚还没有糊好，哪天才能熬出头啊……"老板娘说她家就在那边，还带着我去了他们住的木板房。我不是安徒生，但是我觉得自己变成了月亮，在天空"静静注视着战争受害者的小木板屋"。药店老板夫妻住的就是这样简陋的木板房。

药店的生意曾经很火爆，店里摆满了画有动物图案的时髦的牛奶瓶、庞贝公司的爽身粉、棕榄公司的绿色香皂，从海萝到浮石，应有尽有。谁能想到他们的命运竟是这样悲惨，他们的生活让我重新认识到战争的残酷。他们家里铺的榻榻米是二手货，几经发白起毛，灰不溜秋。木板墙的节孔里塞着报纸。厨房里堆满了装着各种药的箱子，除此之外，只挂着一条脏兮兮的窗帘。因为没有顶棚，房子显得比仓库还冷清，简直像个洞窟。就这样，他们还花了近一万圆。老板夫妻用辛辛苦苦攒的钱换来的是这些毫无价值的东西，我真不知该怎么安慰他们。

"我真是这么想的，就是当乞丐也要回东京来。让我在乡下活着，还不如去自杀！"

老板娘把用电炉烧开的水倒进茶壶里，抱怨着清贫的乡下生活。

老板娘说，其他的东西都被烧毁了，只有带到疏散地的一个佛龛还在。这个金箔佛龛，闪闪发光，无言地诉说着药店老板夫妻曾经的富贵。

那个不近人情、老对顾客发火的面包店老板过世了。他妻子开起了黑店，端着盛在小盘子里的蛤蜊来卖。住了十七八年的这个住宅区，因为战争彻底改变了。住在新建木板屋里的人中也多了一些新面孔。

那些住在木板房或堑壕里的人们，天天都在仰望梅雨季节的天空，祈求不要下大雨。烟囱堵塞，柴火受潮，没有雨伞。女人们经常冒雨在供应站排队买东西，有时候下午一点以后，仍有人在排队。黑市上，一棵圆白菜就要二十圆。一下雨，所有的人家就得全家出动，修筑对付漏雨的工事……

烟囱越来越堵，火柴也难以划着，柴火更加潮湿。有煤气的人家，煤气器具也只不过是个摆设。

报纸满是悲惨的人生画卷，官僚的禁止令依旧用头号铅字刊登在醒目之处："严惩过度使用电热器的人！"看到这些，在战争中惊恐不安的人们，骤然间又陷入黑暗的虚无中。

没有燃料，连用电都要受到限制，那不等于是被宣告死刑了吗？现在柴火比电还贵。那些住在木板房里的人，不管砌好什么样的炉灶，也用不起柴火。

连想喝一杯滚烫热茶的愿望竟然也无法实现。

不断重复相同话语的日本人，视民众为瓦砾阶级。我曾经那样思念东京,不顾一切地回到了东京。但是,最近我开始羡慕那些至今仍生活在乡下的作家们。

那些疏散到山区的孩子们,在这杂乱的城市里是怎么过的?他们的生活一定瞬息万变,我常常梦见他们。整个城市像一只被拔掉羽毛的鸡,光秃秃的,虽然在飞速发展,但是小学仍然没有修复。以最快的速度林立于街头的是餐馆、咖啡屋。这难道是城市的习性吗?

我感到在这个世界,人们无暇关心他人,整日奔波忙乱,社会始终一片混乱,悲惨万分。那么相信神、赞美神、依赖神风的日本国,其实并没有神。这里没有信仰,日本的佛教和神道如此下去,是无法震撼年轻人的心灵的。

曾经孩子们在村子里的八幡神宫脚踩苔藓,快乐地玩耍。但是,不知何时,八幡神宫门前修起了混凝土路,四周建起了围墙,院内一尘不染,孩子们被驱逐出神宫院。八幡神宫在不知不觉中变得高不可攀,院内立起了天然石,上面刻着出自某某大将之笔的神社的名字,神远远离开了村落里的孩子们。

寺庙则徒有宽敞的佛堂,星期日也并无村人聚集在那里,变成了一个只有在举行葬礼时才发挥作用的建筑。日本的佛教到了该重新审视一下自己的时候了。

在日本,似乎只有相信狐狸、为自己的利益祈祷的民间信仰还勉勉强强、不拘形式地苟延残喘着。要说宗教,就只此而已了。

> 我想千万次地说"愚蠢"
> 想千万次地怒骂"愚蠢"
> 不为什么 只是想……

这样一个健康旺盛的三口之家

　　整日盼望着能买到一升米的那一天

　　这是多么可悲的生活

　　我并没有茫茫然生活至今

　　但从早到晚像一匹拉车的马

　　马不停蹄

　　奋力向前

　　只为解决吃饭问题

　　最终还是茫茫然生活到了今天

　　父母皆在身边

　　如果我至少能

　　千次万次　千次万次地

　　怒骂"愚蠢"该是多么愉快

　　有一段时间我曾写过这样的诗，但是直到现在，我觉得世道一点儿都没有改变。幸福不会轻易降临人间。幸福并不是那些幸运的事，也不是希望和思想。幸福静静地驻足于人的孤独之中。

　　幸福不是神，也不是恶魔，是像深山郁郁葱葱的分水岭地带的水滴般的孤独。只有从那孤独的光环中我才能体会到一丝幸福。

　　如果有人认为在这庸庸碌碌的人类社会中有幸福存在，那就错了。财富、名誉以及比别人过得好，这些都不能说是真实的幸福。

　　宗教也是同样。只有在忍耐孤独的时候，神才会出现在人们的心田。向神祈求是因为人不肯放弃。人们一味轻率地求助于神，是因为人们在痛苦中呻吟，是因为人生破灭。但是，如果你流淌不出真诚的、带血的眼泪，神是不会出现在你面前的。神在救一个人的同时，仍在跨越数世纪注视着人间。仅有五十年生涯的人类，在短短的生命中净干坏事，神如何会被这样的恶人欺骗……？只因力量稍稍强大一些，就无所顾忌，神一定在怜悯人类这种傲慢的幸福。

风吹草动挥手　树木微颤甩袖　即物之见证也[1]

这首可爱的小诗，虽然是故人所作，却是真理之诗。人们往往忽视这样小小的真理，这难道不是人类的不幸吗？

九月份我意外地收到了宇都木良子的来信。

在信的开头她这样写道："我想告诉您，这一年像我这样的女人是怎样度过的。"她写道："从山区回来后，有一个多月赋闲没有找到工作，我只好变卖东西度日。后来经人介绍在银座的一家水产店当了售货员。但是，由于货源不足，没多久水产店就关门了。水产店倒闭以后，我当过饭店女招待，在牙科医院的挂号处干过，现在在一家胶鞋批发店当女佣。不是店员，是老板家里的女佣。听说，老板的前妻在浅草被炸死了，现在的夫人以前是向岛的艺伎。我和老板夫妇还有另一个女佣在一个屋檐下生活。一日三餐，老板夫妇从来不吃供应的粮食，他们吃从黑市买来的东西。他们家有很多新币，老板除了现在这个夫人外，还在外边

---

[1] 著名诗人伊良子清白的诗集《孔雀船》中的诗句。

养了一个妾，让她开着一家艺伎院。他们的生活离我们很遥远，他们总说有钱能使鬼推磨，过着一种离奇的生活。老板白天打盹的时候总是紧皱眉头，表情很痛苦。夫人则每天心安理得地睡到中午才起床。他们一点儿都不同情穷人，不同情穷人与贫穷抗争所做的努力。偶尔提起这些事，他们就说那些穷人都是窝囊废。我不想再在这里待下去了。我厌恶这种像猫一样、吃人家剩饭度日的生活。我还年轻，除了知道钱很重要以外，还没有其他梦想。尽管挣钱这个梦想也许微不足道……我下决心要重新找份工作，现在的生活不适合我。我绝没有对自己的贫穷感到绝望。我决心已定，好比破了的袜子，可以补了再穿，破了再补。我觉得，耐着贫寒往前走也是我们的一种生活方式。我女校时代的一个朋友当了所谓的'黑女人'，但是，我对她实在厌恶不起来。昨天，她来找我，借走了我当女佣挣来的一点儿微薄的薪水。其实，那些外表打扮得漂漂亮亮的女人，在这个世界上同样过得很艰辛。用不了多久，我就会找新的工作。"

读着良子的信，我不由得流下了眼泪。因为，我也曾经经历过这样的苦难。在诚实、有信念的女人锐减的当今社会，我为能认识这样一位有头脑的女性感到高兴。

现在，只要遇上什么事情，我就会想起消失在遥远的、梦幻般记忆里的南国巴厘岛上的生活。在那里，还流通着一文的铜钱，人们在丰饶的土地上赤身劳作，他们的皮肤就像天鹅绒一样厚实。

在巴厘岛最大的城市登巴萨有个叫恰娃的舞蹈演员，不跳舞的时候，她就在家里种田。她就是这么质朴。

似乎整个巴厘岛的人都在耕田种地，村落城镇的十字街头可以看到像是梦境中的法庭，里面的顶棚、墙壁、柱子上画着彩色图画。那里的一切都是质朴的——质朴的生活，质朴的法规。看到巴厘岛的人们愉快地与大自然嬉戏、生活的极乐景象，我就想，如果能够落户，我真想长久住在那里。

在梭维斯特[1]的作品中有这样一段文字："为什么人们会有想成为富豪的无止境的欲望？难道用比别人大的杯子喝酒，就能比别人喝得多吗？人类那种对和平与自由之母的平凡的厌恶，到底从何而来？"我想不明白，政府为什么在没有任何依据的情况下，发行大量新币，制造更大的贫富分化？此时，我觉得宇都木良子的凛然如同秋夜天空上的星星一般闪亮。

我是多么羡慕巴厘岛的那种原始的生活啊！有一位青年曾经问我，有史以来，日本是否还从来没有过如此道义沦丧的时代？我赞同他的说法。

这是不是因为日本没有真正的宗教的缘故？我们能不能以谦和之心，信奉天地之神，把能够分辨善恶是非的道德观明确定为公民教育的内容？

赞美为忠义杀人，赞美黑道上马仔对老大的忠诚，对社会毫无益处。这样可笑的义理人情却被极为认真地用来建构社会。日本的这种道德观必须从根本上动大手术，如若不然，就只有现在这种充满欲望的世界折磨人们的心灵了。

就在两三天前，发生了两个大家出身的青年因买卖吗啡而遭枪击的事件。这些受过高等教育、家庭背景很好的年轻人，为了跳舞、喝茶的钱走上了犯罪的道路。我们的社会毫无谴责地上

---

1 埃米尔·梭维斯特（Émile Souvestre），十九世纪法国小说家、剧作家、律师。

演着这样恐怖的事件，令我不寒而栗，不得不诅咒被长期的战争摧残得变态的教育现状。不是因为战败丧失了人类的道德，而是由于长期的战争，学校教育和社会教育忘却了真正的人间道德。

事件的经过是这样的：一个学生用做显影液的粉末原料充当吗啡卖，买货的学生让一个女人冒充买主，拿着包在纸里的岩波文库本当钱，结果就引发了枪击。我一点也不同情这起学生犯罪。人们总是指责那些所谓的"黑女人"，但是与有教养的学生狐貉相骗的卑劣行径相比，那些用身体换取生活资源的女人们要值得同情百倍。

学生做出这样卑劣的行径还是前所未闻的。正因为如此，我们更应该铭记，现在，我们正生活在长期战争的滚滚后尘中。

劳动者们靠一点微薄的收入无法维持一家人的生计，他们忍无可忍，团结起来共同奋斗，这是何等堂堂正正、光明正大！贫苦的人们除了这种团结的力量，还有什么？对于那些出身于富裕家庭、只看到社会的表面现象、妄想不劳而获的年轻人违背道德的行为，每一位母亲都应该深思一番。

小学生做黑市交易，中学生做黑市交易，大学生做黑市交易，我们的社会充满黑市交易。面对这种现状，政府束手无策，袖手旁观……而且，黑市横行是政府造成的，但是政府除了甩出一条法律的绳索，别无作为。这就无法让人把它当作一个讽刺一笑了之，而是会让人感到愤怒。

从疏散地回来以后，我无法再过赏花观月的悠闲生活。我被一种莫名的焦虑驱使着，不停地思考。

我不忍心将"恶"原封不动地描写成"恶"表现出来，也无法采取旁观者的态度。我有一种强烈的欲望，要写出充满善意的作品。

作家们在狭小的圈子里，就专业与非专业问题相互指责，发表一些有趣的作品搪塞一时。对此我同样感到气愤难忍。

陷入沉思后，我感到非常虚无，于是就愈加写不出东西来。尽管我有强烈的写作欲望……

回到东京后，在我的朋友里，我失去了两个亲近的人。先是武天麟太郎先生，现在又失去了辻村元子女士。

他们两位都是在是非的旋涡中故去的，所以就更令我感到惋惜。武田麟太郎先生本是一位应该长寿，并写出更多佳作的作家。武田属龙，我也属龙，我为失去一个好同伴感到悔恨不已。辻村元子女士的一生是作家的一生，她是怀着美好的爱情离开人世的，这也算是些微的幸福吧，我甚至有些羡慕她。今后，留给我在这个世界上的日子大概也不多了。我想写出充满善意的作品，无论遇到怎样无礼的批评，我都不会放弃写出好作品的愿望。我要抛弃那种企图给人以好印象的装腔作势，对不起！今后我只有全力以赴战斗下去！

　　　　忍耐的蔷薇花啊
　　　　毫不踌躇地在那时开放
　　　　解开缆绳的船舶
　　　　已经到了该确定航线的时刻
　　　　让我们摈弃傲慢
　　　　像修鞋匠一样
　　　　擦拭人间爱的皮靴
　　　　心中没有一丝波动

谦和地向前行进的每一天

被掳去的幸福
像临终日一样谦和的每一天
审判都是在散布蛆虫
卖春女人也孤独
佝偻患者也孤独

习惯如同金钱
卑鄙地串通一气
雕刻一副面具
红脸魔鬼 青脸魔鬼 头上长着角
命运不是每刻都在向人们微笑

被秋风吹来的马车
听着冬天的声音过来的马车
炫耀孤僻的狡猾之人
本能变作烈火熊熊燃烧
连一只雏鸟都要吞噬
为一部分人祈求幸福
只能是徒然
不是吗……

一个不祥之物在修筑鸟巢
人类蔑视自然自掘坟墓

残虐自己的人就好像辘轳

一定有人在这样发笑

承受苦难才能有生的力量

我们以这种力量祈求神

把那些没有教养的人逐出席位

有着温暖心田的人

神圣的贫穷者

面带微笑的人

他们组成的交响乐才是地上的火焰

文学自传（随笔）

在冈山和广岛之间有个叫尾道的小城镇。我和父母亲来到这个沿海小镇，本来只想歇一下脚，结果一住就是七年。在那里，我上了镇上唯一的一所市立女校。女校里有一个不大的图书馆，馆里陈列着《奥之细道》《八犬传》以及吉屋信子女士的《阁楼上的两处女》等作品。学校的每间教室和宿舍里都有一扇可以眺望到优美风景的窗户，唯独图书馆很阴暗，还存放着哑铃、铁圈等运动器具。所以，图书馆里总是冷冷清清的。我在这里读了杰克·伦敦的《白牙》和铃木三重吉的《瓦》等等。一个平平常常的女孩，平平常常地把这些作品看了一遍，这就是我当时平凡的日常生活。父母整天走街串巷卖杂货，有时候还住在外面。我不愿意一个人孤零零地待在家里，所以，从入学到毕业的四年时间里，我几乎都是在那个阴暗的图书馆里度过的。我是一个毫不引人注意的学生，也没有任何好朋友。我拙笨执拗，没有刻意交朋友也是极其自然的。二年级的时候，我在音乐教室第一次听到了《茶花女》中的歌曲，新来的音乐老师龟井花子给我们放了一段唱片。"啊，朋友们，美酒能使我们陶醉……"我虽然不懂音乐，但是觉得歌词是那么优美，让我热血沸腾。上高年级以后，我开始读"维特丛书"[1]。《玛侬·莱斯科》《保尔与维吉妮》《卡门》《少年维特之烦恼》等，我沉醉在那套小巧的橙红色书本里。

我们的任课教师里有位叫森要人的老师，五十多岁，一到下雨天，他就给我们朗诵诗。其中有莱蒙托夫这样的诗句：

宛若猎人手中的长矛
小舟化作绿色
飞驰在海面上

还有海涅、艾兴多夫、诺瓦利斯、卡尔·布瑟等诗人的诗。虽然我已经忘记这些外国诗人都写了些什么诗，但是老师的朗诵让我内心感到温暖。其他学生都拿着笔记本记，只有我一个人闭着眼睛，听得入迷。比昂松的诗，还有普希金的《夜莺与玫瑰》，这首诗的名字由于语言优美，我还记得。自然而然地，我喜欢上了诗。大概当时自以为可以尽情表达喜怒哀乐的诗好写，我就开始写一些不着调的风景诗自娱。

大正十一年（1922）女校生活结束以后，我和社会上的普通女孩一样，漫无目的地只身来到东京。火车喷出的煤烟使我患上了眼疾，半年没有好。生活的不如意，加上没有人生目标带来的焦躁使我困惑不堪。半年后，父母也离开尾道，来到了东京。到了东京后，我连一本杂志都没看过，也不想看。大正十一年秋

---

[1] 新潮社出版的一套外国文学作品翻译丛书。

天，我终于找到了工作，在位于赤坂的小学新报社写包封纸，日工资七十钱。我在东中野的川添租了一家粗点心店的二楼，和父母一起生活。那家点心店四周都是农田。从那个时期开始我过上了一种与"文学自传"毫不沾边的工作，整日为生活奔波劳作。因为报社工资太低，我转到证券行当办事员。日本桥一带有个千代田桥，在白木屋旁边，处于繁华地段。桥旁边有个名叫日立商会的证券行，我就在那儿工作，月工资三十圆。但是，好景不长，只干了三四个月就被炒了鱿鱼。最终，我和父母在神乐坂、道玄坂一带摆起了卖杂货的夜摊。开始我还抹不开面子，后来渐渐习惯了，我就和父母分开，自己摆了个夜摊。在寒冷的夜晚，我抱着暖暖的手炉，着迷地读着旧书。我读书属于乱读，没有章法。但不知道为什么，加能作次郎写的《下霰的日子》却给我留下了很深的印象。即使现在我也认为加能作次郎先生是位好作家，特别是我读到他曾经在肥牛餐饮店里当过看鞋的，就更加感动。那时，我很喜欢新潮社出版的名为《文章俱乐部》的杂志。室生犀星先生有晨浴的习惯，我也是从在旧书店买来的《文章俱乐部》里知道的。我记得那本杂志上有一张室生先生肩上搭着浴巾，满脸怒气的照片。我非常喜欢室生先生的诗。大正十二年（1923）遇上地震，我和父母离开东京，暂时到四国地区避难。我的生活黯淡，总之是个没有目标、没有热情的女孩子。我们一家居无定所，从这个客栈辗转到那个客栈，母亲经常数落我，说我是个多余货。大正十三年（1924）春天，我又一个人回到了东京。我在赛璐路工厂当过女工，在毛线店卖过毛线，还在某区公所前面替人代写文书的地方干过几天。经人介绍，我认识了松井须磨子他们剧团的田边若男先生。认识没多久，我就和田边先生结婚了。

虽然我们只有两三个月的同居生活，但是在短暂的婚姻生活中，经田边先生介绍，我认识了不少诗人。萩原恭次郎先生、壶井繁治先生、冈本润先生、高桥新吉先生、友谷静荣女士等，都是在那个时候认识的。他们充满朝气，写着无政府主义的诗。那年夏天，田边先生和我分手，我和友谷静荣编辑出版了一本名为《二人》的同人诗刊杂志。因为现在手头没有资料，当时杂志都刊登了一些什么诗，我已经记忆模糊。但是，我清楚地记得，辻润先生曾给我们写过对佛祖大加赞美的诗。本乡的肴町有家叫南天堂的书店，二楼是家法国餐厅，当时每天晚上都有一些文人聚集到那里。我就是在那里认识辻润先生、宫岛资夫先生、片冈铁兵先生等人的。和田边分手后，我一个人又无法生活下去了，就在神田的咖啡馆找了一份工。那家咖啡馆里的乐器不是钢琴，而是大正琴，可想而知收入并不高。《二人》也因为资金短缺，只办了五期就停刊了。友谷静荣是个很有才华的人，当时还为新感觉派的杂志《文学时代》[1]做一些辅助性的编辑工作。我则写一些童话，这些作品只是为了乐趣而写的，根本没有市场。

那段岁月对我来说是最苦的。一天，我去拜访住在菊富士饭店的宇野浩二先生，向他请教。宇野先生在被窝里对拘谨地坐在那里的我说："你就像说话那样写就行。"这是我唯一一次拜访宇野先生。不久，我和野村吉哉先生结为连理。野村很早就在诗坛崭露头角，年仅二十就在《中央公论》上发表了论文。同一时期，我收到了草野心平先生从上海寄来的薄薄的同人杂志。那时候我们住在世田谷区，尚未成名的平林泰子披着红披肩来我们家

---

1 应当是《文艺时代》，此处可能是作者的笔误。

做客。为了"不输给"我，当时泰子没少努力。我和野村先生一起生活了有两年左右，然后分手了。分手后，我又回到咖啡馆当女招待，晚上就住在店里。后来，我厌恶了咖啡馆的工作，便搬到泰子租的房子里，当时她也回归了独身生活。我和她挤在那家烟酒店的二楼，共同生活了一段时间。那时候，我加入了一个名叫"无产妇女同盟"的团体，但是在这个团体中我却感到无所适从。我在写童话的同时，从创刊号开始就给《文艺战线》写诗，我的童话也偶尔有了市场。

那一时期，我还经常去德田秋声先生家。先生一点儿都不嫌弃我寒酸，无论什么时候去他都出来见我。我还向先生讨要过四十圆钱，这件事至今使我惭愧万分。我从来没有把自己的小说拿给先生，却请先生看过我每次搬家都带在身边的、发黄的诗稿。（说起来都有点儿像编造）读了我的诗集后，先生摘下眼镜，掉下了眼泪。那一刻，我想，我愿意在先生家当一辈子用人。"好诗！"只这一句话，给了自暴自弃，甚至不想活的我多么大的勇气啊……！我实在太高兴了，一天晚上偷偷在先生家门口放了一个西瓜。那时候，先生经常带我和顺子，还有一个常来先生家的青年去散步，请我们吃年糕小豆汤。后来我才知道，那个青年就是洼川鹤次郎先生。我一个人的时候，经常去德田先生家。先生请我吃饭，带我去听落语[1]表演。我还记得，在一个寒冷的冬夜，我和先生去拜访深尾须磨子女士，结果扑了个空。现在想起来，把我带上现在这条路的应该是德田先生。

昭和元年（1926），我和现在的丈夫结了婚。我退出《文艺

---

[1] 日本一种起源于江户时期的传统表演，类似于单口相声。

战线》，单枪匹马，一心一意地写一些杂七杂八的作品。没有才华的人，只有靠努力。从这一年开始，我才终于开始想要认真地写点儿东西。结婚以后，我的生活竟比以前还要困难好几倍，经常没钱买米。一年当中，我丈夫给国技馆画三次背景画，我可以卖掉两三篇杂文，我们就靠这些收入生活。

那时候，我已经无法写诗了，我写了六大本日记。当时长谷川时雨女士创办了《女人艺术》，我的这些杂记从第二期开始，陆续被刊登在《女人艺术》上。三上於菟吉先生对我给予了极大的肯定，对此我非常感谢。这段时期我迷恋上了菲利普的文学，他年轻时的信件让我感到有一种刻骨铭心的东西。我像山洪暴发一样，开始胡乱写一些不知有无人要的文稿。《清贫记》就是在这一时期写成的。如此乱笔涂鸦的时期，可以说是空前绝后。昭和四年（1929）夏天，我连夏季的单衣都卖了，整天穿着这一件红色的泳衣度日。当时我们住在堀之内一个坟地附近，有个很大的院子，在家不穿衣服也没什么可避讳的。一天，一个提着大皮包的绅士来找我。不巧，我正穿着红泳衣，在说不清是厨房还是房门口的那块地方洗衣服。我用很不礼貌的口气问："你有什么事？"那位绅士递过一张名片来，说："我是改造社的。"我为自己近乎赤裸的样子面红耳赤，没有衣服可穿，我只好找了一条毛巾搭在腿上，坐在廊檐上向来者寒暄问候。这位绅士就是改造社的铃木一意先生。

那年秋天，我的《九州煤城放荡记》得以在《改造》十月号上刊载，当时的兴奋简直无以言表。报纸上登出广告的时候，我把十月号上的作者名字记得滚瓜烂熟。创作一栏用大号铅字印着久米正雄的《我的爱人》。此外，森田草平的《第四十八个人》、谷崎润一郎的《卍》、川端康成的《温泉旅馆》、野上弥生子的《燃烧的蔷薇》、里见弴的《大地》、岩藤雪夫的《袭击战斗的人》，这七篇辉煌的小说不知给了我多少震撼。在我把所有的书都拿去变卖掉的困境中，斋藤茂吉的《慕尼黑杂记》、室生犀星的《包围文学的速度》、三木清的《启蒙文学论》、河上肇的《第二贫乏物语》、皮利尼亚克的《狼》等作品给了我多大的激励啊！《九州煤城放荡记》的稿费足够我无所事事地生活两个月。

在那之前我连想都没想到过稿费。我每每揣着写好的杂文，自己直接送到报社，连封推荐信都没有。我早晨八点从堀之内出发，步行到丸之内差不多就十一点左右了，给报社放下稿子我就返回。有一次，傍晚我回到家的时候，稿子已经用快递被退了回来。我的杂文，包括诗、随笔、小说，没有一篇有满意的市场，但是改造社却给了我稿费，那时的心情真的是很激动。我每个月给《女人艺术》写《放浪记》的连载，但是，不知何时《女人艺术》变成了左翼的杂志，持续了一年以后，我中止了连载。平林泰子女士有《文艺战线》这个背景，这时已经成了颇有名气的作家。在给《女人艺术》写作期间，我认识了中本高子女士和宇野千代女士。宇野千代是我当时最尊敬的作家。

从这时候开始，我出没于图书馆，有一年左右成了上野图书馆的常客。对我来说，这是最愉快的一段日子。我的眼近视了，还有点儿散光，但是我仍每天去图书馆，贪婪地读着各种书籍。这段时间我甚至读了冈仓天心的《茶之书》、《唐诗选》和安倍能成的《康德的宗教学》等"奢侈"的书籍。这时候，我有了写小说的想法。但是，由于长期混迹于杂文写作中，我的文笔粗糙，写不了两三页就开始对自己感到绝望。我是从写诗开始的，用十行诗就能表达的激情，现在要像凉白开一样，把它扩展到五十页、一百页，这种小说体的创作对我来说很痛苦。诗渐渐地很少有人读了，但是我对诗的热情却一点儿也没有减。

女友松下文子给我筹了五十圆，在牛迂的南宋书院老板的好心帮助下，我出版了诗集《看苍马》。松下文子是我永远无法忘怀的朋友，现在她回到北海道，成了林业学博士松下真孝先生的夫人。可以说没有松下文子的友情，也就没有我的这本诗集。

虽然出版了诗集，但是我在文学上的目标依然黯淡无光。评论者对我的《放浪记》褒贬不一，我被辉煌耀眼的左翼人士嗤之为流浪者。昭和五年（1930），改造社出版了一套叫作新锐丛书的单行本，其中收有我的《放浪记》。我把《放浪记》厚厚的稿子交给改造社的第二年，看到了一线光明，我得到了与自己身份不相称的版税！我高兴得头脑发昏。那年秋天，我就急不可耐地出发去中国旅行了两个月，我本来有一个想法，打算在旅行途中写小说。

昭和六年（1931）三月，我在改造社发表了首部短篇小说《手风琴和渔乡小镇》，那是一篇类似成人童话的作品。就小说而言，从那年元月开始，我在东京朝日新闻的晚报上发表了《浅春谱》，连载了两个月。但是那是一篇非常失败的作品。

无产阶级文学越来越盛行，我处于孤立无援的状态，对自己的一切感到绝望。我失去了写作和生活的信心，很想逃离到国外去。

我将旧作《清贫记》修改好，交给《改造》十月号，然后聚集起写各类文章挣的钱，于昭和六年经由西伯利亚到了法国。当时，我还是个蛮狂热的行为主义者呢。我以为我再也回不到日本了。在西伯利亚，看着雪景，我真的认真思考过：说不定我会客死异国街头。到了巴黎以后我仍没有停止杂文写作。刚到巴黎，法郎就开始上涨，我把自己关在七楼的公寓里，不停地写，把寄到巴黎给我的钱又给日本的父母寄回去。在巴黎，由于营养不良，我得了夜盲症，一到晚上就视力锐减，什么都不敢干。

在我患眼病休息期间，渡边一夫他们来看我，当时那种高兴的心情真是难于言说。在欧洲期间，我没有写一首诗、一篇小说。昭和七年（1932）一月，我辗转到伦敦，因为寒冷闭门不出，倒静下心来看了不少书。我住在肯辛顿的一个小旅馆里，每天待在房间里，读了许多诗。高尔斯华绥有这样的诗句——

生是什么
是平静的波跳跃而起
是燃尽的灰重新燃烧
是没有空气的坟地上空的风
死是什么
是不灭的太阳沉没
是不眠的月亮沉睡
是还没有开始的故事结束

这诗句让我想起少女时代听到的诗朗诵，心中涌起一股热浪，下决心写出好诗来。在欧洲，诗歌不可思议地融入了生活中，用日本的语言写就的诗歌听起来是那么美。曾有人说，日本的语言不美，不适合写诗。这是何等值得惋惜的说法啊！在欧洲我认识到了日语的美，认识到了日本的诗与和歌的美。

在听不到一句日语的欧洲，高声朗读白秋、犀星的诗，我被他们完美的诗句打动。我感到日本的语言非常美，暗自为自己的母语感到骄傲。在伦敦的旅馆里，我还被川端康成《落叶》这部小说的文字深深打动。

我本来打算在欧洲写一部长篇小说，但是因为没有恒心，一个字也没有写出来，只写了一些游记式的随笔。在伦敦我仍然没有回日本的愿望。虽然在那里我也患了眼疾，但是对外出并没有造成影响。三月，我返回巴黎，开始为想回到日本感到焦虑。

我之所以焦虑是因为我没有写出一首诗来。回到巴黎后我才知道，我赖以生活的稿费因为"收款人不明"被退回了日本，令我大失所望。

昭和七年夏天，承蒙改造社社长山本先生的美意，给我寄来一笔旅费，我这才得以重新踏上了日本的故土。一回到日本，我就涌起想写出好诗的愿望。我看到一些没有激情、格调陈旧的小说，使我对日本年青一代的作家感到失望。我在欧洲的一年里，似乎只有感觉变得灵敏旺盛了。正因为只有感觉灵敏旺盛，作品的技巧方面反倒幼稚，一年里只写了一些像散文似的小说，受到了河上彻太郎先生和小林秀雄先生诚恳的批评。虽然曲曲折折，但是我的心愿仍是写出充满激情的作品。我认为，正在从当今日本文学中消失的是诗的脉搏，没有诗的世界里哪里会有文学？我写不出有理有据的论文，事到如今再论述诗歌也许还会被人笑话。但是，我为自己在欧洲发现的日语的美感到惊愕，我仿佛在用这种语言写就的诗歌里发现了一座金矿，并为此感到骄傲。近年来，什么浪漫主义、能动精神、行为主义被大肆渲染，其实每一个人寻找的都是诗。我感到，某种珍贵的东西被人们忘却了。

回到日本后,我依旧单枪匹马,没有归属任何一个团体。我知道自己唯一的出路就是踏踏实实地不断努力。

从欧洲回来后,出于对诗的憧憬,我很快自费出版了一本名为《面影》的诗集。这本在保高德藏先生的友情帮助下出版的诗集,让我感到比发表一百篇小说还要高兴。

现在,我终于从撰写杂文的生活中解脱出来了。由于这段生活时间较长,为了摆脱它,我做了很大的努力。今后,我想从头开始,专心致力于小说和诗歌的创作。这样说未免有狂妄之嫌,但是屠格涅夫也好,易卜生、菲利普也好,乃至犀星和春夫都发表过很多优秀的诗篇。他们给了我勇气,让我觉得自己在写小说的同时也能进行诗歌创作。秋元先生翻译的普希金的《夜莺与玫瑰》也激励着我。

> 在幽静的花园里
> 在春夜的黑暗中
> 夜莺在芬芳的玫瑰枝头上歌唱
> 但可爱的玫瑰却无动于衷
> 也不倾听,只是在那倾慕的颂歌中
> 打盹和摇晃
> 玫瑰啊,她不需要诗人的颂歌
> 她只需要现实的富足和虚荣享乐

每次读到这样的诗句,我就想要创作!创作!并且认为应该珍视日本的诗人犀星、春夫。

我现在有一个七口之家的大家庭，虽然不再像从前那样为温饱问题发愁，但是今后仍会有很多困难。我真正的文学自传才刚刚开始。

一九三五年

恋爱的微醺（随笔）

　　恋爱这种感情不知道是靠空气中的哪种波动勃发的。但是，男女之间只要遇到这种波动，就会像施了肥的花儿一样，变得生机勃勃。年幼时的恋爱由于花的根部还很细小、不成熟，给人留下的恋爱回忆是令人遗憾的、伤感的，就像刚吃了一口菜，盘子就被人端走一样。遇到上了年纪的女人，她们就会说："如果我在少女时代有这种心态该多好。"所以，不要让自己留下遗憾。深尾先生曾写过这样的诗句：

　　　　贪婪地呼吸
　　　　心中却充满悲伤
　　　　苦涩也留在舌尖
　　　　贪婪地呼吸
　　　　心中却充满悲伤
　　　　这玫瑰花的芳香啊

无论是何种新式恋爱，只要尝试，心中就会充满悲伤，尝到的只有苦涩，最终还要在灵魂上打上苦涩的烙印。难道不是吗？我不懂什么新式恋爱，所谓新，大概不是指内容奇特的恋爱，而是说管理整顿得好的恋爱。恋爱常常会变成一个泥潭。——有一种懒惰的、死气沉沉的恋爱，处在事业危机阶段的中年人的恋爱大抵都属于这种。

前几天，一个女友跑到我这里来，问我现在有没有恋爱。我回答道，恋爱好是好，不过也挺可怕。这位朋友听了我的话以后说："你不能在恋爱上偷懒，恋爱可以让你在工作上精力充沛，在身体上精力旺盛。"

她还讲了这样一件事。有个搞绘画的年轻寡妇，与丈夫死别后带着两个孩子生活。当她失去想要恋爱的心情后，她的心渐渐干枯，容颜憔悴，生活悲惨，画也画不好了，简直不知道该如何活下去。后来，一个偶然的机会，她遇到一个自己喜欢的青年，和他成了恋人。于是，她的容貌骤然变得生动美丽，画也比以前画得好了。而且，最有意思的是，她不再训斥孩子了。没有恋爱的时候，她总是焦躁不安，从早到晚不停地训斥孩子。

如果用道德的尺度来衡量，我不知道应该如何看待这个女人的变化。但是，我觉得这是一个美丽的故事。从遇到恋人的那一天起，生活一下子变得丰富多彩起来。据说，那位年轻的寡妇与恋人约定不结婚，要将彼此浓烈的爱情献给对方，两年乃至三年。这种恋爱大概就是新式恋爱吧。朋友说，那个青年一旦结婚很可能立刻变成一个令人厌恶的男人，但是与他恋爱却很刺激，很清爽。——十几岁女孩子的恋爱像飘浮的云朵那样轻淡，二十几岁女人的恋爱常伴随着功利性，三十几岁女人的恋爱就有了某种残酷。

真正的恋爱到底是什么？是阿尔志跋绥夫笔下萨宁的恋爱，还是少年维特式的烦恼？是留恋，是女人的一生，是春天的苏醒，还是死神的呼唤？恋爱多种多样，每一种似乎都显得陈腐不堪，但细细想来，每一种又都可以说是使人耳目一新的。——"你也恋爱恋爱，它能让你充满朝气。"朋友的这句话变作一支飞镖向我射来。这样一来，那些在丈夫身影的笼罩下感而不觉的情感突然变得生动起来。比如对某个散发着毛呢气味的崭新西装的背影产生好感；整洁的衣领，有时甚至是一块不相识的男人手中洁白的手帕都能给我心跳的瞬间。有时候，这种心跳还伴随着一种折磨肉体的痛苦。别的有夫之妇心里是否丝毫没有这种情感呢？女人一旦结婚，成为人妻，就不再喜欢十七八岁时的那种白云般的恋爱。毕竟也不能每次感受到恋爱的情感时，就和丈夫分手……

谈到相伴十年的夫妻，一般丈夫都有各自的快乐世界，而妻子又是怎样一天天变老的呢？受婚姻制约的人必须避免危险的恋爱，恋爱时需要交通警察。如果错打方向盘，将车撞到别人的车上，那就不仅需要支付住院费，连家庭和工作都无法正常运转。交通管制下的恋爱，我觉得并不是一件坏事。我现在身为人妻，对此却深有同感。这种想法有些对不起丈夫，不过丈夫到底在想什么，也是我不得而知的。从正统的角度来看，这未免有些不检点。然而，在这个世界上无数对夫妻当中，恐怕找不到一对没有这种情感的夫妻。一个处女结婚以后才第一次恋上别的男人，这又该如何解释？经过相亲结婚，女人在经历了一个男人以后，会把目光放到想迈出一步的另一个世界。有时候，会对丈夫的某位朋友产生若有若无的爱恋。我认为，这种若有若无的爱恋只不过是轻微的见异思迁,不会导致家庭的不幸。大家以为如何?

与丈夫同床共枕,还在梦中与另一个男人相会,而且还不能束缚梦中的那个男人。虽然有些畸形,但这也是一种恋爱。即使是身为基督徒的夫人们,也一定有过一两个这样的梦。交通管理好的城市,因车祸受伤的人就少。在恋爱的道路上,我们也需要管理整顿。

如果让我说什么是理想的恋爱,我想说,没有悲剧色彩的恋爱最为理想。我有这样一位朋友,是个五十岁左右的男士,有妻子和正在念大学的孩子。他告诉我,他有一个非常安稳的家,生活中没有一丝波澜。但是,就是这位男士,却有一个与他妻子同龄的恋人。到今年他们相恋正好十五年了。这是一个多么令人惊叹的丈夫啊!这十五年里,他的恋人嫁给了一个商人,但是他们仍然一年相会一次。就像牛郎织女一样,这位朋友笑着说。我被惊得目瞪口呆。他的夫人从来没有怀疑过丈夫,丝毫不知十五年来丈夫从未间断过和恋人相会。丈夫是一个如此大的谎言专家,我们该说这位夫人是幸还是不幸呢?我倒觉得她是一个幸福的人。我的朋友一定会对妻子一直欺瞒下去,直到他爬进棺材。而他的妻子在丈夫去世以后,还会幸福地回忆他是一个多么好的人。那位朋友如是说:正因为他有恋人,才能尽心尽意地用真情爱他的妻子。所以,他妻子连见异思迁的机会都没有。她每天做家务,带孩子散步,生活得很幸福。我问他:"那你的恋人又是什么心情呢?"他回答说:"我们有十五年的恋情,不需要任何语言,就能知道彼此的悲伤和快乐,并不觉得这是什么不贞行为。"恋爱成为悲剧,大概是因为过于依赖爱情。追求以诚相见、纯洁无比的恋爱,是两个毫不相干的人之间的事情。未婚男女之间的恋爱，有已婚者那种透彻的思虑吗？我不知道该如何回答。

在恋爱上，诚实、纯洁固然很重要，但更重要的是防止让溅出的火花伤到自己周围的人。只要是谨慎、豁达的恋爱，就不能一概斥之为不贞。但是，令人伤感的是，恋爱毕竟是人和人之间的感情，稍有不慎，便会陷入泥潭，成为人们的笑料。

既然是恋爱，肉体和精神当然都应该与之相随。但是，如果我找到了自己的恋爱，在把身心献给恋人的同时，我会感到自责。如果这样的事情发生在我身上，无论嘴上怎样说这是一场不会带来悲剧的恋爱，在内心深处我都仍会感到强烈的自责，这是自然而然的。为人夫的恋爱和为人妻的恋爱是有天壤之别的。在中国旅行的时候，我曾看见被蒙着眼睛拉水车的牛。赶牛的男人不时掏出烟吸一口，看看天空，让自己的眼睛享受一下。当前，丈夫们是赶牛的男人，而女人则是被蒙住眼睛的牛。我希望摘下蒙在牛眼睛上的那块布，让她们也看看四周的景色。

也许，只有儿童才能期盼那种美好健全、不给任何人造成伤害的恋爱。精神上愈丰富，恋爱就愈加具有悲剧性，愈加感伤。恋爱的微醺是万国相同的吗……？

无论哪个国家都充满着恋爱的故事，却皆无讲解恋爱微醺的故事。也许恋爱生来就是悲剧。哪怕是悲剧也好，至少应该是浪漫的。然而，世事已经艰难，恋爱双方首先考虑的是经济问题。

夫妻之间的生活清贫没有关系，但是恋爱不能清贫。吝啬小气的恋爱，对不起，请靠边站！哪怕只有在恋爱上脱离开经济问题也好啊！我身为人妻，这个弱点使我无法有所作为。"贪婪地呼吸／心中却充满悲伤／这玫瑰花的芳香啊"。我只能把这种情感当作心灵上的游戏，也算是一种烟雾般的情怀吧。

未婚男女的恋爱，可以邀请任何乐队加入，轰轰烈烈地进行。就像巴黎街头的一对对情侣，未婚男女美好的恋爱绝不令人厌恶，大可充分享受微醺的感觉。无论多么清贫的恋人，只要是在恋爱之中，皆如王孙贵族。新式恋爱也许同样需要经济的支撑，但我希望它井然有序、清纯可人。

斗转星移，当我老了以后，也许能写出非同凡响的恋爱论，我也希望能。只经历过一两个男人，能懂得什么是真正的恋爱吗……？我希望将来自己写出壮丽的恋爱论。

一九三六年

图书在版编目（CIP）数据

晚菊 /（日）林芙美子著；刘小俊译 . -- 北京：
北京联合出版公司, 2023.5
ISBN 978-7-5596-6813-4

Ⅰ. ①晚… Ⅱ. ①林… ②刘… Ⅲ. ①短篇小说－小说集－日本－现代 Ⅳ. ① I313.45

中国国家版本馆 CIP 数据核字 (2023) 第 058772 号

晚　菊

作　　者：［日］林芙美子
译　　者：刘小俊
出 品 人：赵红仕
策划机构：明　室
策划编辑：陈希颖
特约编辑：李洛宁
责任编辑：龚　将
装帧设计：汐　和 at compus studio

北京联合出版公司出版
（北京市西城区德外大街 83 号楼 9 层　100088）
北京联合天畅文化传播公司发行
北京市十月印刷有限公司印刷　新华书店经销
字数 230 千字　880 毫米 ×1230 毫米　1/32　10.25 印张
2023 年 5 月第 1 版　2023 年 5 月第 1 次印刷
ISBN 978-7-5596-6813-4
定价：52.00 元

版权所有，侵权必究
未经许可，不得以任何方式复制或抄袭本书部分或全部内容
本书若有质量问题，请与本公司图书销售中心联系调换。
电话：(010) 64258472-800